AF189672

Carlo Fröhlich erwacht eines Morgens ohne jegliche Erinnerung in einem Motelzimmer irgendwo in Hamburg und muss schnell feststellen, dass ihm genau vierundzwanzig Stunden bleiben ... Vierundzwanzig Stunden in Freiheit, um seine Familie zu versöhnen, einen letzten Auftritt mit der Band zu spielen, seine Freundin Leila zur Rede zu stellen und natürlich die unvergessliche Abschiedsparty mit all seinen Freunden zu feiern. Denn am nächsten Morgen, acht Uhr, muss er die dreijährige Haftstrafe antreten, zu welcher er erst wenige Stunden zuvor verurteilt wurde. Zusammen mit seinem besten Freund begibt er sich auf eine Reise quer durch Hamburg, um all die aufgeschobenen Dinge irgendwie wieder in Ordnung zu bringen und zu erleben, welch kleine und große Begebenheiten das Leben für jeden bereithält.

Ramón Heberlein, geboren 1988, studierte Soziologie an der TU Chemnitz, bevor er 2014 die Arbeit als Betreuer an einem Internat begann und später auch als Lehrer tätig wurde. Er ist verheiratet und lebt mit seiner Frau in Leipzig. 2015 brachte er »Glaubst du an ein Leben *vor* dem Tod?«, ein Buch über seine Ansichten des christlichen Glaubens, heraus. »Rindl.« ist sein erster Roman.

Ramón Heberlein

Rindl.

Roman

Bibliografische Information der Deutschen Nationalbibliothek:
Die Deutsche Nationalbibliothek verzeichnet diese Publikation in der Deutschen Nationalbibliografie; detaillierte bibliografische Daten sind im Internet über http://dnb.dnb.de abrufbar.

© 2019 Ramón Heberlein

Covergestaltung: Ramón Heberlein
Herstellung und Verlag: BoD – Books on Demand, Norderstedt
ISBN: 9783748159643

Für Jule

»Erst nachdem wir alles verloren haben, haben wir die Freiheit, alles zu tun.«

Tyler Durden

Erwachen [07:47]

Fuck.

Bin ich wach? Habe ich geschlafen? *Hatte* ich geschlafen? Wo bin ich? Ist das ... ein Hotel? Schon möglich. Zumindest verraten die sterile Umgebung und das Surren der Klimaanlage, dass es sich um kein wohlbehütetes Zuhause handelt.

Ich richte mich auf, sitze auf der Bettkante und versuche meinen brummenden Schädel unter Kontrolle zu bekommen. Die bis zum Boden reichenden Fenster sind mit dunklen Vorhängen bedeckt, sodass kaum Licht in den Raum gelangt. Ich knipse die neben mir auf dem kleinen Nachttisch stehende Lampe an und widerstehe dem Drang, sie sofort wieder auszuschalten. *Ein Motel*, denke ich. *Wohl doch eher ein* Mo*tel als ein* Hot*el. Wie kam ich hier nur her?*

Ich stehe auf und gehe in das anliegende Bad, gleich rechts von mir. Erst jetzt bemerke ich, wie unerträglich heiß es ist. Ich stelle mich unter die Dusche und versuche einen klaren Kopf zu bekommen. Zehn Minuten stehe ich einfach nur so da, bis das kühle Nass meinen Körper ein wenig akklimatisiert hat, sodass ich mich bereit für die Realität da draußen fühle. Ich schlüpfe in die nach Alkohol und Zigarettenqualm stinkenden Klamotten und ziehe mein Handy aus der Hosentasche. Acht Uhr drei zeigt mein Display an und ich sehe nach, ob es irgendwelche Nachrichten gibt. Nichts. Kein Anruf, keine SMS.

Ich gehe zu dem großen Fenster, das beinahe die komplette Wandseite zu meiner Linken ausmacht, und ziehe den schweren Vorhang beiseite. Die Sonne knallt mir direkt ins Gesicht und reflexartig halte ich eine Hand vor meine Augen, um nicht zu sehr geblendet zu werden. Nach wenigen Sekunden gewöhne ich mich an die beißende Helligkeit und schaue nach draußen. Es scheint eine ganze Motel-Anlage zu sein, in der ich mich befinde. Von allen drei Seiten, die ich ausmachen kann, türmen sich massive Betonklötze vor mir auf. In der Mitte befindet sich eine Rasenfläche mit längst vertrockneten, gelblichen Grashalmen, die einsam und verlassen ihr Dasein fristen. Auf der gegenüberliegenden Seite sehe ich einen Mann im Joggingoutfit aus der Tür kommen. Ich erkenne, wie er sich Kopfhörer in die Ohren drückt und auf dem dazugehörigen Handy irgendetwas tippt. Dann steckt er es in seine Tasche, dehnt sich ein-, zweimal und verschwindet um die nächste Ecke. Aus der anderen Richtung kommt in diesem Moment eine Frau, schätzungsweise Mitte dreißig, mit einem Golden Retriever an der Leine entlanggelaufen. Auch sie hat ihr Handy in der Hand und telefoniert, aber ich kann von hier aus beim besten Willen nicht verstehen, was sie sagt.

Ich gehe zurück zum Bett und setze mich auf den Sessel, der etwas abseits steht. Noch einmal versuche ich angestrengt und höchst konzentriert nachzudenken, wo ich bin, was ich hier mache und vor allem, wie ich hierhergekommen bin.

Ich zücke mein Handy und gehe meine Anrufliste durch. Ein paar Telefonate mit Olaf, mit Leila und ein paar unbekannten Nummern. Alles normal also. Dann drücke ich mich zu den SMS durch. Für gewöhnlich lösche ich jede Nachricht, sobald ich sie gelesen oder beantwortet habe. Umso überraschter bin ich, als ich die zwei gelesenen SMS im Posteingang bemerke. Die Erste ist von Leila.

*komme heute erst später. warte nicht auf mich :**

Ich erinnere mich, warum ich sie noch im Speicher habe. Ich möchte sie ihr als Beweisstück vorzeigen, wenn ich sie endlich zur Rede stelle. Wenn sie mir mit keinen Ausflüchten mehr kommen kann, warum *sie*, meine Freundin, so gut wie jeden Abend später nach Hause kommt, ständig nach Ausreden sucht, wenn sie sich erklären muss, und sie mit dem Kopf seit Wochen woanders ist. *Genau, Leila,* denke ich. Ich will sie zur Rede stellen, weil ... Und plötzlich fällt mir alles wieder ein. Es ist wie, wenn man aus einem Albtraum erwacht, nur dass es sich hier umgekehrt verhält: ich erwache *in* einem Albtraum.

Plötzlich ergibt auch die zweite SMS einen Sinn, die von einer unbekannten Nummer stammt.

wo bleibt ihr?

Mir wird klar, wo ich gestern war. Nicht so klar ist mir, wie ich hier gelandet bin, aber es wird wohl ein Resultat des gestrigen Abends sein. Wir waren auf einer Party, auf einer *Alles-oder-Nichts*-Party, wie Olaf und die anderen sie nannten. Die Party war für mich. Eigentlich Grund zur Freude, wenn man den Anlass nicht kennt.

Und in diesem Moment sehe ich auf die Uhr und mir wird schlagartig bewusst, dass ich keine vierundzwanzig Stunden mehr habe. Zumindest nicht in Freiheit. Denn morgen früh um genau acht Uhr muss ich mich in der Justizvollzugsanstalt Fuhlsbüttel einfinden und meine dreijährige Haftstrafe antreten.

Es war alles ein riesen Missverständnis und doch bin ich nicht ganz unschuldig an der ganzen Sache. Dieser blöde Ökoladen, dieser blöde Butternut-Kürbis und vor allem dieser blöde *Knudersten*.

Wolfgang Knudersten ist ein Immobilienhai aus Hamburg, der vor wenigen Monaten den Entschluss fasste, im Musikgeschäft Fuß zu fassen. Ich kannte Wolfgang aus meiner Schulzeit. Nicht, dass wir im gleichen Alter wären, aber wer dreimal sitzen bleibt, landet dann auch mit einundzwanzig noch in der zwölften Klasse und damit in meinem Jahrgang. Wir haben uns gehasst. Zuerst spannte er mir meine große Jugendliebe Olivia aus, dann stellte er mich vor allen anderen bloß und schließlich versaute er mir auch noch meine Abiturnote. Nach der Schule hoffte ich, ihn nie wieder sehen zu müssen. Aber seine Familie hatte Geld, er wurde Juniorpartner in der Firma seines Vaters und baute sich selbst – jederzeit mit fremder Hilfe – ein Imperium auf. Und als ob das nicht schon genug wäre, erfuhr ich vor ein paar Wochen, dass er nun auch im Musikgeschäft tätig war. Das war der Punkt, als wir uns wieder in die Quere kamen, da ich mit meiner Band kurz vor einem Plattendeal stand, den uns dieser Mistkerl, nachdem er erfuhr, dass ich Teil dieser Band war, kräftig versaute. Er ließ ein paar Beziehungen spielen, führte hier und da ein paar Telefonate und schon war der Deal geplatzt. Ich traf ihn damals danach auf der Straße und konnte mich bei aller Liebe nicht beherrschen, sodass ich ihm die schlimmsten Wörter und eine vollkommen harmlos gemeinte Morddrohung an den Kopf warf, was mir letztendlich zum Verhängnis wurde. Denn Wolfgang hörte nicht auf, uns zu sabotieren. Er setzte alles daran, unseren jahrelang hart umkämpften Namen zu zerstören.

Und so kam es, wie es kommen musste.

Es war die Eröffnungsfeier von Viktorias Ökoladen Anfang des letzten Monats. Sie wollte das Ding ganz groß aufziehen und lud hunderte von Menschen zu ihrem *Umtrunk* ein. Mir war es egal. Ich war nur froh, dass sie uns angefragt hatte, ob wir nicht ein paar Lieder auf der Straße vor dem Laden spielen könnten. Während wir also so spielten und die geladenen Gäste sich wie Ameisen vermehrten, uferte die ganze Feier aus. Denn nicht nur die steigende Gästezahl war das Problem, sondern vor allem die hinzugekommenen Demonstranten, die gegenüber eines *weiteren* Bioladens in ihrem Viertel anscheinend keinerlei Toleranz zeigten. Es ging harmlos los mit Rufen, die irgendwann unsere Musik übertönten, und endete in einer Schlägerei, nachdem ein überaus friedlich beseelter Typ mit gutem Karma nicht mehr an sich halten konnte und auf die Straße sprang, um einem Demonstranten sein *Fuck-Vegan*-Schild aus den Händen zu reißen. Alles versank im Chaos, Gemüse fiel zu Boden, Schilder zerbrachen und schließlich rief irgendwer die Polizei. So wie ich Viktoria kenne, hätte es mir eigentlich klar sein müssen, dass nichts nach Plan verlaufen und alles schon irgendwie schief gehen würde, und so fingen die Polizisten an, den Platz zu räumen. Und genau in diesem Moment entdeckte ich Wolfgang. Wolfgang Knudersten, wie er aus seinem schicken Mercedes-Benz heraus selbstgerecht und über alle anderen erhaben dem Geschehen mit einem breiten Grinsen im Gesicht folgte. Es war ein riesen Tumult. Überall Polizei, hartnäckige Demonstranten, noch hartnäckigere Öko-Aktivisten und schaulustige Zuschauer. *Es würde keiner merken*, dachte ich mir und ohne groß zu überlegen, sah ich meine Chance, es Knudersten für all seine Bösartigkeiten heimzuzahlen. Es war sinnlos und dumm, aber es war nun einmal so. Ich entdeckte den Tisch mit den Kürbissen, der wie durch einen Schicksalswink neben mir auf dem Gehweg stand, und langte nach dem Erstbesten, den ich zu greifen bekam. Ich holte weit aus und zu meiner Überraschung lag so ein birnenförmiger Butternut-Kürbis ganz gut in der Hand. All meinen Frust, meine Enttäuschung, meine Wut legte ich in diesen Wurf, zielte auf Knuderstens Schickimicki-Wagen und schleuderte den Kürbis geradewegs in seine Richtung. Unglücklicherweise war ich unter anderen Umständen weitaus ungeschickter, was das Zielen anbelangte, und so konnte ich nicht ahnen, wohin sein Weg ihn führen würde, als ich den Kürbis losließ. Und auch, wenn ich im Sportunterricht kaum weiter als zehn Meter kam, machte dieser Wurf mir alle Ehre, durchbrach die Fensterscheibe des Mercedes und traf Knudersten mit einer unglaublichen Wucht direkt am Schädel. Wie versteinert stand ich da und sah mir das Desaster an. Das Dumme war nur, dass auch Knudersten mich sah und damit den ihm zur Hilfe eilenden Beamten noch kurz vor seiner Ohnmacht den Täter aus erster Hand nennen konnte. Ich hätte weglaufen sollen, machte aber keinerlei Anstalten, mich zu bewegen. Und so übermannten mich die Polizisten, es ging direkt aufs Revier und damit in die anschließende U-Haft. Nach vier Wochen begann der Prozess und gestern wurde schließlich das Urteil gesprochen: drei Jahre ohne Bewährung wegen versuchten Totschlags. Natürlich war es kein versuchter Totschlag, aber die allgemein bekannte Tatsache, dass wir nicht die besten Freunde waren, und die von Knuderstens teuer bezahlten Anwälten aufgetriebenen Zeugen, die meine zurückliegende Morddrohung ihm gegenüber bestätigten, ließen dem Richter keinen Zweifel.

Das war es also, was ich für wenige Minuten verdrängen konnte. Und jetzt, mit all den Erinnerungen im Schlepptau, wird mir klar, dass ich noch genau einen Tag habe, um alles zu klären.

Zuerst saß der Schock tief und so schleppte mich Olaf, mein allerbester Freund seit Kindheitstagen, zu einer Party, die entweder meine neu gewonnene Freiheit oder meinen bevorstehenden Freiheitsentzug feiern sollte. So oder so hatte er sie schon, seitdem er wusste, wann es zur Urteilsverkündung kommen sollte, geplant und es war ja nicht seine Schuld, dass letzterer Grund der Anlass sein würde. Da ich mich kaum noch an den Abend erinnern kann, vermute ich, dass ich mir ordentlich die Kante gegeben habe und dann, wie auch immer, in diesem Motel gelandet bin.

Heute aber ist es höchste Zeit, meine Angelegenheiten in Angriff zu nehmen.

Knudersten hat natürlich in einem Eilverfahren erwirken können, dass mir anstatt der mindestens zwei Wochen, die man bis zum Haftantritt eigentlich hat, lediglich vierundzwanzig Stunden bleiben, und ich so heute alles irgendwie *packen* muss.

Die SMS von Leila erinnert mich daran, dass ich sie noch vor meinem Haftantritt zur Rede stellen muss. Seit Wochen geht sie mir aus dem Weg, schwört aber, keinen anderen zu haben, sondern lediglich *gestresst* zu sein. Ich glaube ihr kein Wort und muss unbedingt noch die Wahrheit herausfinden, bevor ich keine Gelegenheit mehr dazu habe.

Außerdem ist es mir ein Anliegen, meine Familie zu versöhnen. Meine Eltern leben seit einem Jahr getrennt und reden kein Wort mehr miteinander. Selbst zu meiner Verhandlung gab es nicht einmal einen Blickkontakt. Immerhin erschienen sie, was man von meinem Bruder Tome nicht behaupten kann. Er war schon immer mehr von Knuderstens Schlag und wollte mit seinem *Verliererbruder* nix zu tun haben. Spätestens seit seinem Studium entfernten wir uns immer mehr voneinander und leben zwar noch immer in derselben Stadt, haben aber keinen Kontakt. Ich bin mir noch nicht einmal sicher, ob er weiß, dass ich bald in den Knast wandere.

Und als sei das nicht schon genug, muss ich heute Abend auch noch einen allerletzten Gig mit meinen Jungs spielen. Es ist seit Langem mal wieder ein lohnenswerter und nichtsabotierter Auftritt und ich kann die Band einfach nicht hängen lassen. Abgesehen davon habe ich Lust, meinen Ausstand gebührend zu feiern.

Ich beuge mich nach vorn und nehme den Notizblock des Motels samt dem danebenliegenden Bleistift und schreibe *Zu erledigen* oben in die Mitte des ersten Blattes. Darunter mache ich meine Liste.

1 Leila zur Rede stellen
2 Familie versöhnen
3 Auftritt

Dann nehme ich erneut mein Handy in die Hand und wähle Olafs Nummer. Nach wenigen Sekunden nimmt er ab.

»Alter, wo bist du?«

»Hi. Kannst du mich abholen?«

»Ist alles okay? Du warst gestern einfach verschwunden.« Er klingt ehrlich besorgt.

»Damit ist meine Hoffnung, dass du mir sagen kannst, was passiert ist, auch dahin ...«

»Du weißt es nicht?«

»Keine Ahnung.«

»Hm.«

»Also?«

»Hä?«

»Kannst du mich abholen?«

»Klar, wo bist du?«

Mir wird klar, dass ich das ja gar nicht weiß, und überlege im Stillen.

»Bist du noch da?«, möchte Olaf nach einigen Sekunden wissen.

»Ja, Moment.« Ich stehe auf und gehe nach draußen.

Ich spüre die deutlich stärker brennende Hitze auf meiner Haut und finde nach kurzer Orientierungszeit die Rezeption ein paar Meter neben meinem Zimmer.

»Bleib mal kurz dran.« Ich trete ein und werde von einer freundlich aussehenden Frau mit blonden, schulterlang gelockten Haaren angelächelt.

»Hallo«, sagt sie in einer Art und Weise, die mir vertraut und dennoch professionell distanziert vorkommt.

»Hi. Wissen Sie, wer ich bin?«

Am anderen Ende der Leitung höre ich Olaf losprusten. *»Alter, ist das dein Ernst?«*, schallt es durch die Leitung.

»Wie meinen Sie das?«, fragt mich die Blondine.

»Also wissen Sie, wann ich gestern hier eingecheckt habe oder wer mich hergebracht hat?«

»Die hält dich doch für verrückt«, kommt es aus meinem Handy.

»Tut mir leid, ich bin die Frühschicht. Gestern Abend war meine Kollegin da, aber ich könnte sie anrufen, wenn Sie das wollen.«

»Nein, nein, schon gut. Hätte ja sein können«, lächele ich sie unbeholfen an.

»Ist alles in Ordnung?«

»Ja, schon. Nur ...«

»Ich störe euer höchst niveauvolles Gespräch ja nur ungern, aber kannst du mal zu Potte kommen?«

»Ach so, ja ... Können Sie mir sagen, wo ich bin?«

»Alter ...« Olaf scheint sich köstlich zu amüsieren.

Die Frau hinter dem Tresen sieht mich verständnislos an.

»Ich meine, können Sie mir die Adresse Ihres Hauses sagen?«

»Ich werd‘ nicht mehr«, dröhnt es in mein Ohr.

»Ist wirklich alles in Ordnung?«, fragt sie unsicher.

»Ja, wirklich. Ich kenn nur nicht die genaue Adresse und möchte sie einem Freund nennen, der mich abholen will.«

»Will?«

»Brunsteenweg dreiundvierzig.«

»Hamburg, ja?«

»Ja, Hamburg. Ist wirklich alles okay?«

»Vielen Dank«, sage ich und drehe mich zum Ausgang um. »Hast du das?«, spreche ich in mein Handy.

»Alter, hab eben nachgeschaut. Das ist in Duvenstedt!«

»Duvenstedt? Was war gestern nur los?«

»Keine Ahnung, aber ich bin dann in, äh, vierzig Minuten da und dann sehen wir weiter.«

»Alles klar, danke.« Ich lege auf und drehe mich noch einmal zu der Blondine an der Rezeption um. »Könnten Sie eventuell doch mal Ihre Kollegin anrufen?«

Die Party [09:05]

Fünf nach neun kommt Olaf mit seinem alten Opel Kadett die Auffahrt zum Motelparkplatz hochgefahren. Er hatte sich den Wagen bereits nach dem Abitur gekauft und seitdem ununterbrochen gefahren. Aber auch ohne dieses Wissen war klar, dass die Karre so einiges hinter sich hatte. Überall gibt es Lackschäden, Roststellen, die Hälfte der Radkappen fehlt und die Motorhaube ist mit zahlreichen Dellen übersät.

Er hält direkt neben mir, beugt sich über den Schalthebel und grinst mich durch das runtergelassene Beifahrerfenster an.

»Duvenstedt, was?«

»Kann man sich wohl nicht aussuchen.« Ich öffne die Beifahrertür und steige ein. Die stickige Luft im Wagen lässt mich kaum atmen. »Ach Scheiße, Olaf. Wann kaufst du dir endlich ein neues Auto?«

»An dem Tag, an dem du deinen Führerschein machst.« Olaf startet den Wagen und brettert über den Kiesboden davon.

»Dann lass dir wenigstens eine Klimaanlage einbauen.«

»An dem Tag-«

»Jaja, schon gut.«

Olaf lacht. »Und? Schon eine Ahnung, was dich in dieses bezaubernde Viertel gebracht hat?«

»Nein. Also, doch. Die Frau von gestern Abend hat ihrer Kollegin erzählt, dass ich anscheinend ziemlich großspurig mit meiner Kreditkarte wedelnd und zwei Frauen im Arm ein Zimmer wollte. Ich muss wohl ziemlich hacke gewesen sein, aber sie meinte, das sei hier nichts Seltenes, sodass sie mir ohne Bedenken ein Zimmer vermietete.«

»Zwei Frauen?«

»Sie meinte, die eine wäre eine Asiatin gewesen. Ziemlich klein und zierlich. Die andere eine ebenso kleine, aber wohl *kräftigere*, wie sie sie beschrieb. Hast du eine Ahnung, wer das war?«

»Nö. Du lebst so kurz vorm Ende noch einmal den Traum, was?« Olaf grinst und hält an einer eben rot gewordenen Ampel an.

»Keine Ahnung, was wir machten und was nicht. Wann hast du mich denn das letzte Mal gesehen?«

»Irgendwann vor Mitternacht. Wir waren bei Theresa zuhause, du erinnerst dich?«

»Theresa, ja, da ist was.«

»Ich war gerade pinkeln und als ich wiederkam, warst du weg.«

»Und du hast nicht versucht, mich zu erreichen?«

Hinter uns hupt ein Wagen.

»Grün«, sage ich.

»Du hattest erst ein paar Stunden vorher erfahren, dass du in den Knast musst. Nein, Mann, ich wollte dir deinen Freiraum lassen.«

»Hm.«

»Ist ja auch egal. Jetzt bist du wieder hier. Wir müssen anfangen, die Party zu planen.«

»Die Party? Welche Party?«

»Na die, die du heut Abend geben wirst, um deine letzten Stunden in Freiheit zu genießen.«

»Haben wir das nicht gestern schon getan?«

Ich strecke eine Hand zum Fenster raus, um wenigstens ein wenig Abkühlung zu bekommen. Olaf brettert über die Segeberger Chaussee und biegt gerade auf den Hummelsbütteler Steindamm ab.

»Das gestern war doch nur Pillepalle. Da waren kaum Leute, die wir kannten. Heute trommeln wir alle zusammen. Alle Freunde, allen, an denen dir etwas liegt und denen du etwas bedeutest.«

»Okay ... Und wie willst du das anstellen?«

»Keine Ahnung, aber mir fällt schon was ein.« Olaf überholt ein Taxi und schert kurz vor ihm wieder in die Spur. »Sag mal, wo fahren wir eigentlich gerade hin?«

Ich krame die Liste aus meiner Hosentasche und halte sie Olaf hin.

»Was ist das?«

»Das, was heute noch erledigt werden muss.«

Obwohl er mit gut achtzig Sachen unterwegs ist, riskiert Olaf zwei, drei Blicke auf den Zettel. »Sieht nicht allzu viel aus.«

»Hast du eine Ahnung.«

»Du hast die Party vergessen.«

»Du meinst die, von der ich noch nichts wusste?« Ich öffne das Handschuhfach und suche nach etwas Schreibbarem.

Nachdem ich mich durch alte Taschentücher, verschütteten Tabak und andere nicht genau zu definierbare Substanzen durchgewühlt habe, werde ich fündig. *4 PARTY!*, schreibe ich unter den Auftritt.

»Und das heißt?«, möchte Olaf wissen.

»Hm?«

»Na, wo geht es jetzt hin?«

»Zu Leila.«

»*Damit* willst du beginnen?«

»Wieso nicht?«

Olaf beschleunigt, um bei einer auf Orange umschaltenden Ampel gerade noch so durchzukommen.

»Kein Ahnung, ist ja deine Liste.«

»Eben.«

Wir fahren auf der Alsterkrugchaussee entlang und ich schaue nach draußen, um die an uns vorbeizischenden Bäume zu beobachten. An einer Ampel, an der wir es nicht mehr durchgeschafft haben, sehe ich einen kleinen Jungen an der Hand seines Vaters.

»Werde ich das jemals erleben?«

»Was?«

Ich nicke in Richtung des Vater-Sohn-Gespanns. »Na, so was.«

»Alter, du bist siebenundzwanzig. Bei guter Führung bist du noch nicht einmal dreißig, bis du wieder raus bist.«

»Ich weiß ja noch nicht mal, ob ich das will, aber wenn man so darüber nachdenkt …«

»Dann denk nicht darüber nach. Dafür hast du ab morgen noch genug Zeit.«

»Du bist wirklich aufbauend.«

»Ich weiß, danke.«

Die Ampel schaltet auf Grün und Olaf beschleunigt den Wagen, sodass er sogar den neben uns stehenden BMW abzieht, dabei aber die beängstigendsten Geräusche aus dem Motorraum zu uns dringen.

»Du bist dir sicher? Erst an dem Tag, an dem ich meinen Führerschein mache?« Ich lache in Olafs Richtung.

»Kann man den auch im Knast machen?«

2UND2WANZIG JAHRE [09:39]

»Da!«, sage ich und deute Olaf die eben freigewordene Lücke auf der gegenüberliegenden Straßenseite an.

Ohne zu zögern und einem kurzen Blick in den Rückspiegel reißt Olaf das Lenkrad nach links und macht eine waghalsige Hundertachtzig-Grad-Drehung auf der vierspurigen Gärtnerstraße. Wer hier wohnt, weiß nur allzu gut, wie katastrophal die Parkplatzsituation in diesem Stadtteil ist und nutzt jede noch so kleine Gelegenheit, um einen Stellplatz zu bekommen.

Olaf parkt den Opel unter schmerzerregendem Lärm und stellt den Motor ab. Wir steigen aus und gehen auf das hohe Eckhaus in der kleinen Seitenstraße mit den französischen Balkons an jeder Etage zu und ich klingele, an der Haustür angekommen, bei *Winkener*. Nach ein paar Sekunden, in denen sich nichts tut, drücke ich erneut auf das Schild. Wieder nichts.

»Keiner da?«

»Eigentlich müsste sie zuhause sein.«

Ich greife in meine Hosentasche und ziehe meinen Schlüsselbund heraus. Nach kurzem Suchen finde ich Leilas Wohnungsschlüssel und schließe die Haustür auf. Im Treppenhaus ist es angenehm kühl und am liebsten würde ich einfach nur ein paar Minuten so verweilen, aber der Blick auf mein Handy verrät, dass es in wenigen Minuten bereits viertel vor zehn ist und ich ja vieles habe, aber Zeit heute leider nicht dazuzählt.

Wir gehen die knarrenden Holzstufen nach oben und stehen nach zwei Stockwerken vor Leilas Tür. Noch einmal klopfe ich dagegen und hoffe, meine Freundin antreffen zu können. Keine Regung. Ich schiebe den Schlüssel in das Schloss und öffne die Wohnungstür.

Leila zog vor einem Jahr in diese Wohnung und ich kann mich noch gut an den beschwerlichen Umzug erinnern. Da sie es wieder einmal verpasste, genügend Freunde anzufragen, musste ich unzählige Male diese elenden Treppenstufen hoch und wieder runter laufen. Seitdem verbinde ich, zumindest mit dem Treppenhaus, nicht die allerbesten Erinnerungen. Außerdem ist die Wohnung viel zu groß für eine Person, wie ich finde. *Geräumig*, findet Leila.

Ich gehe zusammen mit Olaf in das am Ende des Flurs liegende Wohnzimmer, von dem aus man auf den kleinen Balkon zur Straßenseite hinauskommt. Ich sehe mich um und kann nichts finden, was auf Leilas Wegbleiben schließen lässt. Dann gehen wir ins Schlafzimmer, in die Küche, doch nirgends eine Notiz oder ein Hinweis. Als ich mir gerade ein Glas Wasser aus der Leitung einschenke, höre ich Olafs Stimme rufen.

»Carlo, komm mal her!«

Ich laufe über den Flur und biege ins Arbeitszimmer.

»Ja?«

»Bin mir nicht sicher, ob dir das gefällt.« Er deutet auf einen Fetzen Papier, der neben dem Telefon liegt.

Ich hebe das abgerissene Blatt hoch und murmele die darauf geschriebenen Wörter vor mich hin. »Cornelius, zehn Uhr, Richardstraße zweihundertzwölf.«

»Alles okay?«, fragt Olaf.

»Cornelius also ...«, sage ich Olaf ignorierend. Ich schaue auf die Uhr: zehn vor zehn. »Wir müssen dahin.«

»Bist du dir sicher?«, fragt Olaf in der Hoffnung, dieses Mal eine Antwort zu bekommen.

»Wenn nicht heute, wann dann? Ab morgen kann sie mit ihrem *Cornelius* tun und lassen, was sie will. Aber erst muss ich die Wahrheit rausfinden. Erst soll sie mir ins Gesicht sagen, dass sie mich all die Wochen bloß verarscht hat.«

Mein Blick fällt auf den Schreibtisch, auf dem das eingerahmte Foto steht, das Leila und mich am Strand von Alicante zeigt. Es war unser erster gemeinsamer Urlaub und wir beide schauen verliebt und lächelnd in die Kamera. Ich erinnere mich, dass es ähnlich heiß wie heute war. Wir saßen auf einer Decke und schauten stundenlang in die Weiten des Mittelmeeres. Drei Jahre ist das jetzt her und ein Gefühl der Trauer überkommt mich, als ich daran denke, wie glücklich wir damals waren.

»Ich bin dabei«, reißt Olaf mich aus meinen Gedanken. »Sie liest noch immer an deinem Roman?« Olaf hält ein Buch in der Hand, das er neben dem Foto auf dem Schreibtisch fand.

»Anscheinend.«

Ich erkenne das fettgeschriebene *2UND2WANZIG JAHRE* auf dem Cover. Es ist mein erster Roman, den ich in einem Anflug von Selbstverwirklichung letztes Jahr fertig schrieb und selbst verlegen lassen habe. Er gelangte nie wirklich an die Öffentlichkeit, da nur ein paar Freunde und Bekannte ihn kauften. Aber ich war und bin trotzdem stolz darauf und habe ihn Leila letztes Jahr zu unserem Jahrestag geschenkt. Irgendwann habe ich es sein lassen, sie danach zu fragen, ob sie endlich fertig sei. Womöglich hat sie es einfach nicht so mit dem Lesen.

Seitdem ich erfuhr, dass es in den Knast geht, war es mein einziger Trost, dass ich endlich Zeit finden würde, ein neues Projekt anzugehen. Vielleicht ja ein Knastroman oder etwas über eine gescheiterte Liebe. Zeit würde ich ja haben.

»Also?«, fragt Olaf, nachdem er das Buch wieder weggelegt hat.

»Hm?«

»Machen wir los?«

»Warte noch. Ich hab eine Idee.« Ich gehe zurück ins Wohnzimmer. »Leila hasst es, wenn in ihrer Wohnung geraucht wird.«

»Du meinst ...?«

»Auf jeden.«

Wir setzen uns auf das samtig rote Ecksofa und ich ziehe die zerknüllte Schachtel aus meiner Arschtasche. Nachdem ich zwei Zigaretten rauspfriemele und eine davon Olaf anbiete, zünde ich sie an und nehme einen tiefen Zug.

»Das wird ihr nicht gefallen«, grinst Olaf.

»Ich weiß.«

Ich betrachte das spärlich gefüllte DVD-Regal und erinnere mich an *Fight Club*, den Leila unzählige Male mit mir schauen musste.

»Tyler Durden ist schon eine Wucht, oder?«, sage ich und blase den aufgesogenen Qualm in Richtung Decke.

»Ich hab nie verstanden, was dich an ihm so fasziniert.«

»Einfach alles.« Ich lächele und asche direkt auf den vor uns stehenden Holztisch mit der sauber polierten Glasplatte.

Nachdem wir aufgeraucht haben, drücken wir die Stummel in Leilas Topfpflanze, die links an der Wand zwischen Sofa und Balkontür steht.

»Ich wäre dann so weit«, sage ich zufrieden.

»Alles klar.«

Ich gehe noch einmal ins Arbeitszimmer, stecke den Zettel ein und ziehe die Wohnungstür hinter uns zu.

Altbauvilla [10:16]

»Das könnte ein neuer Rekord sein«, sagt Olaf selbstzufrieden, nachdem er den Wagen auf dem Seitenstreifen zum Stehen gebracht hat.

Wir steigen aus und sehen uns um. Die Richardstraße ist an beiden Seiten mit ziegelroten Neubauten verschiedener Farbnuancen zugepflastert. Auf den zahlreichen zur Straße hingewandten Balkons, wo einer dem anderen gleicht, sitzen, liegen oder stehen die Menschen unter ihren Sonnenschirmen und versuchen der drückenden Hitze zu trotzen.

»Welches Haus ist es?«, fragt Olaf und nimmt eine Hand an seine Stirn, um sie als provisorischen Blendenschutz einzusetzen.

»Hm, zweihundertzwölf«, murmele ich und versuche eine Hausnummer zu erhaschen.

Ich möchte gerade einen auf dem Balkon rauchenden Typen nach der Nummer fragen, als ich die grauweiße Altbauvilla entdecke. Ich frage mich, warum sie mir nicht gleich aufgefallen ist, da hier weit und breit kein anderes Haus dieser Art steht.

»Hier«, sage ich und sehe mir das Prunkstück näher an.

An der oberen Fassade erkenne ich kleine Säulen, die durch das Bild einer weinenden Frau unterbrochen werden. Unter der in Stein gehauenen Statue befindet sich ein großer Balkon mit einer durch weiße Rahmen unterteilten Glastür. Unterhalb des Balkons gibt es eine weitere Glasfront mit hochgezogenen Bodenfenstern. Rechts daneben befindet sich der Eingang.

»Mist.«

»Was ist?«

»Ich dachte, der Typ ist wenigstens genauso arm wie ich, aber anscheinend hat dieser Cornelius ja Kohle ohne Ende.«

»Finden wir's raus.« Olaf steht bereits in der gepflasterten Einfahrt.

Ich folge ihm und kurze Zeit später finden wir uns vor der massiven, holzbraunen Eingangstür wieder.

»Was für eine-«

»Was?«, frage ich und kann mir die Frage gleich selbst beantworten. »Das ist jetzt nicht wahr.«

Wir beide stehen vor dem Messingschild, das links neben der Tür an der Hauswand befestigt ist und auf dem uns in Großbuchstaben *KNUDERSTEN IMMOBILIEN GMBH* entgegenprangt. Mir fehlen die Worte.

»Scheiße, Mann. Das ist einer von Knuderstens Firmensitzen.«

»Was hat Leila hier bloß verloren?«

»Was auch immer es ist, wir sollten es nicht rausfinden.«

»Was?« Ich sehe Olaf mit unglaubwürdigem Blick an.

»Alter, überleg doch mal. Du darfst dich Knudersten nicht nähern, geschweige denn eines seiner Häuser betreten.«

»Aber Knudersten ist mir doch völlig egal.«

»Ja, aber dem Gericht nicht. Wenn sie Wind von der Sache bekommen, war's das mit morgen früh, acht Uhr. Dann geht es für dich, Moment ...« Olaf schaut auf seine imaginäre Uhr am Handgelenk. »direkt *jetzt* in den Knast.«

Ich überlege und schaue noch einmal genauer auf das Schild.

»Öffnungszeiten Montag bis Freitag zehn bis siebzehn Uhr«, lese ich laut vor und schaue auf die Uhr: zehn Uhr neunzehn. »Die haben extra für uns geöffnet«, grinse ich und schiebe die schwere Holztür auf.

Olaf schüttelt den Kopf, folgt mir aber in das Innere des Hauses.

Drinnen ist es angenehm kühl. Zu unserer Linken gibt es einen kleinen Empfangstresen, hinter dem eine ältere Dame mit Brille sitzt, die gerade mit einem korpulenteren Typen mit Halbglatze spricht, dessen Rückten trotz der klimatisierten Luft von riesigen Schweißflecken gezeichnet ist. Vor uns liegt eine Treppe, die ins obere Geschoss führt. Daneben geht es einen kleinen Gang entlang, der in einen Raum weiter hinten führt.

Instinktiv husche ich an der Tür, die zum augenscheinlichen Empfang führt, vorbei und laufe die Treppe, zwei Stufen auf einmal nehmend, nach oben. Olaf folgt mir geduckt und rempelt mich von hinten an, als ich abrupt stehen bleibe.

»Autsch«, stößt er gedämpft hervor und schaut mir über die Schulter. »Was ist los?«

»Moment.« Ich warte, bis die zwei Frauen, die gerade den Gang entlangkommen, in der Kaffeeküche verschwinden. »Jetzt«, sage ich und gehe nach rechts zum Ende des Gangs.

Der Flur ist gut zwanzig Meter lang und es führen rechts und links Türen in die verschiedenen Büroräume, die teils offen, teils verschlossen sind.

»Was hast du vor?«, will Olaf wissen.

»Leila finden?«, flüstere ich.

»Ich weiß, aber ich meine, *wie*?«

»Indem wir suchen.«

»Haha.« Olaf deutet lautlos ein Lachen an.

Wir gehen zur ersten Tür auf der rechten Seite, die glücklicherweise offen steht und in der sich ein leerer Schreibtisch mit ein paar Akten darauf befindet. Wir ziehen weiter und bewegen uns geräuschlos im Zickzack über den Korridor. Auch das zweite Büro ist offen, jedoch nicht unbemannt. Ein junger Typ mit Cappy auf dem Kopf sitzt mit den Beinen auf dem Tisch in seinem Stuhl und telefoniert gerade.

Als wir uns zur dritten Tür vorarbeiten wollen, hören wir Schritte auf der Treppe.

»Zurück«, flüstert Olaf blitzschnell und ist genauso schnell wieder im ersten, leerstehenden Büro. Ich folge ihm und wir warten bis der Flur wieder frei ist.

»Was ist das hier eigentlich?«, fragt Olaf, während er das Büro genauer in Augenschein nimmt.

»Keine Ahnung, was Knudersten hier so ausheckt. Lass uns weitersuchen.«

»Hm.«

Gerade will ich wieder vorpreschen, da pfeift Olaf mich zurück.

»Was denn noch?«

»Schau mal hier.« Er zeigt auf das hinter Glas liegende Schildchen, das neben der Tür hängt.

»Ja, und?«

»Cornelius, richtig?«

»Hä?«

»Der Typ, den wir suchen, heißt doch Cornelius?«

»Also eigentlich suchen wir Leila, aber im Grunde genommen hast du recht.«

»Gut, dann müssen wir nicht in jedes Büro schauen, sondern lediglich auf die Türschilder. Steht ja immer der volle Name dran.«

»Gar nicht mal so dumm, mein Freund. Dass ich dir doch in all den Jahren noch etwas beibringen konnte.« Ich grinse ihn an.

»Muss ja jetzt auch erst mal ohne dich klarkommen«, sagt er leise und grinst zurück.

Wir warten, bis die Luft wieder rein ist, und laufen dann zügig an den Büroräumen vorbei, jeweils mit einem kurzen Blick auf die Namensschilder. Beim vorletzten Schild bleiben wir stehen.

»Da!«

»Hätten wir ja lange suchen müssen.« Ich lese das Schild vor. »Cornelius Becker, Produzent? Die will doch nicht ...«

Ohne zu überlegen, reiße ich die Tür auf.

Artist Manager [10:26]

»Carlo?«

Ich schaue in Leilas ungläubiges Gesicht, wie sie in meines schaut.

»Was-, was willst du denn hier?«

Noch immer kann ich die Situation nicht ganz fassen. Zum Glück kommt Cornelius mir zuvor.

»Entschuldigen Sie, wir sind hier gerade mitten in einem Meeting. Wenn Sie später wiederkommen würden.«

»Meeting?«

»Carlo, was machst du hier?«

»Was *ich* hier mache?« Ich versuche in Windeseile Herr der Situation zu werden, kann mich aber kaum konzentrieren.

»Ich möchte Sie nun höflich bitten, zu gehen.« Cornelius, der an der linken Stirnseite des Tisches sitzt, steht auf.

»Schön den Ball flach halten«, unterstützt mich Olaf von hinten.

»Bitte?«

Endlich finde ich ein paar Worte wieder.

»Sollte die Frage nicht lauten, was *du* hier machst?«

Leila schaut hilfesuchend zu Cornelius.

»Ich-, ich-, ich wollte es dir noch sagen.«

»Mir was sagen? Dass du entweder mit diesem Cornelius hier fickst oder mit Knudersten zusammenarbeitest?«

»Cornelius? Woher kennt er denn Cornelius?«, dreht sich Cornelius zu Leila, der es anscheinend ultra hip findet, in der dritten Person von sich zu sprechen.

»Ich hab keinen anderen und das mit Knudersten-«

»Also doch. Ich bin mir nicht sicher, welche von beiden Sachen schlimmer ist.«

»Wenn ich noch einmal darum bitten-«

»Und du, schön dein Maul halten, Cornelius«, sagt Olaf und macht einen Schritt nach vorn.

»Cornelius?«

»Das ist nicht Cornelius«, klärt Leila uns auf. »Das ist Edgar. Er ist …«

»Ja, was ist er?«, möchte ich ungeduldig und mit Puls auf hundertachtzig wissen.

»Ich bin Edgar van der Horst, Artist Manager bei Knudersten Records«, sagt Edgar, der augenscheinlich nicht Cornelius ist, und hält mir die Hand hin.

»Artist Manager?«

»Genau.«

»Das gibt es doch gar nicht.«

»Und ob. Sehen Sie hier.« Er hält mir seine Visitenkarte hin.

»Nur weil das da-, ach ist doch auch egal. Das heißt, du hast einen Deal mit Knudersten?«, wende ich mich nun wieder an Leila, die noch immer überrascht auf ihrem Stuhl kauert.

»Du weißt, dass ich nicht für immer irgendwelche Klamotten verkaufen will. Und Knuderstens Leute bieten mir die Möglichkeit dazu.«

»Du meinst wohl Knudersten selbst. Wann habt ihr euch das denn ausgedacht? *Nachdem* oder *bevor* ich in U-Haft saß? Oder vielleicht doch gleich gestern im Anschluss an meine Verhandlung?«

»Carlo, ich wollte es dir ja sagen, aber-«

»Aber du meinst, ich hätte ein kleines Problem damit gehabt, wenn du mit dem Kerl zusammenarbeitest, der mich in den Knast bringt?«

»Siehst du, ich wusste, dass es ein Fehler gewesen wäre.«

»Ein Fehler?! Klar ist es ein Fehler, wenn du mit dem zusammenarbeitest.«

»Ich meine, es dir zu erzählen.«

Van der Horst, der sich mittlerweile wieder gesetzt hat, verfolgt unser Gespräch mit größtem Interesse. Olaf steht noch immer neben mir und hält Wache, ob nicht irgendwer hinzukommt, der es besser nicht sollte.

»Das ist jetzt nicht dein Ernst! Wann wolltest du mir es denn sagen? Hätte ich, wenn ich mich nach ein paar Wochen an den Knast gewöhnt habe, einen Brief mit deinem süßlichen Duft bekommen, in dem du mir alles ganz sensibel erklärst?«

»Carlo, werd' jetzt nicht unfair. Ich hab den Kürbis nicht geworfen. Und das hier hat nichts mit all dem zu tun.«

»Kürbis?«, schaut van der Horst ganz verdutzt.

»Wie bitte?! Das hat einfach alles damit zu tun! Du machst Geschäfte mit dem *Feind*!«

»Er ist *dein* Feind, nicht meiner.«

»Aber wir sind ein Paar! Wir sollten die gleichen Feinde haben!«

»Aber doch nicht, wenn er mich groß rausbringen kann.«

Ich verstehe die Welt nicht mehr. Mittlerweile wünsche ich mir, sie würde mich mit irgend so einem dahergelaufenen Typen betrügen, als tatsächlich unter Wolfgang Knuderstens

Regime eine Musikkarriere anzustreben. Auch Olaf scheint die Lage zu begreifen und versucht dem Ganzen ein Ende zu setzen.

»Carlo, komm. Ich denke, wir sollten verschwinden.«

»Du hast doch noch nie Interesse an meiner Karriere gezeigt. War ja klar, dass du kein Verständnis dafür hast«, ignoriert Leila Olafs Vorschlag.

»Verständnis?! Der Typ hat mein Leben ruiniert! Er hat mir meine Freiheit genommen und als reicht das nicht schon aus, nimmt er mir jetzt auch noch meine Beziehung!«

»Also, wenn ich dazu auch mal-«, versucht van der Horst einzuhaken.

»Wieso denn deine Beziehung?«, fragt Leila ernsthaft überrascht. »Ich schlaf doch nicht mit ihm. Ich liebe noch immer nur dich.«

»Du lie-?! Wenn du mit ihm schlafen würdest, wäre das nicht halb so schlimm, wie deinen großen Traum in seine Hände zu legen! Du glaubst doch nicht ernsthaft, dass wir weiterhin-«

»Scheiße«, sagt Olaf plötzlich und zieht mich an meinem Shirt nach hinten. »Wir müssen los.«

Auf dem Gang kommen hörbar Schritte näher.

»Dass wir was?«, möchte Leila, dass ich meinen Satz beende.

Noch bevor ich darauf reagieren kann, schleift mich Olaf über den Korridor nach links auf die Treppe zu, die uns wieder nach unten führt. Glücklicherweise legt er solch ein Tempo an den Tag, dass die zwei Anzugträger, die auf dem Weg zu uns sind, erst nach uns an der Treppe ankommen, sodass wir kurz vor ihnen die Stufen in die Freiheit nehmen können. Ich laufe jetzt wieder allein und will mich gerade umdrehen, um unsere Verfolger im Auge zu behalten, als es zu einem brachialen Zusammenstoß mit Olaf, mir und einem kräftig gebauten Typen kommt, dessen Brille in hohem Bogen zur Seite fliegt und dabei klirrend zu Bruch geht. Ich spüre einen stechenden Schmerz in meiner Bauchgegend, habe aber keinerlei Zeit mir Gedanken darüber zu machen, da die beiden Verfolger schon auf der Treppe sind. Ich will gerade aufstehen und Olaf mit hochziehen, da blicke ich mitten in Knuderstens völlig überraschtes Gesicht.

Und er in meins.

»Fuck«, sage ich und Knudersten, der noch immer unbeholfen wie eine Schildkröte auf dem Panzer daliegt, schaut mich fassungslos an.

»Was um alles in der Welt?« Knudersten richtet sich auf und sitzt vor uns. Als er die Situation, die sich ihm gerade bietet, begreift, zaubert es ihm ein Grinsen ins Gesicht. »Wen haben wir denn da? Carlo Fröhlich in meinem Hause. Na, da wird sich das Gericht aber freuen«, sagt er zufrieden und versucht auf die Beine zu kommen.

Olaf und ich stehen beide wie erstarrt da. Knuderstens Leute sind am Fuße der Treppe ebenfalls stehengeblieben und scheinen sich nicht ganz sicher zu sein, was sie als Nächstes tun sollen.

»Na, worauf wartet ihr noch?«, schreit Knudersten die beiden Anzugträger an.

Diese zucken zusammen und stürmen nach kurzer Besinnung auf uns zu. Aber wir sind schneller und sind bereits durch die Eingangstür, durch die wir wenige Minuten zuvor gekommen sind, nach draußen gerannt, als wir in dem Moment die Tür zuschlagen, als der erste von Knuderstens Leuten, ein kahlrasierter Dreitagebartträger, gerade mitten im

Türrahmen steht und somit die volle Breitseite des schweren Holzgeschosses abbekommt. Sofort spritzt Blut aus seiner Nase und er taumelt nach hinten, wo er in die Arme seines Kollegen fällt.

Olaf und ich sprinten derweil zum Wagen, während Olaf hektisch die Autoschlüssel aus der Tasche kramt. Er schließt die Fahrertür auf, öffnet mir von innen die Beifahrerseite und startet den Motor. Der nicht blutende der beiden rennt gerade aus dem Haus auf die Einfahrt und ist gleich auf dem Gehweg.

»Mach schon!«, schreie ich Olaf an, als er mit aufheulendem Motor den Opel auf die Straße manövriert.

Ein von gegenüber kommendes Auto gibt Lichthupe, weil wir kurz auf seinen Fahrstreifen kommen, aber Olaf schafft es rechtzeitig, den Wagen wieder in die richtige Spur zu lenken. Und so düsen wir, gerade noch dem abgekämpften und mit ein paar Bluttropfen besprenkelten Security-Typen, den wir im Rückspiegel ausmachen können, entkommen, die Straße Richtung Innenstadt davon.

Olivia [10:48]

Nachdem Olaf den Wagen wieder etwas verlangsamt, biegen wir von der Steinstraße in die Lange Mühren ein und parken im Parkhaus, ein paar Meter von der Innenstadt entfernt. Noch immer kann ich nicht ganz begreifen, wie sich meine geliebte Leila mit so einem Schwein einlassen konnte und tatsächlich glaubt, dass ihm an ihr etwas liege.

»Wie kann sie nur so blind sein?«, sage ich mehr zu mir selbst, als Olaf gerade den Kadett, nachdem wir bis in den fünften Stock fahren mussten, in eine enge Lücke zwischen einem Van und einem teuer aussehenden Alfa Romeo parkt.

»Du kennst sie doch.«

»Ich weiß, aber ich dachte nicht, dass sie sich so blenden lässt.«

»Wer blind ist, kann auch nicht geblendet werden«, sagt Olaf und grinst, während er den Motor abstellt.

Wir verlassen noch immer schweißgebadet von der kleinen Verfolgungsjagd eben den Wagen und gehen durch die Eisentür, die uns ins Treppenhaus führt, über die Stufen nach unten und schließlich nach draußen.

In der Stadt herrscht Trubel. Trotz der enormen Hitze schleppen sich überall Menschen von einem Laden zum anderen, sitzen in Cafés, telefonieren, reden oder bummeln einfach nur die Einkaufspassagen entlang. Ich liebe dieses bunte Treiben hier in der Innenstadt. An jeder Ecke gibt es Straßenkünstler, die einem die verschiedensten Sachen darbieten und Menschenmassen um sich scharen, wobei der heutige Tag keine Ausnahme bildet. Als wir gerade in die Mönckebergstraße einbiegen, sehe ich eine Gruppe von Leuten, die sich um einen Gitarrenspieler mit einem kleinen, batteriebetriebenen Verstärker tummelt, der virtuos auf den Saiten herumspielt. Wir gehen an ihm vorbei und beflügelt von seiner Musik werfe ich ein Zweieurostück in seinen Koffer. Dann laufen wir die Straße weiter hinunter und gelangen über die Bergstraße Richtung Jungfernstieg. Noch bevor wir den breiten und auch heute wieder viel befahrenen Ballindamm überqueren, bleiben wir vor einem kleinen Eckcafé in einem der hohen Geschäftshäuser stehen.

»Hier?«

»Ist ja deine Henkersmahlzeit.«

Wir setzen uns an einen der wenigen freien Tische und schauen in die Karte. Nachdem ich ausgewählt habe, ziehe ich meine Schachtel aus der Hosentasche und zünde mir eine Zigarette an. Die fast leere Schachtel lasse ich auf dem Tisch liegen, sodass Olaf sich ebenfalls eine rausnimmt und ich ihm Feuer gebe. Während wir rauchen, zückt Olaf sein Smartphone und tippt und wischt irgendetwas darauf herum. Ich sitze einfach nur so da und beobachte die umhergehenden Menschen. Ich glaube, das werde ich mit am meisten vermissen. Klar werden mir meine Freunde fehlen, aber ich liebe es, in einer Großstadt wie Hamburg einfach nur innezuhalten und mir die herumtreibenden Passanten zu betrachten und zuzusehen, wie sie ihren Alltag gestalten. Ob die Knastbrüder auch so unterhaltsam sein werden?

Nach einer Weile des Stillschweigens bricht Olaf die Ruhe. »So, das hätten wir.«

»Hm?«, sage ich und blase den eben eingesogenen Rauch in den warmen Himmel.

»Die Party steht, die Einladungen sind verschickt.«

»Einladungen? Klingt nicht gerade nach intimer Atmosphäre.«

»Keine Angst, es werden nur die Leute kommen, die dir am Herzen liegen.«

»Wenn du meinst. Und wie, wann, wo?«

»Lass dich überraschen. Oder meinst du, ich rück dir heut noch mal von der Pelle?« Olaf lächelt.

»Wahrscheinlich nicht«, lächele ich zurück. »Außerdem brauch ich ja noch meinen Chauffeur.«

»Apropos, wo geht es denn als Nächstes hin?«

Ich hole meine Liste aus der Hosentasche, wobei ich den Notizzettel aus Leilas Arbeitszimmer mit herausziehe.

»Der ist wohl überflüssig«, sage ich, zerknülle das Stück Papier und werfe es in den Aschenbecher auf dem Tisch. Dann hole ich den aus Olafs Auto mitgenommenen Stift hervor und streiche *Leila zur Rede stellen* doppelt durch.

»Familie versöhnen«, lese ich Punkt zwei meiner zu erledigenden Aufgaben vor. »Ich schätze mal, Tome ist als Nächster dran.«

»Warum rufst du ihn nicht einfach an?«, will Olaf wissen.

»Wir haben seit sieben Jahren keinen Kontakt mehr. Glaubst du im Ernst, dass ich eine Handynummer habe, geschweige denn, dass wir locker am Telefon darüber plaudern können, dass ich morgen für drei Jahre in den Knast wandere und ich gern noch die Familie wieder im Einklang hätte?«

»Verstehe.«

»Nein, da muss ich persönlich hin.«

»Und wo genau müssen wir hin?«

»In die Galerie, schätze ich.«

»Ist die nicht in Winterhude?«

»Du wolltest doch nicht von meiner Seite weichen.«

Wir beide müssen lachen, währenddessen ein hochgewachsener Kellner mit dunklem Lockenkopf an unseren Tisch kommt.

»Schon was gefunden?«

Wir geben unsere Bestellung auf und warten, bis er wieder verschwunden ist.

»Und dann noch zu deinen Eltern und der restliche Tag ist frei?«

»Mach dir mal keine Hoffnungen. Du kennst meine Familie nicht. Da war der Überraschungsbesuch bei Leila ein Klacks dagegen. Außerdem steht noch der Gig auf dem Plan.«

»Hm.«

Fünf Minuten später bringt der Kellner von eben unsere Getränke und nach knapp zwanzig weiteren Minuten das Essen. Erst jetzt merke ich, wie leer mein Magen ist und ich verschlinge den saftigen Chickenburger in fast einem Zug. Als wir fertig sind, zieht Olaf die zwei letzten Zigaretten aus der Schachtel und gibt uns beiden Feuer.

Kurz bevor wir aufgeraucht haben, tippt Olaf mich an.

»Alter, ist das Olivia?«

Schlagartig drehe ich mich um und habe keinen Zweifel: sie ist es. Noch immer ist sie bildschön. Als ich sie zu unserer Abi-Feier das letzte Mal gesehen habe, war sie zwar fast zehn Jahre jünger, aber die Zeit scheint kaum an ihr genagt zu haben. Sie ist noch immer gertenschlank, hat keine Falten im Gesicht und auch so keine Altersanzeichen, wie ich von hier aus erkennen kann.

Sofort drehe ich mich wieder zurück.

»Schau da nicht so hin«, sage ich flüsternd und ermahnend zu Olaf.

»Wieso denn nicht? Sie ist noch immer heiß.«

»Sie soll uns nicht entdecken.«

»Hä? Warum das denn?«

»Weil ... ach, keine Ahnung. Weil es eben so ist.«

Ich wusste nicht, dass Olivia noch immer in Hamburg wohnt. Zehn Jahre lang habe ich sie nicht mehr getroffen und ich ging davon aus, dass sie sich irgendwo einen reichen Geschäftsmann geangelt hat und nach New York oder sonst wohin gezogen ist. Vielleicht ist es aber auch nur dieser großen Stadt geschuldet, dass wir uns seitdem nie wieder über den Weg gelaufen sind.

Olivia war damals das mit Abstand schönste und begehrteste Mädchen an unserer Schule. Jeder wollte sie haben, aber nur einer durfte sie tatsächlich kriegen. Ich weiß bis heute noch nicht, warum, aber ich war damals dieser *eine*. Wir kamen in der Zehnten zusammen, nachdem wir auf einer Party von Joachim Sprungel wild miteinander rumknutschten. Ich war schon immer verknallt in sie und sie anscheinend auch irgendwie in mich. Ich war der Held. Alle anderen Jungs waren ohne Ende neidisch, dass Olivia ausgerechnet mich erwählte. Bis Anfang der Zwölften waren wir ein Paar. Bis Wolfgang Knudersten in unsere Klasse kam und beschloss, dass ich Olivia nicht verdient hätte und stattdessen er mit ihr zusammen sein müsste. Und da Wolfgang Kohle hatte, drei Jahre älter war und somit bereits einen Führerschein samt Auto besaß, dauerte es nicht lange, bis Olivia ihr Herz dem Kapitalismus schenkte und meines in tausend Stücke zerbrach. Ich habe seitdem kein Wort mehr mit ihr gewechselt – oder besser gesagt, sie mit mir – und ich war nicht gerade daran interessiert, dies an meinem letzten Tag in Freiheit zu ändern.

»Shit«, sagt Olaf und macht sich klein.

»Was?«

»Ich glaube …« Er hebt den Kopf. »Korrigiere: Ich bin mir sicher, sie hat mich gesehen.«

»Nicht dein Ernst. Geht sie weiter?«

Olaf schüttelt stumm seinen Kopf.

»Du willst mich ver-«

»Olaf? Carlo? Ich fasse es nicht, euch hier zu treffen.«

»Olivia?«, sage ich gespielt überrascht.

»Was macht ihr denn hier?«

Und da steht sie. Sie ist noch immer so wunderschön und auch ihr unverwechselbarer Duft hat sich über die Jahre kaum verändert. Sie trägt jetzt ihr dunkles, glattes Haar länger, etwa bis unterhalb der Brust, ist dezent geschminkt und sieht in ihrem luftigen Sommerkleid noch immer so umwerfend aus, dass sie allein in den paar Sekunden, die sie hier steht, schon mindesten drei, vier Männerblicke erhaschen konnte.

»Wir? Äh, wir, äh, essen nur was.«

»Das seh ich.« Sie lächelt. Und was für ein Lächeln das ist. »Wohnt ihr noch in Hamburg?«

»Ja, äh, aber was machst du hier?« Da Olaf nur stumm das Geschehen verfolgt, versuche ich eine halbwegs vernünftige Konversation aufzubauen.

»Na ja, nicht essen, aber ansonsten wohl in etwa das Gleiche wie ihr. Ich wohne in Niendorf und bin unterwegs zu einer Freundin. Ist ja verrückt, dass wir uns noch nie begegnet sind. Wie geht es euch?«

»Gut soweit«, lüge ich und habe keine Lust, ihr meinen bisherigen und bevorstehenden Wertegang aufzulisten.

»Schön.«

Jetzt kommt der Moment der peinlichen Stille, der so oft unvermeidbar ist, wenn man auf jemanden aus seiner Vergangenheit trifft.

»Ach so, ja, und, äh, dir?«

»Mir auch, danke. Hab nach dem Studium hier in Hamburg bei so einem Architekturbüro angefangen.«

»Aha.«

»Oh Mann, ich glaub's immer noch nicht, gleich zwei aus meiner Schulzeit hier zu treffen.«

»Wir auch nicht. Also dich zu treffen, meine ich.« Ich spüre, wie meine Beine anfangen zu zittern. »Und sonst?«

Ich sehe, wie Olaf in sich hineingrinst.

»Hab jetzt gar nicht so viel Zeit. Aber vielleicht können wir uns ja mal auf einen Kaffee treffen? Über die alten Zeiten quatschen und so.« Schon wieder lächelt sie dieses bezaubernde Lächeln.

»Klar, irgendwann.«

»Vielleicht ja sogar heute?« Mit aufgerissenen und erschrockenen Augen sehe ich zu Olaf. »Weißt du, Carlo verreist ab morgen für ein Stück und es wäre ja blöd, wenn ihr euch wieder so lange nicht seht.«

Ich kann nicht glauben, was Olaf da gerade tut.

»Ach so, ja, klar.« Olivia scheint nachzudenken. »Wieso nicht? Hast du denn heute Abend Zeit?« Sie lächelt mich an und ich könnte diesem Lächeln niemals widerstehen.

»Na ja, eigentlich-«

»Klar, hat er«, schaltet sich Olaf wieder ein. »Wir gehen heute Abend auf eine Party. Am besten, du gibst mir einfach deine Nummer und dann schick ich dir die Infos.«

»Okay.« Olivia zückt ihr Handy, tippt kurz darauf herum und hält es schließlich Olaf vors Gesicht. »Super, dann bis heute Abend«, sagt sie und drückt mir zum Abschied einen Kuss auf die Wange. Dann ist sie um die nächste Ecke verschwunden.

Nach kurzer Erholungsphase hat mein Verstand mich wieder.

»Alter, was sollte das denn?«

»Was denn?«

»Du kannst sie doch nicht einfach zu der Party heute Abend einladen.«

»Wieso nicht?«

Ich sehe Olaf nur fragend an.

»Hör mal, es ist dein letzter Tag in Freiheit und du hast nix mehr zu verlieren. Eine Freundin hast du auch nicht mehr, wenn ich die Situation bei Knudersten richtig gedeutet habe, und da ist es doch nahezu schicksalhaft, dass dir ausgerechnet heute deine große Jugendliebe über den Weg läuft und auch noch gewissermaßen nach einem Date fragt.«

»Erstens hat sie nach keinem Date gefragt. Sie hat lediglich die Andeutung gemacht, wir könnten *irgendwann* mal was trinken gehen.«

»Aber sie hat für heute Abend sofort zugesagt.«

»Und zweitens ist sie meine große *Ex*-Liebe nach der Geschichte mit Knudersten.«

»Ich sag ja auch nicht, dass du sie heiraten sollst, was, nebenbei bemerkt, im Knast gar nicht mal so einfach wäre. Sondern nur, dass du einen netten Abend mit ihr verbringst.

Sie ist immer noch unfassbar heiß und, warum auch immer, dir gegenüber auch nicht gerade abgeneigt. Also hab einfach ein bisschen Spaß.«

»Und was wird sie denken, wenn sie auf eine Party kommt, die mir zu Ehren gegeben wird, weil ich am nächsten Tag in den Knast muss?«

»Das wird sie doch gar nicht mitbekommen.«

»Meinst du?«

»Vertrau mir. Und jetzt gib mal deine Liste.« Olaf schnappt sich das Blatt Papier, das noch immer vor mir liegt, und schreibt etwas darauf.

»Was tust du?«

»Deine Liste vervollständigen.« Er reicht mir das Blatt und ich sehe, wie er hinter *4 PARTY!* in Klammern *Olivia treffen* geschrieben hat.

»Was denn? Für den Fall, dass ich es vergesse?«

»Nein, aber für den Fall, dass dich Knudersten vorher erwischt und einbuchten lässt.«

»Und dann?«

»Arbeite *ich* die Liste ab.«

Die Liste [11:48]

»Sehr witzig.«

»Schon, oder?«

»Wir müssen nur die Augen ein wenig offen halten«, sage ich und schaue mich demonstrativ um.

»Sollten wir.« Olaf nimmt den letzten Schluck aus seinem Glas. »Sag mal, hast du eigentlich noch eine andere Liste?«

»Eine andere Liste? Was meinst du?«

»Na ja, es ist ja nicht so, dass du stirbst, aber drei Jahre können eine Menge verändern.« Ihm scheint die Formulierung jetzt schon falsch vorzukommen. »Und vielleicht gibt es ein paar Dinge, die du neben deinen *Pflichten* noch machen willst.«

»Du meinst eine *Was-ich-schon-immer-mal-machen-wollte*-Liste?«

»So was in der Art, ja.« Olaf schaut mich mit zweifelndem Blick an.

»Nicht wirklich. Hatte mit Leila so eine, aber die ist wohl dahin.«

»Kein Grund, sie nicht abzuarbeiten.«

»Aber auch keine Zeit.« Ich lache. »Wird beispielsweise schwierig, sich heute noch unter dem Eiffelturm einen Kuss zu geben. Außerdem mit dir ...« Ich ziehe eine Grimasse. »Oder New York von oben zu sehen.«

»Hm.« Olaf scheint angestrengt nachzudenken. »Was steht noch drauf?«

»Keine Ahnung, ist lange her. Außerdem hab ich noch genug Zeit, das *nach* meinem Kurzurlaub zu erledigen.«

»Ja, schon, aber solltest du nicht die«, er hebt vorsichtig die Hände, »*vorerst* letzten vierundzwanzig Stunden mit ein wenig Spaß verbringen? Ich mein, das mit Leila war ja schon ganz lustig, aber es geht bestimmt noch besser.« Olaf lächelt mich an.

»Du kennst meine Familie noch nicht«, grinse ich. »Aber die Dinge auf meiner *primären* Liste sind mir gerade wichtiger.« Ich leere mein Glas ebenfalls mit dem letzten Schluck.

»Es ist noch nicht mal zwölf und es stehen gerade mal noch drei Sachen darauf.«

»Drei *wichtige* Sachen«, korrigiere ich Olaf. »Wobei Punkt vier Ansichtssache ist.«

»Bitte?«, echauffiert sich Olaf spielend. »Aber das Ding ist, dass du die Freiheit nicht mit Plichten und Erledigungen in Erinnerung behalten solltest.«

»Ich hatte gehofft, deine Party würde dafür sorgen?«

»Jaja, echt witzig. Du weißt, was ich meine.«

»Und das heißt?«

»Dass wir jetzt mal ein paar Dinge für dich machen.«

»Ein paar Dinge für mich?«, frage ich skeptisch.

»Genau. Lass uns nachsehen, was auf deiner Liste steht.«

»Es ist ... *war unsere* Liste und falls ich sie überhaupt noch hab, liegt sie irgendwo zwischen unzähligem Papierkram bei mir zuhause.«

»Dann nichts wie hin.«

»Tome ist dran.«

»Danach.«

»Nein, jetzt.«

»Okay, ein Vorschlag: wir fahren zu dir nach Hause, holen die Liste, schauen, was drauf steht und fahren anschließend sofort zu deinem Bruder.«

»Das ist ein riesen Umweg.«

»Wird aber schneller gehen.«

»Schneller als was?«

»Schneller, als wenn du heute jede Station noch mit der Bahn abklappern musst.« Olaf zeigt ein verschmitztes Grinsen.

»Echt jetzt?«

»I'm your man, vergiss das nicht.«

»Wie könnte ich«, sage ich kapitulierend.

Wir lassen uns die Rechnung des Kellners bringen und ich bezahle für uns beide.

Olaf schaut verblüfft. »Wow, da musst du erst in den Bau gehen, damit ich nach all den Jahren von dir eingeladen werde.«

»Da siehst du mal, wie der Knast mich jetzt schon verändert.«

Wir beide lachen und ich schaue ein letztes Mal zu den herumirrenden Stadtbummlern und genieße für einen kurzen Moment der Stille das bedeutungslose Beobachten dieses Treibens.

Waffe an der Schläfe [12:24]

Hinter uns hupt es. Es gilt aber nicht uns, sondern ist höchstwahrscheinlich nur ein verzweifelter Hilfeschrei. Oder Wut. Wut über die katastrophale Verkehrssituation in dieser Stadt mit all ihren Baustellen, Umleitungen, Sperrungen und was weiß ich noch allem. Auch ich könnte gerade ohne Unterlass hupen, da wir schon knapp zwanzig Minuten unterwegs sind und gerade einmal die Hälfte der Strecke hinter uns gebracht haben. Als sei das nicht schon genug, prallt auch noch die volle Mittagssonne auf unser Auto und verwandelt es in eine Sauna ohne ihresgleichen. Ich versuche immer wieder meinen Kopf zum Fenster hinauszustrecken und Luft zu holen, wobei ich aber auch immer wieder feststellen muss, dass die Luft da draußen nicht so viel besser ist.

Mit düsterem Blick sehe ich Olaf an.

»Klima oder Stau?«, fragt er zögernd.

»Beides?«

»Wenn du dich entscheiden müsstest?«

»Wollen wir das jetzt wirklich spielen?«

»Wieso nicht? Stehen ja eh im Stau.«

Ich ziehe die Augenbrauen nach oben.

Schon seit unserer Schulzeit spielen Olaf und ich *Waffe an der Schläfe*. Die Regel ist, dass man sich zwischen zwei Möglichkeiten, eine absurder als die andere, entscheiden *muss*. *Waffe an der Schläfe* nannten wir es deshalb, weil man, entscheidet man sich für keine der beiden Möglichkeiten, erschossen werden würde und es diese Option demnach schlichtweg nicht gab.

»Okay, angesichts der Tatsache, dass Zeit heute ein nicht zu unterschätzender Faktor ist, entscheide ich mich für Stau. Der Stau ist gerade schlimmer als die fehlende Klimaanlage.«

»Sehr gut. Dafür kann ich nämlich nix.«

Ich schaue ihn strafend an.

»Du bist dran«, sagt Olaf und fädelt sich gerade auf der linken Fahrspur ein.

»Lieber keine Arme oder keine Beine?«

»Das ist schwierig. Aber ich glaube, ich würde die Beine behalten. Du?«

»Echt? Ganz klar die Arme. Okay, ohne Beine kann ich nicht mehr laufen, aber es gibt coole Rollstühle. Aber ohne Arme? Keine Gitarre mehr, kein Schreiben, kein selbstständiges Essen, ...«

»Hast wahrscheinlich recht. Womöglich ist eine Beinprothese auch einfacher als neue Arme. Okay ... Hättest du Superkräfte: lieber Fliegen oder Teleportieren?«

»Oh, das ist gut. Teleportieren würde bedeuten, ich kann überall auf der Welt sein und das innerhalb von Millisekunden. Aber Fliegen hat auch seinen Reiz. Wie schnell könnte ich fliegen?«

Olaf denkt nach. »Maximal so schnell wie ein normales Passagierflugzeug.«

»Hm. Könnte ich beim Teleportieren jemanden mitnehmen?«

»Ah, das würde es zu einfach machen. Also nein.«

»Dann wähle ich Fliegen. Die Zeit wäre es mir wert. Du?«

»Ich glaube, ich würde Teleportieren nehmen. Die Vorstellung, mal kurz auf Hawaii einen Cocktail zu schlürfen und ein paar Minuten später wieder hier zu sein, hätte was.«

»Ah, Moment! Kann ich mich auch in geschlossene Räume beamen?«

»Na klar.« Olaf bremst abrupt, da die Ampel zwei Autos weiter vor uns auf Rot umschaltet.

»Ach so. Das hieße, Kohle ohne Ende, kein Anstehen mehr, ich könnte mir jedes Konzert dieser Welt ansehen. Hm. Nee, ich bleib trotzdem beim Fliegen.«

Ein kurzer Moment der Melancholie überkommt mich, als ich mich daran erinnere, dass diese Zeiten mit Olaf erst einmal vorbei sein werden. *Drei Jahre*. Und ich ertappe mich bei dem Gedanken, dass ich, würde ich das Teleportieren wählen, dann auch nicht im Knast bleiben müsse.

»Gut, ich bin wieder dran.«

Gerade möchte ich Olaf fragen, ob er lieber Rockstar oder Pornostar wäre, als die Ampel wieder auf Grün umschaltet. Ich sehe, wie der mintgrüne VW auf der rechten Spur die kleine, aufgetane Lücke vor uns nutzen will. Er beschleunigt, unterschätzt dabei aber Olafs Anfahrkünste, und noch bevor ich etwas sagen kann, vernehme ich einen ohrenbetäubenden Lärm und eine Erschütterung des ganzen, brüchigen Kadetts.

»Shit«, entfährt es Olaf.

Beide Autos stehen ineinander verkeilt da, unser rechter Kotflügel von dem VW mitgenommen, und ich sehe, wie der gegenübersitzende Fahrer genervt in unsere Richtung schaut.

»War nicht deine Schuld«, sage ich überrascht gelassen.

Der VW-Fahrer, ein Anzugträger Mitte vierzig mit zurückgegelten Haaren, möchte aussteigen, wobei er seine Autotür mit voller Wucht gegen den linken Scheinwerfer des Opels hämmert, der dabei hörbar zu Bruch geht. Als er merkt, dass er die Tür nicht weit genug aufbekommt, steigt er über den Beifahrersitz zur anderen Seite aus. Er läuft um den Wagen herum und begutachtet den Schaden. Wir tun es ihm gleich und sehen uns in erster Linie die Schrammen am Kadett an.

»Geht ja«, sagt Olaf trocken.

»Geht ja?!« Der Anzugträger scheint es nicht so gelassen zu sehen.

An unserem Auto ist nicht viel Neues zu entdecken bis auf ein paar weitere Kratzer am rechten Kotflügel und das gesplitterte Glas an, wie wir in diesem Moment feststellen, *beiden* Scheinwerfern. Dem VW hingegen ist es schlechter ergangen. Während er uns streifte, löste sich allem Anschein nach von dem Lampenglas ein Splitter und verursachte einen gut ein Meter langen Kratzer an der linken Seite des hochglanzpolierten Wagens. Als der Fahrer die neue Verzierung bemerkt, kommen ihm beinahe die Tränen – ob vor Trauer oder Wut lässt sich nicht genau sagen.

Mittlerweile ertönt ein sonores Hupkonzert um uns herum, da die sowieso schon überfüllte und zu enge Straße nun auch noch um eine weitere Spur verengt wird und die verärgerte Autoschar hinter uns hier nicht weiterkommt. *Idioten*, vernehme ich aus vereinzelten, vorbeifahrenden Wagen.

»Olaf?« Ich sehe meinen Kompagnon fragend an.

»Hm?«

»Können wir?«

»Von mir aus.«

»Wie bitte?!«, schaltet sich der gegelte Typ ein. »Sie wollen doch jetzt nicht ernsthaft einfach abhauen?«

»Wir können auch die Polizei rufen, aber Sie wissen ja, dass so was ewig dauern kann. Und bei dieser Hitze ... Außerdem bin ich wirklich nicht so scharf darauf, dass Sie mir die paar Kratzer bezahlen.«

»Und das Licht?«, werfe ich ein.

»Ach so, das Licht, hm, nee, ist auch okay.«

Der Typ sieht uns fassungslos an. »Sie hätten mich reinlassen müssen.«

»Hätte ich das? Sie meinen, als Sie wie aus dem Nichts in die Lücke geschossen sind?«

Es ist deutlich erkennbar, wie sein Gesicht immer mehr an Fassung verliert.

»Immerhin habe ich ja einen Zeugen. Und Sie?« Olaf schaut sich demonstrativ um. »Und bei *der* Lage ...« Olaf richtet seinen Blick auf die beiden Wagen. »Schwer nachzuweisen, wer schuld ist.«

»Ich ... ich ...«

»Ist schon in Ordnung. Kann jedem mal passieren.« Olaf nickt erst dem Typen und dann mir zu und begibt sich wieder zur Fahrertür.

Ich gehe zur Beifahrerseite und wir beide steigen ein. Olaf setzt den Opel ein Stück zurück, betätigt den Blinker und versucht sich in den zähflüssigen Verkehr einzufädeln. Als uns ein älteres Ehepaar in einem kleinen Fiat endlich reinlässt, nutzt Olaf die Gelegenheit und gibt Gas. Ich drehe mich noch einmal um und sehe den querstehenden VW mit dem dazugehörigen Fahrer noch immer verlassen, überrumpelt und irgendwie bemitleidenswert auf der Straße stehen. Nach ein paar Sekunden ist er verschwunden.

Zuhause [12:53]

Mein Zuhause.

Zumindest noch. Für die nächsten paar Jahre werden es wohl ein paar Quadratmeter weniger sein und auch der Komfort könnte unter Umständen sinken.

Ich schließe meine Wohnungstür auf und vernehme den *Neue-Wohnungs-Geruch*, den ich so liebe und den meine Wohnung immer noch hat, wenn man ein paar Tage nicht zuhause war. Ich war zwar nach meiner Entlassung aus der U-Haft hin und wieder hier, aber man kann nicht sagen, dass ich sie wirklich *bewohnt* habe.

Ich gehe, gefolgt von Olaf, in den großzügigen Flur und biege zuerst nach links in die Küche ab.

»Auch eine?«, frage ich Olaf, nachdem ich den Kühlschrank geöffnet und bereits zwei Colaflaschen herausgenommen habe.

»Gern.«

Ich gebe ihm die kühle Flasche und wir setzen uns in das schräg gegenüberliegende Wohnzimmer auf die Couch.

»Eine rauchen?«

»Sind alle ... Moment.«

Ich gehe in mein Schlafzimmer und werde nach kurzer Zeit fündig. In der Schublade eines kleinen Schränkchens an der linken Wand finde ich meine beiden *Notfallzigaretten*, die seit Jahren hier lagern. Nur für den Fall ...

»Kommst du?«, rufe ich nach draußen und gehe über die holzumrahmte Tür auf den Balkon.

Olaf kommt kurze Zeit später durch den zweiten Zugang über das Wohnzimmer zu mir. Wir setzen uns auf die beiden Klappstühle und ich nehme die Streichholzpackung neben mir und habe beim dritten Versuch Erfolg.

»Was wird eigentlich aus der Wohnung?«, fragt Olaf nach einer Weile des Schweigens.

»Keine Ahnung. Kümmerst du dich?« Verschmitzt schaue ich zu ihm.

»Kann ich einem Totgeweihten etwas ausschlagen?«

»Totgeweiht?«

Wir beide müssen lachen.

Nachdem wir aufgeraucht haben, gehen wir zurück ins Wohnzimmer.

»Na dann, auf geht's.«

»Zu Tome?«, frage ich gespielt naiv.

»Fang an zu suchen, mein Freund.«

Ich gehe in das Arbeitszimmer, das links neben dem Schlafzimmer liegt, und stelle mich vor den mit Blättern und anderem Kram bedeckten Schreibtisch. Von drüben höre ich, wie Olaf den Fernseher einschaltet und durch die Sender zappt.

»Hilfe ist nicht angebracht?«, rufe ich.

»Bei deiner Ordnung? Keine Chance«, kommt es zurück.

Ich wühle mich durch unzählige Stapel, räume das Seitenfach des Tisches aus und sitze nach kurzer Zeit in einem noch größeren Haufen Papier. Ich weiß, dass Zeit heute nicht übermäßig vorhanden ist, und trotzdem genieße ich es, alte Briefe, Notizen und sogar ein paar alte Liedtexte, die sich leider nie in der Band durchsetzen konnten, zu entdecken und sie quer zu lesen.

Yves und Xena, ein Song über zwei fiktive Charaktere aus dem Pornogeschäft, die irgendwann erkennen, dass das alles doch nicht ganz so cool ist, und sich letztendlich von ihrem Job abwenden, fällt mir in die Hände und beim Lesen des Textes und dem Erinnern der harmonischen Melodie finde ich es schade, dass wir das Lied nie in unser Repertoire aufgenommen haben. Immerhin sind Textstellen wie *Yves und Xena finden's bequemer sich zurückzuziehen* oder *Doch Yves bleibt nach wie vor ein Dieb* schon nicht von schlechten Eltern, wie ich finde. Oder *Fahrstuhlfahren ist obercool*, in dem es um die Vorzüge des Fahrstuhls und die Nachteile des Treppensteigens geht und der wiederum die Zeile *Treppen zu steigen ist wie zu Pendulum zu geigen* beinhaltet. Auch dieser Song entsprang irgendwann mal meiner Feder und mit der Zeit finde ich ihn immer besser. Allerdings fehlt von der besagten Liste bislang jegliche Spur.

Ich gehe über zu der alten Kommode, die ein Erbstück, oder besser gesagt ein Hinterlassungsstück, einer Tante meines Vaters ist. Ich kann mich erinnern, dass ich hier oft mit Leila saß und wir darüber sprachen, wohin mit diesem – wie Leila findet – hässlichen *Ding*, wenn wir irgendwann mal zusammenziehen würden. Irgendwann.

Ich öffne die erste Schublade und finde mein altes Geschichtenbuch. Schon als Kind liebte ich es zu schreiben und fing irgendwann an, meine Geschichten in dieses Ding zu kritzeln. Beim Betrachten der im wahrsten Sinne des Wortes *Kurz*geschichten, amüsiere ich mich über meine damalige Fantasie und bin insgeheim froh, dass kein Mensch, bis auf Leila und meine Eltern, je einen Blick hinein geworfen hat.

Als ich das Buch so betrachte, wird mir klar, dass ich es seit Jahren nicht mehr in der Hand gehalten habe. Fühlt sich gut an, ein bisschen in Erinnerungen zu schwelgen.

Ich lege es beiseite und arbeite mich gewissenhaft bis zum Boden des Faches durch. Fehlanzeige. Keine Liste oder irgendetwas, das danach aussieht. Ich öffne den mittleren Schub, doch auch hier finde ich nicht das Gesuchte, sondern lediglich mein Pfeifenequipment, das ich mir in meiner Sherlock-Holmes-Phase zulegte. Ich war schon immer jemand, der sehr schnell Begeisterung für eine Sache aufbringen, aber auch genauso schnell die Lust daran wieder verlieren konnte. Leila hat das immer geliebt, wofür ich sie umso mehr liebte. Aber auch das zählt zu unserer Anfangszeit und gehört, bei nüchterner Betrachtung, mittlerweile der Vergangenheit an.

Ich ziehe das dritte und letzte Schubfach auf und traue meinen Augen nicht, als sich die Liste säuberlich zusammengefaltet auf einem längst aus den Jahren gekommenen Spanisch-Wörterbuch vor mir auftut.

»Hab sie!«, rufe ich im Affekt und bemerke, wie wenige Sekunden später Olaf hinter mir steht.

»Was steht drauf?«, will er ungeduldig wissen, wobei ich das Blatt noch immer gefaltet in meiner Hand halte.

»Vielleicht werden wir es nie erfahren«, sage ich gespielt dramatisch und wedele mit dem Papier vor seinen Augen.

»Los, sag schon.«

Ich falte das Blatt auseinander und lese nach kurzem Aufstöhnen laut vor. »Kuss unter dem Eiffelturm.« Ich nicke Olaf rechthaberisch zu. »Eine Kreuzfahrt machen.« Ich warte.

Olaf gibt mir zu verstehen, dass ich weiterlesen soll.

»Fallschirmspringen. Sex am Strand.« Ich sehe Olafs skeptischen Blick. »Fanden wir irgendwie aufregend. Okay, Nummer fünf: an der Freiheitsstatue lecken. Du weißt ja, was wir meinen.«

»Wer kennt die Serie nicht?«, sagt Olaf grinsend. »Weiter?«

»Hundert Dollar in Las Vegas beim Black Jack verzocken ... oder gewinnen. Jemanden des gleichen Geschlechts küssen. Hat Leila aber schon abhaken können.«

»Und du?«

»Noch offen.«

»Vergiss es«, lacht Olaf.

»Ein – *kein* gemeinsames«, betone ich, »Tattoo stechen lassen. Und Nummer neun: nackt in die Elbe springen. Auch diese Vorstellung hätte was«, versuche ich diesen mir selbst peinlichen Punkt zu rechtfertigen.

»Und Nummer zehn?«

»Was meinst du?«

»Man macht doch nicht eine Liste mit nur neun Punkten. Was ist der letzte?«

»Der letzte wurde nicht aufgeschrieben, stand aber immer unausgesprochen zwischen uns: heiraten.«

»Okay«, überbrückt Olaf die unangenehme Stille. »Die Liste hat zwar noch Luft nach oben und ich hätte noch ein paar Dinge, die auf meiner stehen würden, aber es ist schon eine ganz gute Grundlage.«

»Grundlage wofür?«

»Für deinen letzten Tag in Freiheit.«

»Dir ist bewusst, dass schon mal drei Sachen davon in ein paar tausend Kilometern Entfernung stattfinden müssen. Also Pustekuchen. Und der Rest? Vergiss es.« Ich möchte noch einmal einen Blick auf die Liste werfen, aber Olaf reißt sie mir aus der Hand.

»Schön abwarten, mein Freund.« Olaf schaut konzentriert auf die Liste. »Die Hälfte passt«, sagt er nach einer Weile.

»Hm?«

»Okay, es ist nicht Las Vegas, aber die Spielbank am Paulsenplatz bietet auch Black Jack an. Also check.«

»Moment.«

»Einen Mann küssen? Sollte auf der Party klappen. Außerdem willst du ja Leila in nichts nachstehen, oder?«

»Olaf, ich glaube-«

»Nackt in die Elbe springen, check.«

Noch einmal versuche ich Olaf zu unterbrechen. Vergebens.

»Und wenn wir gleich dort sind, können wir auch die Kreuzfahrt machen.«

»Kreuzfahrt?«

»Eine Fahrt mit der Fähre tut's auch. Ein Tattoo? Es gibt da dieses Studio auf St. Pauli. Geht ohne Termin. Sagt zwar einiges über den Laden aus, aber wir dürfen ja nicht wählerisch sein.«

»Bis hierher und nicht weiter«, interveniere ich und habe Erfolg. »Ich lass mir doch kein Tattoo von irgend so einem zwielichtigen Typen verpassen. Kein Bock erst mal mit einer Infektion auf die Krankenstation im Bau zu müssen. No way.«

»Okay, kannste im Knast ja auch billiger haben«, scherzt Olaf. »Dann kommt aber Punkt vier mit drauf: Sex am Strand.«

»Willst du mich verarschen?«

»Okay, der Fairness halber können wir es in Klammern setzen. Aber du bist frischgebackener Single und mit Sex, der dir auch gefällt, wird es in nächster Zeit schwierig. Von daher besteh ich darauf, dass du es mit drauf schreibst.«

»Und das ist nicht etwas unrealistisch?«, frage ich voller Ironie.

»Nichts ist unmöglich, mein Freund. Außerdem hat die Location für die Party heut Abend einen Pool. Also ob Meer oder Pool ... Weißt ja, wir dürfen-«

»Nicht wählerisch sein«, beende ich Olafs Satz.

»Du hast es verstanden.« Er lächelt und kramt auf meinem Schreibtisch nach etwas Schreibbarem. »Fang an zu schreiben«, sagt er und hält mir grinsend den gefundenen Stift vor die Nase.

»Und dann geht es endlich zu Tome?«, frage ich kapitulierend.

»Dann geht es direkt zu Tome. Aber die Liste behalten wir im Auge.«

Ich ziehe widerwillig die *eigentliche* Liste aus meiner Tasche und setze mich an den Tisch. Nach kurzer Zeit halte ich Olaf den Zettel vor die Nase.

~~*1 Leila zur Rede stellen*~~
2 Familie versöhnen
3 Auftritt
4 PARTY! (Olivia treffen)
5 100$ beim Black Jack verprassen
6 Nackt in die Elbe springen?!
(7 Sex am Strand?!?!)

»Zufrieden?«

Olaf blickt auf die Liste und sieht sofort den Fehler. »Was ist mit der Kreuzfahrt?«

»Es ist keine Kreuzfahrt, sondern eine *Fähren*fahrt. Das hab ich schon tausend Mal gemacht und es wäre reine Zeitverschwendung.«

»Okay, akzeptiert. Aber etwas muss noch geändert werden.«

»Was?«

Olaf beugt sich über die Liste und schreibt etwas. Dann lehnt er sich zurück und ich erkenne, was geändert wurde.

~~*1 Leila zur Rede stellen*~~
2 Familie versöhnen
3 Auftritt
~~*4 PARTY! (Olivia treffen)*~~
5 100$ beim Black Jack verprassen
6 Nackt in die Elbe springen?!
(7 Sex am Strand?!?!)
8 PARTY! (Olivia treffen)

»Jetzt passt es«, sagt Olaf zufrieden.

»Muss ich das verstehen?«

»Diese Party soll das Letzte sein, was du abhakst. Es wird der Abschluss, die letzte Erinnerung, einfach unvergesslich. Es *muss* der letzte Punkt sein.«

»Okay ...«, sage ich zögernd und werfe noch einmal einen Blick auf die überarbeitete Version. Dann stecke ich die Liste wieder ein und hoffe insgeheim, dass Olaf das alles nicht so ernst meint.

Globe Gallery [13:42]

Die Alsterdorfer Straße ist nicht gerade ein Prunkstück der Straßen Hamburgs, aber die kleinen Cafés und Geschäfte hier machen sie zu einem gern gesehenen Ort mit eigenem Charme. Vielleicht ist das ein Grund, warum Tome seine Galerie ausgerechnet hier eröffnet hat. Wobei das am Ende doch irgendwie nicht zu ihm passt.

Olaf parkt den Opel in einer freien Lücke, aus der direkt vor uns ein roter Passat fährt, und stellt den Motor ab.

»Wie kommt es, dass ich über deinen Bruder so gut wie nichts weiß?«, fragt Olaf nachdem wir ausgestiegen sind.

»Wie kommt es, dass *ich* so wenig von ihm weiß? Keine Ahnung. Schätze, wir haben uns auseinander gelebt.«

Wir überqueren die Straße und stehen nach ein paar Metern vor dem roten Backsteinhaus mit den an beiden Seiten emporragenden Balkons. Als wir gerade auf den Bordstein treten, werde ich von einem Typen mit einem braunen Rottweiler an der Leine angerempelt, der sich gleich mehrfach dafür entschuldigt und schleunigst weitergeht. Ich sehe nach oben und erkenne im obersten Geschoss die großen Fenster, die fast so breit wie hoch sind, und erinnere mich an die kaputte Scheibe, den kaputten Abend, die kaputte Beziehung.

Es war irgendwann im Winter vor ein paar Jahren. Tome hatte nach seinem Studium die Galerie ziemlich bald eröffnet und wir feierten eine Art Einweihungsparty, wobei der Großteil der Leute, die da waren, kaum etwas mit Tome oder mir zu tun hatte. Viele Menschen, die man kennen *musste*, wie Tome beteuerte, waren gekommen und nur ein paar alte Freunde. Damals hatten Tome und ich zumindest noch so viel Kontakt, dass ich eingeladen wurde. Heute wäre das undenkbar.

Wir waren also alle in seiner Galerie versammelt, tranken und rauchten, und nach nicht allzu langer Zeit wurde den Jungs und mir so langweilig, dass wir begannen, mit Philipps Fangbällen – ein beliebtes Spielzeug aus den Neunzigern, das Philipp zufällig in seinem Wagen hatte – herumzuspielen. Man sah Tome an, dass ihm das alles zu *infantil* geworden war, was uns aber nicht weiter störte. Er betonte mehrfach, dass wir uns beherrschen sollten, bewirkte damit aber nur noch mehr, dass wir es auf die Spitze trieben und ohne Rücksicht auf Verluste weitermachten. Während die ganzen *angesehenen* Gäste Tomes Einkäufe und Ausstellungsstücke von mehr oder weniger bekannten Künstlern bestaunten und begutachteten, rannten wir durch die Gänge und entwickelten eine Art Rugby aus den vorbeizischenden Bällen, die aus den eiswaffelähnlichen Behältern gefeuert wurden. Keine Ahnung, ob unser Verhältnis heute anders aussehen würde, wäre nicht ich derjenige gewesen, der bei dem Versuch einen geschossenen Ball in der Luft aufzufangen, gegen die teure, in Stein gemeißelte Pferdefigur gerammelt wäre und sie durch das Fenster in den zehn Meter tiefer liegenden Schnee gestoßen hätte. Ich bezweifle es aber. Wie dem auch sei, prusteten die Jungs und ich los, während die übrigen Gäste teils kopfschüttelnd, teils geschockt der ganzen Tragödie zusahen. Und auch Tome sah versteinert aus. Noch heute habe ich seinen Blick vor mir, wie er wutentbrannt und irgendwie enttäuscht, aber auch resigniert vor mir stand und mich bat zu gehen.

Das war das letzte Mal, dass ich ihn gesehen hatte. Irgendwann rief er mich dann noch einmal an, um mir mitzuteilen, dass es so mit mir nicht weitergehen könnte und ich doch irgendwann mal erwachsen werden müsste. Seitdem gab es keinen Kontakt mehr. Weder zu Weihnachten, Geburtstagen oder anderen Feierlichkeiten tauchte er auf. Wahrscheinlich war ihm seine Familie peinlich. Wir, die es nicht wirklich zu etwas gebracht haben, sollten mit ihm, einem angesehenen Galeristen, nicht in Verbindung gebracht werden. Zu unseren Eltern hielt er zwar spärlich Kontakt, aber das war es dann auch.

Während ich noch immer auf die Scheibe starre, bin ich mir sicher, dass nicht dieser Abend allein der Grund für all das ist.

»Alles klar?«, fragt Olaf, der mich damit aus meinen Gedanken reißt.

»Klar.«

Ich schiebe die Glastür auf, die links neben dem eingelassenen Tor liegt, und gehe hindurch. Olaf folgt mir und wir nehmen den Fahrstuhl in den dritten Stock. Als wir oben ankommen, öffnet sich die Fahrstuhltür.

»Hast du eigentlich einen Plan?«, fragt Olaf.

»Hatte ich den je?«

Wir treten nach draußen und auf der gegenüberlegenden Seite prangt uns das Schild mit der Aufschrift *Globe Gallery* entgegen. Wir biegen links ab und mit einem Mal erstrecken sich vor uns die gefühlt unendlichen Weiten aus Gängen und Ecken dieser Galerie. Alles ist hell erleuchtet. Weiße Wände, weiße Decke, weiße Lampen, weißes Licht, weiße Dekorationen. Selbst das erste Gemälde, das ich von hier ausmachen kann, hat nur ein paar Farbnuancen auf viel weißer Fläche.

Lediglich der Fußboden besteht aus dunklen, aber schon auf den ersten Blick sehr hochwertigen Holzdielen.

Wir gehen halblinks und stehen kurze Zeit später vor dem dreigeteilten Ecktresen, der mit den eingelassenen LED-Lämpchen in keinster Weise dem restlichen Ambiente in etwas nachsteht. Hinter dem Empfang sitzt ein Mädchen, nicht älter als fünfundzwanzig, und lächelt uns professionell an.

»Was kann ich für Sie tun?«

Ich zucke zusammen, da es ungewohnt und irgendwie unangenehm ist, wenn man von einem kaum jüngeren Mädchen gesiezt wird, führe das aber auf ihre Professionalität und die strikten Anweisungen Tomes zurück.

»Hi. Ähm, ich, äh, ist Tome da?«

»Bitte?«

»Also, ist er zu sprechen?«

Das Mädchen schaut mich fragend mit ihren haselnussbraunen Augen an.

»Herr Fröhlich?«, sage ich.

»Ach so. Nein, tut mir leid, Herr Fröhlich ist nicht im Haus. Haben Sie denn einen Termin?«

»Termin? Wusste gar nicht, dass- Ach, egal. Wo ist er denn?«

»Es tut mir leid, aber wer sind Sie noch gleich?«

»Sein Bruder Carlo.« Ich halte ihr die Hand hin, die sie mit einem Blick ausschlägt. »Also? Wie oder wo kann ich ihn erreichen?«

»Hm, Carlo ... Hab noch nie von Ihnen gehört. Und auch noch nichts von einem Bruder ...« Sie neigt den Kopf ein bisschen und scheint tatsächlich zu überlegen.

Er hat dir ja noch nicht mal seinen Vornamen verraten, denke ich, behalte es aber für mich.

»Jetzt tut mir es ja leid, aber ich habe nicht ewig Zeit. Kommt er denn bald zurück?«

»Wenn Sie tatsächlich sein Bruder sind, dann rufen Sie ihn doch einfach auf dem Handy an.«

»Ja, das ist so eine Sache ... lange Geschichte ...«

»Aha.«

Ich merke, dass ich so nicht weiterkomme und meinen Ansatz neu überdenken muss. Im selben Augenblick kommt Olaf mir aber zuvor. Er schiebt mich etwas zur Seite und stützt sich auf den Empfangstresen.

»Hör mal, der da ist überhaupt nicht sein Bruder.« Olaf zeigt mit dem Daumen lässig zur Seite. »Wir wollten uns nur nicht gleich zu erkennen geben. Aber da du unseren Test bestanden hast und hartnäckiger bist, als wir dachten, müssen wir jetzt wohl mit offenen Karten spielen.«

»Mit offenen ...?«

»Wir sind Kunstsammler aus dem Norden. Sehr vermögende und sehr«, er macht eine kurze Pause, »*interessierte* Kunstsammler, wenn du verstehst, was ich meine.«

Sie versteht anscheinend, da sie mit halbgeöffnetem Mund auf Olaf starrt und fast unbemerkt nickt.

»Und nun sind wir, vom Winde hierher getrieben, in diesem wunderschönen Örtchen namens Hamburg gelandet. Und wie das Schicksal es so will, hörten wir von einer Galerie, keiner mit großem, internationalen Namen, aber einem Insidertipp, wie es hier so schön genannt wird. Wir machen uns also auf, fahren hierher und sind in der erwartungsvollen Hoffnung, auf den Besitzer dieser Galerie, Herrn Tome Fröhlich zu treffen. Stattdessen treffen wir auf dich, was alles andere als eine Verschlechterung darstellt, allerdings müssten wir über das Ausmaß unserer *Geschäfte* mit Herrn Fröhlich selbst sprechen. Kannst du mir folgen?«

»Ja, ich schätze schon ...«, sagt das Mädchen hinter dem Tresen zögernd.

»Gut. Jetzt können wir natürlich verstehen, dass du uns nicht einfach sagen kannst, wo sich Herr Fröhlich befindet. Sicher hat er gesagt, dass er nicht gestört werden möchte. Das ist auch völlig in Ordnung und wir möchten keinesfalls deinen Job riskieren, aber angesichts der Tatsache, dass unser Schiff-«

»Schiff?«

»Ja, unser Schiff, in kurzer Zeit wieder ablegen wird, haben wir nicht die nötige Zeit auf Herrn Fröhlich hier zu warten oder gar noch einmal wiederzukommen. Deshalb liegt es nun in deiner Hand, die richtige Entscheidung zu treffen. Du kannst dich dafür entscheiden, deinen Job richtig zu machen, niemandem zu sagen, wo sich dein Chef befindet, und wir gehen unseres Weges. Du kannst dich aber auch dafür entscheiden, uns zu deinem Chef zu führen, sodass er womöglich das Geschäft seines Lebens machen kann. Was denkst du? Bei welcher Variante wird er dir dankbarer sein?«

Das Mädchen überlegt. »Womöglich die letztere«, sagt sie unsicher lächelnd in mein Gesicht schauend.

»Sehr gute Wahl«, sagt Olaf. »Also?«

»Hm?«

»Herr Fröhlich? Wo steckt er?«

»Ach so, ja, also, ähm, Herr Fröhlich ist noch in der Mittagspause. Er isst immer im *Spinnizi*, so ein kleines Lokal in der Himmelstraße. Dort müsste er anzutreffen sein. Er ist aber auch gegen viertel nach zwei wieder zurück.«

»Danke, das reicht uns schon. Dein Chef wird sich mit Sicherheit über dein Engagement und unseren Besuch freuen. Auf Wiedersehen.« Olaf deutet einen abhebenden Hut zur Verabschiedung an und dreht sich um.

Ich nicke dem Mädchen kurz zu, das noch immer unsicher und grübelnd auf seinem Stuhl hockt, und folge Olaf zum Fahrstuhl.

An der Fahrstuhltür angekommen, höre ich es vom Tresen: »Carlo, sein Bruder ... so ein Quatsch.« Dann lächelt sie.

Das letzte Stück [13:49]

»Kunstsammler aus dem Norden?«

»Ist mir eben so eingefallen.«

Ich lache und klopfe Olaf auf die Schulter, während wir das Backsteinhaus wieder verlassen.

Ich habe das Gefühl, dass die Mittagshitze noch nicht der Zenit des heutigen Tages ist. Die Luft ist drückend heiß und gibt nicht den Hauch eines Windes von sich, was für Hamburger Verhältnisse eine absolute Besonderheit ist. Meine Kleidung klebt an mir und ich ärgere mich, dass ich mich zuhause nicht umgezogen habe und stattdessen noch immer in den muffigen und vor allem viel zu warmen Klamotten von gestern rumlaufe. Ich spüre, wie der Schweiß meinen Rücken hinunterrinnt und sich ein kleines Rinnsal zwischen meinen Augen bildet. Schon das Atmen fällt mir schwer, sodass ich mit dem schnellen Schritt, den Olaf an den Tag legt, kaum mithalten kann.

»Wieso rennst du so?«, frage ich keuchend.

»Noch viel vor heute.«

Wir biegen in die Bussestraße ein und laufen an einem Eckladen mit libanesischen Köstlichkeiten, wie uns das Schild darüber verrät, vorbei, wo ein junges Pärchen gerade seine Bestellung aufgibt. Ich verspüre den Drang nach einer kühlen Cola, aber da Olaf mir bereits fünf Meter voraus ist, verwerfe ich den Gedanken schnell wieder. Wir laufen an den zahlreichen Wohnhäusern entlang und biegen nach gut zweihundert Metern an einer abgezäunten Baustelle in die Timmermannstraße ein. Nach knapp weiteren zweihundert Metern sind wir auf der Himmelstraße. Wir gehen nach links und stehen kurze Zeit später vorm *Spinnizi*. Das Lokal ist als solches auf den ersten Blick gar nicht erkennbar. Lediglich Olafs Navi auf dem Handy bestätigt uns, dass wir unser Ziel erreicht haben.

Die Eingangstür, die sich kaum von den übrigen Wohnhäusertüren der Straße unterscheidet, gewährt einen Blick auf das Innenleben des Lokals. Olaf steckt sein Handy in die Tasche und zieht an der goldbraunen Klinke. Drinnen angekommen, gelangt eine geräuschvolle Mischung aus Stimmen, klirrendem Geschirr, hitzigen Schritten und anderen Klänge zu uns. Ich spüre die stickige Luft, die trotz des Wetters so gar nicht zu dem Ambiente der Lokalität zu passen scheint.

Das *Spinnizi* ist geräumig, mit hellen Glasfronten an der hinten liegenden Wand ausgestattet und seine schlauchförmige Architektur verleiht dem Raum eine Größe, die von draußen nicht ansatzweise abzuschätzen ist. *Der* Raum ist allerdings nicht ganz richtig. Denn genau genommen sind es zwei Räume, die den Gastraum beziehungsweise *-räume* ausmachen. Nachdem wir auf der Suche nach Tome den von beiden Seiten mit Tischen und Stühlen bepflasterten Gang etwa zur Hälfte bestritten haben, kommen wir zu einer offenstehenden Schiebetür, die den zweiten Gastraum offenbart. Dieser Raum ist etwas dunkler. Die breiten Glasfronten sind zahlreichen Landschaftsgemälden, ein paar weniger und kleineren Fenstern und weiterem Dekorationskram gewichen. Wie mir erst jetzt auffällt, ist das *Spinnizi* sowohl ein Steakhouse als auch ein italienisches Restaurant in einem. Der vordere Teil ist den ausschließlichen Fleischessern vorbehalten, wohingegen der Bereich, in dem wir uns nun befinden, für die Geschmäcker der italienischen Kultur vorgesehen ist. Direkt neben uns sitzt ein Pärchen, das sich gerade über einen großen Teller Caprese hermacht. Ansonsten ist der Raum menschenleer.

Bis auf den hintersten Tisch in der Ecke unter einem der Fenster, neben dem ein Bild eines kleinen italienischen Dorfes hängt. Dort sitzt ein Mann vor einer fast aufgegessenen Pizza Tonno und liest nebenbei auf seinem Tablet, auf das er in unregelmäßigen Abständen tippt. Trotz der enormen Hitze trägt Tome einen teuer aussehenden Anzug, er ihn noch mächtiger und einflussreicher wirken lässt, als es sein Erscheinungsbild sowieso schon tut. Mir fällt sofort auf, dass er sich im Vergleich zu unserem letzten *Treffen* kaum verändert hat. Noch immer trägt er sein dunkles Haar zu Seite gescheitelt, sein spitzes Kinn glattrasiert und die Augenbrauen buschig, aber keinesfalls ungepflegt. Lediglich seine damals noch dick umrahmte, kantige Brille wich einem runderen und weitaus dezenteren Modell.

Ich gehe direkt auf ihn zu, gefolgt von Olaf. Als wir vor Tome stehen, macht er keine Anstalten seinen Kopf zu heben. Entweder ist er derart in seinen Artikel vertieft oder es ist seine allgemeine Herangehensweise bei unangekündigtem Besuch.

»Hi.«

»Hallo«, murmelt er, weiter seinen Blick auf den Bildschirm gerichtet.

»Interessantes Gemälde, nicht? Was sagen Sie als Kenner dazu?« Olaf grinst Tome breitmündig an.

Dies ist der Moment, als Tome auf uns aufmerksam wird. Er hebt den Kopf und blick zuerst leicht irritiert in Olafs Gesicht. Dann dreht er sich zu mir und schaut beinahe rechthaberisch in meine Augen. Fast kommt es mir vor, als hätte er meinen Besuch erwartet.

»Carlo. Interessant.«

»Interessant, dass dir dieses Wort nach all den Jahren als Erstes einfällt.«

»Was soll ich sagen?«

»Schön, dich zu sehen?«

»Carlo, schön, dich zu sehen. Wie geht's, wie steht's?«

Sein ironischer Ton verärgert und bestätigt mich zugleich.

»Tome, wir müssen keinen Small Talk halten. Aber wir müssen reden. Es ist wichtig.«

»Ich weiß.«

»Du weißt?«

Olaf beobachtet unser harmonisches Familiengespräch mit runzelnder Stirn. Hin und wieder wandert sein Blick zu dem letzten Stück Pizza auf Tomes Teller.

»Glaubst du etwa, dass ich als dein Bruder von der Sache nicht gehört habe?«

»Also weißt du Bescheid?«

»Darüber, dass mein kleiner Bruder ein Verbrecher ist und bald schwedische Gardinen vor dem Fenster hat? Klar.«

Am liebsten würde ich ihm für diese Arroganz das letzte Stück Pizza samt Teller gegen seinen teuren Designeranzug schleudern, was aber für mein Vorhaben wohl alles andere als förderlich wäre, weshalb ich meine Wut runterzuschlucken versuche.

»Okay, Tome, halte von mir, was du willst, aber hör mir nur eine Minute zu.«

»Was denn? Damit du mir deine Unschuld beteuern kannst und ich für einen teuren Anwalt aufkommen soll, der dich da raus boxt? Keine Chance.« Tome macht ein verächtliches *Pff*-Geräusch und lässt sich zurück in seinen Stuhl fallen.

Verblüfft sehe ich ihn an. »Du glaubst ernsthaft, dass ich *deswegen* gekommen bin?«

»Nicht? Liegt doch nahe.«

»Nein, deshalb bin ich nicht hier.« Ich ziehe den freien Stuhl am Tisch zurück und setze mich meinem Bruder direkt gegenüber. »Hör zu, ich weiß, dass unser Verhältnis nicht gerade das Beste ist und ich verlange auch gar nicht, dass wir einen auf Blutsbrüder machen. Ich möchte nur, dass du für einen Moment deinen Ärger über mich zurückhältst und dir genau anhörst, was ich zu sagen habe.«

Tome schaut skeptisch, lässt seinen Blick abwechselnd zur Bar hinter mir und Olaf neben ihm wandern, klappt dann aber schließlich sein Tablet zu und deutet mir mit einem kurzen Nicken an, dass ich fortfahren darf, was er mit einem »Beeil dich, meine Pause ist gleich zu Ende« kommentiert.

»Danke. Okay, ich will hier niemandem mit Vorwürfen kommen, aber es ist so ... *tragisch*, dass wir als Familie kaum noch miteinander reden. Paps sagt zu Mom kein Wort mehr, Mom ignoriert Paps seit Jahren, du und ich haben uns seit einer Ewigkeit nicht mehr gesehen und du und unsere Eltern führen auch nicht gerade eine vorbildhafte Eltern-Kind-Beziehung.«

Tome sieht mich ohne Regung an.

»Vielleicht ist es ein Anflug von Sentimentalität oder Verlustängsten oder was auch immer. Vielleicht hab ich aber auch durch meinen bevorstehenden Freiheitsentzug erkannt, dass alles andere – Geld, Jobs, Stolz, Eitelkeit – nichts im Vergleich zu Freunden und Familie, den Leuten, die man liebt, ist. Wie dem auch sei, komme ich bettelnd, flehend – nenn es, wie du willst – zu dir in der Hoffnung, dass du irgendwo da drin genauso fühlst. Dass irgendwo ein Funke in dir ist, der sich auch danach sehnt, dass wir wieder eine *Familie* werden. Mir ist ganz klar, dass das nicht von heute auf morgen geschehen wird und mir ist auch klar, dass wir uns nicht alle vorbehaltslos um die Hälse fallen werden, aber irgendetwas muss passieren. Irgendwie müssen wir das doch wieder hinbekommen. Ich meine, wir sind *Brüder*. Unsere Eltern sind ... unsere *Eltern*. Wir sind ein Fleisch und Blut, haben eine gemeinsame Vergangenheit. Wie oft waren wir gemeinsam unterwegs? Erinnerst du dich an den Spanienurlaub? Als wir in diesem kleinen Café saßen und Paps dem Kellner in einer Mischung aus Spanisch, Deutsch, Englisch und sogar ein wenig Französisch versucht hatte, verständlich zu machen, dass er unbedingt diesen Wein des Hauses probieren möchte und er schließlich das einzige deutsche Bier des Hauses, ja wahrscheinlich sogar dieses ganzen Örtchens serviert bekam? Wir lachten uns halb tot und ich weiß noch genau, wie ich mir in diesem Moment wünschte, dass es ganz genau *so* ewig bliebe. Ich wusste, das war utopisch, aber genau für diesen Moment war es perfekt. Diese Vertrautheit, dieser Leichtsinn, wann hatten wir das zuletzt? Es haben sich solche Barrieren aufgebaut, dass augenscheinlich nicht einmal die Tatsache, dass ein Familienmitglied für mehrere Jahre weggesperrt wird, sie überwinden kann. Ich weiß, es ist viel Scheiße passiert, aber es muss doch irgendwie möglich sein, da durch zu brechen.« Ich atme stoßend aus und bemerke erst jetzt, dass ich am ganzen Körper zittere.

Olaf, der noch immer neben uns steht, sieht mich an, als würde ein völlig Fremder vor ihm sitzen. Er legt die Stirn in

Falten und versucht sich anscheinend gedankenversunken zu erinnern, ob sein alter Kumpel schon jemals einen derart emotionalen Ausbruch in seiner Gegenwart hatte. In der Tat bin ich niemand, der Gefühle allzu öffentlich zeigt, aber jetzt in diesem Moment überkommt es mich und ich kann selbst kaum glauben, welche Worte aus mir heraussprudelten.

Obwohl Tome mein Bruder ist und wir uns das eine oder andere Gen teilen, kann ich *seine* Gedanken nicht ansatzweise so gut deuten, was wohl vor allem an der riesigen emotionalen Distanz zwischen uns zu liegen scheint. Er sitzt noch immer regungslos da, gibt aber hin und wieder einen nachdenklichen Blick von sich.

»Und das heißt?«, fragt er schließlich.

»Das heißt, dass auch, wenn du jetzt vielleicht noch nicht bereit dafür bist, mir zu vergeben, du es zumindest versuchen solltest. Und was vielleicht noch wichtiger ist: dass du mir helfen sollst, unsere Eltern dazu zu bringen, wieder einen Schritt aufeinander zuzugehen.« Noch immer spüre ich, wie ich zittere, was durch die Ungewissheit von Tomes Reaktion ergänzend unterstützt wird.

Er denkt nach, lässt mich zappeln, atmet ein paar Mal tief ein und wieder aus. Schließlich beugt er sich ein Stückchen zu mir nach vorn.

»Und wie bitteschön soll ich das anstellen?«

»Angesichts der Tatsache, dass mir nicht mehr viel Zeit bleibt, bis sich die Muster meiner schwedischen Gardinen in mein Hirn brennen«, ich mache eine kurze Pause, während Tome lächeln muss, »müssen wir uns heute treffen.«

»Treffen? Heute?« Sein Lächeln ist verschwunden.

»Ja.«

»Und wozu brauchst du mich? Dein Verhältnis zu unseren Eltern scheint mir dann ja doch noch immer das bessere zu sein.«

»Ich möchte auch nicht, dass du das Treffen arrangierst. Ich möchte, dass du kommst.«

»Wozu?«

»Weil es einer *Familienzusammenführung* wohl nicht sehr dienlich ist, wenn nur Dreiviertel erscheinen.«

»Verstehe.« Tome kratzt sich am Kinn und wirft einen kurzen Blick zu Olaf, der nun seine Aufmerksamkeit wieder dem Pizzastück widmet. »Und wer ist er eigentlich?«

»Olaf«, stellt sich mein Gefährte vor und reicht Tome die Hand, der diese unbeeindruckt ausschlägt.

»Ein Freund«, versuche ich die Situation aufzuklären.

»*Ein* Freund?«, antwortet Olaf gespielt enttäuscht.

»Mein bester Freund«, bestätige ich ihn. »Also?« Fragend blicke ich in Tomes Richtung.

Tome scheint wirklich mit sich zu kämpfen. Noch nie hatten wir ein derart ehrliches Gespräch miteinander geführt, auch, wenn es eher ein Monolog meinerseits war. Wieder denkt er nach, wägt ab, versucht sich von seinem Stolz loszureißen. Nach einer gefühlten Unendlichkeit blickt er mir tief in die Augen. Es wäre pathetisch, zu sagen, er hätte eine Träne im Auge, aber passen würde es, zur Situation, nicht zu Tome.

»Was soll's, von mir aus. Ein Versuch ist es wohl wert. Und wenn es schief geht, kannst du mich ab morgen deshalb wenigstens nicht mehr nerven.« Tome grinst mich verschmitzt an und nimmt demonstrativ das auf dem Teller liegende Stück Pizza und schiebt es sich genüsslich in den Mund.

Aus dem Augenwinkel erkenne ich Olafs missmutigen Blick.

»Gegen fünf bei mir?«

Tome überlegt kurz, wendet sich zu Olaf und antwortet schließlich mit vollem Mund: »Okay.«

Olaf kneift die Augen zusammen und dreht sich beleidigt weg.

»Du weißt, wo ich wohne?«, frage ich erstaunt.

»Ganz so schlecht ist mein Verhältnis zu unseren Eltern dann auch wieder nicht.«

Die rauchende Lady [14:08]

Kurz nach zwei und wir sind wieder am Auto. Ich werfe noch einen kurzen Blick auf die Galerie und nehme dann neben Olaf im Inneren des Wagens Platz.

»Okay, dann setz ich mal meine beste Pokerstimme auf«, sage ich und krame mein Handy aus der verschwitzten Hosentasche.

»*Poker* ist ein guter Hinweis.«

Fragend blicke ich zu Olaf.

»Nächster Halt: Casino, mein Freund.«

»Was?«, stutze ich ungläubig.

»Denk an die Liste.«

»Du mit deiner Liste. Wir können jetzt nicht ins Casino.«

»Warum nicht?«

»Weil ... weil ich noch ungefähr eintausend Dinge erledigen muss.«

»Du meinst, nackt in die Elbe zu springen? Damit würde ich persönlich ja noch etwas warten, aber okay, wenn du meinst ...«

»Haha, sehr witzig. Nein, Mann, ich muss mich noch mit den Jungs im Proberaum wegen heut Abend treffen, dann muss ich meine Eltern noch zu mir lotsen, muss meine Sachen packen und ungefähr neunhundertsiebenundneunzig weitere Dinge klären.« Noch immer halte ich das Handy in der Hand.

Olaf sitzt gelassen da und überlegt kurz. »So war aber nicht der Deal«, sagt er schließlich.

»Welcher Deal?«

»Ich kutschiere dich rum und du erledigst die Liste.«

»Soll ich etwa jedes noch so kleine Detail auf diese Liste schreiben?«

»Besser wär's. Und da du gerade einen *deiner* Punkte abgehakt hast, bin ich nun wieder dran ... zu deinem Wohl natürlich.« Olaf grinst mich an.

»Du? Ich? Mein? Dein? Ich dachte, das wäre *meine* Liste?«

»Jaja.«

»Okay ...« Ich öffne das Handschuhfach, hole den Stift heraus, den ich bereits heute Vormittag benutzt habe, und schreibe demonstrativ einen weiteren Punkt auf die Liste. »Besser?«, frage ich Olaf und halte ihm den auseinandergefalteten Zettel hin.

~~1 Leila zur Rede stellen~~
2 Familie versöhnen ⇒ *Proberaum*
3 Auftritt
~~4 PARTY! (Olivia treffen)~~
5 100$ beim Black Jack verprassen
6 Nackt in die Elbe springen?!
(7 Sex am Strand?!?!)
8 PARTY! (Olivia treffen)

»Du lernst schnell«, lacht er und startet den Motor. »Und die Anrufe kannst du auch auf dem Weg erledigen.«

»Welcher Weg?«

»Zum Paulsenplatz.«

»Paulsenplatz?«

»Dort ist das Casino.«

»Oh man ...«

Olaf lenkt den Opel aus der Parklücke, ich stecke die Liste wieder weg und öffne das Telefonbuch meines Handys.

»Mom oder Paps?«, sage ich mehr zu mir und werde folgerichtig von Olaf ignoriert.

Ich tippe mich bis *P* durch, gehe auf *Paps* und drücke den grünen Hörer. Ich warte, während es tutet.

»Carlo?«

»Hi Paps, alles klar?«

»Klar. Aber bei dir?«

»Aber?«

»Du weißt schon ...«

»Ach so, nö, alles gut, danke. Aber deswegen rufe ich an.«

»Brauchst du was? Soll ich dir irgendetwas bringen?«, sagt er hitzig, ohne mich aussprechen zu lassen.

»Alles okay, Paps. Aber ich würd' dich natürlich noch mal gern sehen. Hast du heute Zeit?«

»Aber natürlich hab ich die. Wann, wie, wo?«

»Ganz ruhig, Paps. Ein paar Stunden hab ich ja noch«, sage ich amüsiert, wobei ich weiß, dass das bei meinem Dad nicht viel bringt.

»Sag so was nicht, das ist so traurig. Aber ich werde für dich kämpfen, mein Sohn. Berufung oder wie das heißt. Und der Anwalt-«

»Paps, nicht jetzt, okay?«

Man könnte meinen, bei meinen Eltern wurden die Chromosomen vertauscht. Mein Dad ist der – zugegebenermaßen *über-* – vorsichtige Part, während meine Mutter emotional eher distanziert agiert und alles etwas rationaler sieht. Aber zu meiner Mutter komme ich ja noch.

Als Paps von meiner Anklage hörte, brach er beinahe zusammen. Als es gestern dann zur Urteilsverkündung kam, war alles zu spät. Mich wundert es, dass er sich heute noch nicht gemeldet hat, denn gestern bekam ich unentwegt SMS, wie wir das Urteil anfechten könnten. Nach unserer Verabschiedung nach der Gerichtsverhandlung dauerte es keine viertel Stunde, bis die erste Nachricht kam, dass er jetzt einen neuen Anwalt für mich suchen würde und wir noch lange nicht verloren hätten. Ich wollte von all dem nichts wissen. Nicht, weil ich für meine Freiheit nicht kämpfen möchte. Aber erstens bin ich in gewisser Weise ja doch schuldig – wenn auch nicht in dem Maße, wie ich es bekommen habe – und zweitens wollte ich die letzten zwei Tage in Freiheit nicht mit irgendwelchen bürokratischen Akten verbringen, sondern *wichtigere* Dinge klären – auch, wenn ich das am gestrigen Tag noch nicht ganz so konsequent umsetzte.

»Okay, okay. Wann soll ich wohin?«

»Um fünf bei mir? Geht das?«

»Klar, aber wollen wir nicht, hm, vielleicht noch irgendwo anders hin? Essengehen oder so?«

»Nein, bei mir wäre mir lieber.«

»Okay, dann um fünf bei dir.«

»Danke. Ach und Paps?«

»Ja?«

»Kein Wort über irgendwelche Anwälte, Präzedenzfälle oder Berufungsverfahren, okay?«

»Okay ...«, sagt er nach kurzem Zögern und legt auf.

»War doch ganz einfach«, kommentiert Olaf, der gerade über eine vielbefahrene Kreuzung in die Ludolfstraße einbiegt.

»Das *Wo* und *Wann* ist ja auch nicht das Schwierige.« Ich gehe zurück ins Telefonbuch und drücke, nachdem ich bei *M* gelandet bin, abermals den grünen Hörer. Wieder warte ich das Tuten ab.

»Fröhlich?«

»Mom, hast du meine Nummer etwa immer noch nicht eingespeichert?«

»Doch, hab ich.«

Ich stocke kurz. So ist meine Mutter.

»Alles klar bei dir?«

»Jap.«

Wie ich schon sagte, ist das Rollenverhalten meiner Eltern, nun ja, *anders*.

»Mom, ich würde dich gern heute noch mal sehen. Geht das?«

»Heute? Hm, passt es dir auch morgen?«

Ich muss lachen und höre, wie auch sie sich ein Lächeln unterdrückt.

»Klar, geht in Ordnung.«

Viellicht ist *rational* und *emotional distanziert* doch noch etwas untertrieben, wenn man das Wesen meiner Mutter beschreiben möchte. Als meine Mom gestern das Urteil hörte, reagierte sie ruhig, beinahe gelassen. Wer sie nicht kennt, könnte meinen, sie sei herzlos und ihr Sohn wäre ihr egal. Aber das ist es nicht. Für meine Mutter war es schlichtweg eine *logische* Konsequenz der entstandenen Umstände, die während der Verhandlung aufgeworfen wurden, und somit nicht allzu überraschend, dass es zu dieser Strafe kam. Nicht, dass sie es nicht auch für ungerecht hält und wahrscheinlich wog sie ab dem Zeitpunkt des Urteils innerlich alle Möglichkeiten und Alternativen ab, aber dies würde sie nie zeigen. Wie gesagt, meine Mutter ist ... *anders*.

»Danke. Viertel nach fünf bei mir?«

Olaf sieht mich stirnrunzelnd an.

»Viertel nach? Was ist das denn für eine Zeit?« Meine Mom scheint ähnliche Gedanken zu haben.

»Enger Zeitplan«, scherze ich.

»Okay. Brauchst du noch was?«

»Deine Anwesenheit genügt.« Wir beide lächeln.

»Bis dann.«

»Bye.« Ich lege auf und stecke das Handy wieder in meine Hosentasche.

»Viertel nach?«, wiederholt Olaf die Frage meiner Mutter, während er den Opel unter beängstigenden Geräuschen an einer roten Ampel zum Stehen bringt.

»Taktik, mein Freund, Taktik.«

Olaf sieht mich fragend an.

»Ich will bloß vermeiden, dass sich meine Eltern auf der Straße begegnen und das Treffen zu Ende ist, bevor es überhaupt angefangen hat.«

»Nicht schlecht«, lobt Olaf und gibt an der eben umgeschalteten Ampel wieder Gas.

»Danke.«

»Sind auch bald da.«

Für einen kurzen Moment habe ich schon wieder vergessen, dass es gerade gar nicht in unseren Bandraum, sondern zum Casino geht, und zücke erneut mein Telefon. Nach ein paar Sekunden höre ich das Freizeichen.

»Ja?« Olli scheint noch nicht allzu lange wach zu sein.

In gewisser Weise bedienen wir das Klischee einer erfolglosen Indie-Band von drei Mittzwanzigern in einer hippen Großstadt. Im Gegensatz zu meinen zwei Bandkollegen hatte ich bis vor einer Woche allerdings noch einen Job und damit ein *einigermaßen* geregeltes Einkommen, das uns zumindest unseren Proberaum sicherte und wir nicht auf jede Gage eines Gigs angewiesen waren, was unter den gegebenen Umständen unser Fortbestehen sicherte. Als allerdings klar war, dass ich verurteilt werden würde – auch, wenn die Höhe der Strafe noch nicht feststand –, machte mein Chef kurzen Prozess und stellte mir die Kündigung wegen *außerordentlicher Umstände*, wie er es zu bezeichnen vermochte, aus. Einerseits scheint es dem Image der Hamburger Universität, an der ich nach meinem Studium als Hilfskraft angestellt war, nicht gut zu tun, wenn ein *gewaltbereiter* Vorbestrafter dort seine Arbeit verrichtet, andererseits vermuteten sie wohl ebenfalls eine langjährige Haftstrafe, in der sie mich nicht unnötig tragen wollten. Wie dem auch sei, bin ich nun arbeitslos, was aber auf meiner persönlichen Sorgenskala nicht gerade auf den ersten Plätzen rangiert.

Olli und Jan dagegen sind zwei Freunde aus der Studienzeit, mit denen ich im zweiten Semester die Band gründete. Nicht, dass die beiden nicht einen mindestens genauso guten Abschluss wie ich machten, aber die beiden *lebten* für die Musik und somit war ihnen ein *normaler* Job schlichtweg zuwider. Das Studium war allein zum Gefallen der Eltern, aber den weiteren Weg wollten sie allein beschreiten. Also zogen sie zusammen, suchten sich Kellner- und andere Aushilfsjobs, hielten sich irgendwie über Wasser und versuchten ansonsten mit der Musik groß rauszukommen. Dass ich jetzt wegfalle, ist natürlich nicht optimal, und doch bin ich mir sicher, dass sie eine Möglichkeit finden, um weiterzumachen.

Aufgrund ihres Lebensstils konnten sie es sich demnach auch leisten, um diese Uhrzeit noch im Bett zu liegen, was nebenbei bemerkt keine Seltenheit war.

»Hi Olli, es wird etwas später.«

»Hm?«, murmelt dieser verschlafen.

»Die Probe? Werde es bis drei nicht schaffen.« Gespielt böse schaue ich zu Olaf, der mich gekonnt ignoriert.

»Drei, hm?« Olli hat es vergessen. Mit Sicherheit nicht den Auftritt, aber das Klischee des verpeilten Künstlers passt exakt auf ihn, sodass er für ihn *unwichtigere* Termine schlichtweg vergisst. Jan zeigt dabei ähnliche Züge.

»Ich schätze, wir können auf vier noch mal alles durchspielen und den Rest bequatschen.«

»Vier? Wie spät ist es denn?«

»Gleich halb drei.«

»Klingt gut«, sagt Olli knapp.

»Okay, gibst du Jan Bescheid?«

»Hm.«

Und weg. Aufgelegt.

Ich stecke das Telefon wieder einmal ein, während Olaf gerade auf den Parkplatz des Casinos *Fillinger*, wie uns die große Aufschrift an der Fassade des bräunlichen Gebäudes verrät, fährt. Nach ein paar Metern biegen wir nach rechts und fahren unter einer offenstehenden Schranke hindurch, wobei wir auf dem spärlich belegten Parkplatz sofort eine freie Lücke finden.

»Um diese Zeit ist doch kein Schwein hier«, kommentiere ich den halb leergefegten Platz.

»Umso besser«, erwidert Olaf und stellt den Motor ab.

Wir steigen aus und die berennende Nachmittagssonne, die einsam und allein weit oben am Himmel steht, knallt mit ihrer vollen Wucht auf den großen, schattenfreien Platz und bringt den Asphalt unter unseren Füßen beinahe zum Schmelzen. Schnell suchen wir einen Unterschlupf und stehen kurzerhand vor der sich automatisch öffnenden Tür, die in das kühle Innere der Spielbank führt.

Zu unserer Rechten steht ein langer Tresen, hinter dem sich die Garderobenständer befinden, die angesichts der enormen Hitze folgerichtig ungenutzt bleiben. Hinter dem Tresen befindet sich linkerhand der Garderobe ein kleiner Monitor, vor dem ein kleingewachsener Kerl, der kaum älter als wir zu sein scheint, sitzt und in seinen Händen eine Art Ball hält, den er kontinuierlich mit knetende Gesten massiert. Er nickt uns stumm zu, wobei ich erkennen kann, dass er über den Bildschirm direkt auf das Kamerabild des Parkplatzes sieht, wo sich am unteren linken Rand unser Auto befindet.

Wir gehen durch die Eingangshalle und kommen an den Empfangstresen, hinter dem eine Dame mittleren Alters sitzt und uns freundlich zulächelt. Auch sie hat einen Monitor vor sich und wirkt hinter dem hochwertigen Tisch wie die Sekretärin eines hochwürdigen Amtsinhabers irgendeines wichtigen Regierungspostens.

»Guten Tag«, begrüßt sie uns nach kurzer Begutachtung und lächelt professionell.

Olaf übernimmt das Reden. »Hallo. Wir würden gerne ein wenig ... *zocken.*«

Wieder lächelt sie und fragt nach unseren Karten. Wir blicken sie fragend an.

»Sie sind zum ersten Mal da?«

Wir beide nicken.

»Alles klar, dann bräuchte ich die Ausweise.«

Olaf und ich legen die Dokumente auf den Tresen, die Frau scannt sie in ihren Computer und bittet uns dann, in die Kamera, die rechts neben ihrem Bildschirm steht, zu schauen, um ein Bild für das System zu machen, wie sie uns freundlich erklärt. Nach einer kurzen Weile legt sie uns samt unseren Ausweisen zwei weiße Karten in Kreditkartengröße hin. Die Karten sehen hochwertig aus und tragen das Logo der Spielbank, das ich von draußen wiedererkenne.

»Vielen Dank«, sage ich und nehme meine Sachen vom Tresen.

»Entschuldigen Sie, aber Sie müssten noch bezahlen.«

»Bezahlen?«

»Verstehe.« Sie lächelt und besinnt sich kurz. »Sie kaufen bei mir Chips im Wert von jeweils zehn Euro. Mit diesen können Sie oben spielen, haben jedoch auch die Möglichkeit, diese direkt wieder zurückzutauschen.«

»Ah, okay ... Aber wir würden gerne Chips im Wert von hundert Euro kaufen«, sagt Olaf vorsichtig.

»Am Tisch können Sie beliebig viele Chips kaufen.« Wieder lächelt Sie, zwar professionell, und doch bin ich mir sicher, wie sehr es sie amüsieren muss, dass wir uns wie die ersten Menschen auf dem Mond anstellen.

»Danke.« Ich lege ihr zwei Zehner auf den Tisch und sie reicht uns dafür vier orangefarbene Chips mit einer großen *Fünf* in der Mitte.

Wir gehen die Treppe, die links vom Tresen liegt, nach oben, passieren eine überdimensionierte Spiegelwand, biegen nach rechts ab und stehen nun in dem großen, klimatisierten Raum mit den mit grünen Samt überzogenen Roulette-,

Black-Jack-, und Pokertischen. Zu unserer Linken befindet sich die Bar, hinter der Regale mit zahlreichen Flaschen alkoholischen Inhalts, Gläsern und anderem glänzendem Zeugs angebracht sind. Der Raum mit seinen hohen Decken ist fast menschenleer: nur ein paar Mitarbeiter – ein Kellner hinter der Bar und jeweils zwei Croupiers an den offenen Tischen – sowie fünf Gäste, wovon zwei an der Bar und drei an einem der offenen Roulettetische sitzen. Der andere Tisch ist leer, wobei der Croupier dennoch im Minutentakt die kleine Metallkugel in das drehende Rad wirft und die getroffene Zahl auf dem Tisch setzt. Hinter den Spieltischen werden an den Anzeigen die Zahlen der letzten zwanzig Runden angezeigt. Ich erkenne, dass an dem leeren Tisch die Zahlen recht gemischt vorkommen, wohingegen an dem Tisch, an dem die drei Spieler – zwei Männer und eine Frau – sitzen, vorwiegend rote Zahlen in den letzten Runden gedreht wurden. Seit den letzten sieben Runden kam sogar kein einziges Mal Schwarz.

»Moment«, sagt Olaf, verschwindet in den Raum hinter uns und lässt mich allein zurück.

Ich gehe einen Schritt auf den Roulettetisch zu und verfolge das Spiel der Leute am Tisch. Ich spüre die angenehme Kühle der Klimaanlage auf meiner Haut und bin, trotz meines engen Zeitplans heute, froh, dass ich diese Ablenkung haben darf und Olaf mich hierher *verschleppt* hat. Als ich am Tisch stehe, höre ich, wie der Croupier, ein älterer Herr mit Halbglatze, dickumrahmter Brille und in klassischer Casinouniform, welche aus schwarzer Hose und weißem Hemd mit schwarzer Weste darüber besteht, die Spieler auffordert, ihre Einsätze zu tätigen. Die einzige Frau am Tisch ist um die vierzig, trägt ein schwarzes, luftiges Kleid über ihrem voluminösen Körper, raucht Zigarette und setzt gerade mehrere Einhundert-Euro-Chips auf Schwarz.

Schwarz?!, denke ich und halte sie für völlig bescheuert, muss dann aber feststellen, dass sie damit nicht alleine ist. Auch der Kerl, der rechts neben ihr steht, setzt einen Batzen Chips auf das schwarze Feld. Lediglich der schlaksige Typ auf ihrer linken Seite setzt ein paar Chips auf Rot. Mir ist zwar bewusst, dass es beim Roulette noch immer die Gleichverteilung gibt, verstehe aber dennoch nicht, weshalb man bei einer so langen Rot-Serie ausgerechnet einen so großen Haufen Kohle auf die gegensätzliche Farbe legt. Abgesehen davon setzen die drei einen nicht unerheblichen Betrag auf verschiedene Zahlen in verschiedenen Kombinationen in verschiedenen Mustern. Nachdem der Croupier in seiner schwarzen Weste die Spieler darauf hinweist, dass nun nichts mehr gehe, schiebt die rauchende Lady noch einen kleineren Stapel auf die Vier, Schwarz.

Die Kugel rotiert um die Drehscheibe mit den siebenunddreißig grün-rot-schwarzen Feldern. Die sitzende Lady und die beiden stehenden Männer starren gespannt auf das Drehkreuz samt der Kugel, die nun immer langsamer wird und kurz davor steht, das Ergebnis zu offenbaren. Die Kugel springt in eines der Felder, wird aber sofort wieder herausgeschleudert und springt in sieben, acht weitere. Nach einer kurzen Weile bleibt die Kugel endgültig liegen und der Croupier verkündet, dass die Sieben, Rot gewonnen hat. Die Lady am Tisch flucht und versucht sich schnell einen Überblick zu verschaffen, ob nicht doch noch irgendwo etwas zu retten sei. Aber der Croupier, der mithilfe seiner zierlichen Hände den Tisch mit den verlorenen Chips leerräumt, macht jegliche ihrer Hoffnungen zunichte, wie ich an ihrem Gesicht erkennen kann. Auch der Typ rechts neben ihr scheint so gut wie alles verloren zu haben. Lediglich auf *ODD* gewinnt er ein paar Euro, was aber angesichts der unverhältnismäßig vielen Chips, die er auf Schwarz setzte, unerheblich ist. Der Schlaksige jedoch ist der einzige Gewinner am Tisch. Neben dem Stapel auf Rot gewinnt er auf der Sechserreihe von sieben bis zwölf und auf *1-18*, also den ersten achtzehn Zahlen des Spielfeldes.

Die Lady, die ihre Zigarette vor Wut in den Aschenbecher drückt, zieht sofort eine Neue aus dem neben ihr liegenden Etui und steckt sie sich schnaufend an. Währenddessen legt der Kerl neben ihr bereits neue Stapel von Fünfziger- und Hunderterchips auf Schwarz und einzelne Zahlen, und die Lady tut es ihm gleich. Nach der Auszahlung verkündet der Croupier, dass nun die Einsätze wieder getätigt werden können.

»So.« Olaf klopft mir von hinten auf die Schulter und ich zucke zusammen.

»Wo warst du?«, frage ich und drehe mich zu ihm um.

Lachend wedelt er mit einem Bündel von Zehnern vor meinem Gesicht. »Ich kenne zwar den aktuellen Kurs nicht, aber ich denke, dass wir nicht kleinlich sein sollten, was den Unterschied von Euro und Dollar betrifft.«

Ich erkenne, dass es etwa zehn gefaltete Scheine sein müssen, die er in der Hand hält. Fragend schaue ich ihn an.

»Hier, deine hundert Dollar«, sagt Olaf und drückt mir die Scheine in die Hand.

Noch immer bin ich verblüfft.

»Okay, es sind keine Dollar, aber wie gesagt: kleine Abstriche sollten wir machen.«

»Das ist es nicht ... Aber schenkst du mir gerade wirklich hundert Euro?«

»Was heißt schenken? Ach so, wollte ich dich eh noch fragen: Heißt *verprassen*, dass du sie tatsächlich verlieren willst, oder besteht die Chance, davon noch mal was wiederzusehen?«

Ich schüttele den Kopf und muss lachen. Olaf klopft mir auf die Schulter und zieht mich zu dem Tisch, der rechts neben den zwei Roulettetischen steht.

»Hier ist keiner«, stelle ich trocken fest.

»Das wird schon.«

Wieder ist Olaf verschwunden und ich nutze die Zeit, um meinen Blick noch einmal auf das Spiel der drei Zocker beim Roulette zu richten. An der Anzeigetafel erkenne ich, dass schon wieder Rot kam, dieses Mal die Siebenbundzwanzig, und dass die rauchende Lady dementsprechend fast schon wieder am Ende ihrer Zigarette angelangt ist. *Wie gut wäre es für ihre Lunge, einmal zu gewinnen*, denke ich. Plötzlich steht Olaf mit einem Mitarbeiter neben mir.

»Sie wollen spielen?«, fragt mich Olafs Begleiter in stark russischem Akzent.

»Ich ...«

»Das wollen wir«, unterbricht Olaf.

Der Croupier watschelt in einer Mischung aus gelangweilt und genervt hinter den Black-Jack-Tisch, der sich etwas weiter hinten in einem kleinen Separee befindet, und schließt mit einem kleinen Schlüssel seine eben mitgebrachte Box mit den verschiedenen Spielchips darin auf. Während er sich seinen Arbeitsplatz einrichtet und beginnt, die Karten im Mischgerät zu positionieren, schnappe ich mir Olaf und ziehe ihn an mich heran.

»Macht der gerade ernsthaft wegen uns einen Tisch auf?«

»Klar«, sagt Olaf beiläufig.

»Was ist, wenn ich in fünf Minuten alles verloren habe? Oder alles gewonnen?«

»Was soll dann sein?«

»Na siehst du nicht, was der Typ da alles veranstaltet?« Ich zeige auf den Tisch, hinter den sich nun noch ein weiterer Mitarbeiter des Casinos gesellt und eine kurze Absprache mit seinem Kollegen hält.

Olaf sieht mich leicht verwirrt an. »Klar, das ist doch normal. Die haben immer zwei Leute am Tisch.«

»Woher-«

»Filme, mein Freund. Und jetzt lass uns nicht lang quatschen, sondern *zocken.*«

»Aber-«

Doch bevor ich etwas entgegenhalten kann, zieht mich Olaf schon an den Tisch. Wir nehmen auf den beiden mittleren Stühlen Platz und Igor, wie mir sein Namensschild verrät, bittet uns die Einsätze zu tätigen. Ich lege meine beiden Fünf-Euro-Chips vom Eingang auf den Tisch, Olaf tut es mir gleich und legt die zehn Zehner noch dazu.

Igor schaut uns argwöhnisch an. »Was möchten Sie?«

»Spielen«, antwortet Olaf trocken.

»Tauschen?«

»Ach so, ja.«

»Wie viel?«

»Na ja die Hundert eben.« Olaf wirft mir einen fragenden Blick zu.

Ich zucke nur mit den Schultern.

»Ich meine, in welche Chips Sie haben wollen? Fünfer, Zehner, Zwanziger?«

»Ach so, ja, äh, dann Fünfer?«, fragt Olaf wieder in meine Richtung.

Wieder zucke ich mit den Schultern. Igor nimmt noch genervter als zuvor die Scheine und legt uns auf unsere bisherigen vier Chips noch weitere zwanzig dieser Art. Dann wiederholt er seine Aufforderung zum Tätigen der Einsätze. Ich lege einen Chip auf das Feld vor mich und schaue zu Olaf.

Der nimmt kapitulierend die Hände nach oben. »Es ist dein Spiel. Außerdem erhöhe ich doch nicht noch die Chancen der Bank.«

»Ich werd‘ bekloppt.« Ich lache und will mir gerade eine anstecken, als ich bemerke, dass ich keine einzige Zigarette mehr besitze. »Scheiße. Wenn ich doch wenigstens rauchen könnte.« Seit ich meine beiden Notfallzigaretten mit Olaf zusammen aufgebraucht habe, habe ich glatt vergessen, neue zu besorgen.

»Kein Problem.« Olaf zieht aus seiner Hosentasche eine fast unberührte Schachtel mit goldschimmerndem Aufdruck.

Entsetzt sehe ich ihn an. »Du schnorrst dich die ganze Zeit bei mir mit durch, obwohl du selbst noch Kippen hast?«

»Hey, ich bin dein Chauffeur«, sagt Olaf grinsend.

»Sogar die Notfallzigaretten, Mann.«

»War das nicht angebracht?«, gibt Olaf zu bedenken.

Er pfriemelt zwei Zigaretten aus der Schachtel, reicht mir eine davon und gibt uns beiden schließlich Feuer.

Als Igor klar wird, dass er gerade einen neuen Tisch für lediglich einen Spieler aufgemacht hat, der wiederum mit dem Mindesteinsatz von lächerlichen fünf Euro spielt, rollt er mit den Augen und zieht missmutig die Karten aus dem Verdeck. Im gleichen Moment hebt Olaf den Arm und deutet dem Kellner, der gerade hinter uns vorbeiläuft, an, uns zwei

Cola zu bringen. Als dann auch noch der Bube samt Neun vor mir aufgedeckt wird und Igor lediglich eine Sechs vorzuweisen hat, spüre ich zum ersten Mal an diesem Tag wirkliche Zufriedenheit. Nicht wegen der fünf Euro, die ich gleich gewinnen werde, nicht wegen der erfrischenden Cola oder der entspannenden Zigarette und auch nicht wegen der klimatisierten Umgebung, sondern einfach nur, weil es ist, wie es ist: sorglos, ruhig, entspannt und mein bester Freund neben mir, der mir gerade schulterklopfend zu meinem ersten Gewinn gratuliert.

Russische Sprichwörter [16:27]

Igor hebt entschuldigend die Hände, grinst, wobei er uns mit seiner gelbgefärbten Zahnleiste anblitzt, und zieht schließlich die Stapel der Fünfer-Chips zu sich, die sich eben noch vor Olaf, Frederick und mir befanden. Anstatt uns zu ärgern, grinsen wir zurück und klopfen uns gegenseitig auf die Schulter.

Frederick stieß vor etwa einer viertel Stunde zu uns. Ob es meine Glückssträhne oder Igors zunehmende Offenheit waren, lässt sich nicht genau sagen, aber irgendwann kam er zu uns an den Tisch, legte einen fetten Stapel Chips neben meinen und begann willkürlich die verschiedensten Beträge zu setzen. Bis zum Schluss konnte ich kein System erkennen, wobei ich mir mittlerweile sicher bin, dass es dieses auch gar nicht gab.

Nach ein paar Händen begann Igor seine versteinerte Miene abzulegen und hin und wieder einen Kommentar zu meinem Spiel zu lassen. Wahrscheinlich wurde ihm klar, dass er so oder so hier stehen und mir die Karten austeilen musste, sodass er das Ganze auch etwas auflockern konnte. Wie sich schnell herausstellte, ist Igor ein von Kopf bis Fuß beseelter Ironiker, der sich nach kurzer Zeit als wahrhafte Unterhaltungsmaschine entpuppte. Er präsentierte ein paar tiefsarkastische Witze, erzählte uns von seiner Lebensgeschichte – wobei ich mir bei all seiner Ironie nicht wirklich sicher bin, was er nun tatsächlich durchlebte und was nicht –

und schaffte es sogar, dass Olaf mit ein paar Chips ins Spiel einstieg. Schnell waren wir beim Du, lachten, witzelten und so ganz nebenbei traf mich sogar eine ansehnliche Glückssträhne, die meinen Einsatz in kurzer Zeit verdoppelte. Igor schien es nicht im Geringsten zu stören, dass sein Arbeitgeber, zumindest was das Black-Jack-Spiel anging, stetige Verluste einfuhr. Andererseits waren die paar Euro, die wir gewannen, nichts im Vergleich zu den Beträgen an den anderen Tischen, sodass sein Verhalten nicht gerade außergewöhnlich schien.

Frederick, der sich schnell in unsere kleine Gruppe integrieren konnte, tätigte von vornherein größere Einsätze, wohingegen Olafs und meine Beträge trotz unserer Gewinne relativ niedrig blieben. Allerdings konnte er sich an unserer Strähne nicht wirklich beteiligen. Innerhalb von zehn Minuten hatte er schon seine Jetons halbiert, während sie bei uns weiter anstiegen.

Vor der eben gespielten Runde beschlossen wir einstimmig – auch Igor hatte ein Mitspracherecht –, dass sie die Letzte werden würde. Für uns in erster Linie aus zeitlichen, aber auch aus verlustängstlichen, für Frederick und Igor mit Sicherheit aus irgendwelchen anderen Gründen. Somit war es auch nicht ärgerlich, dass Igor einen König samt Zehn aufdeckte und damit meine Siebzehn, Olafs Sechzehn und Fredericks Neunzehn übertraf.

»Auch die Dummen verlieren irgendwann.«

Wir drei schauen Igor verständnislos an.

»Ist altes russisches Sprichwort«, antwortet Igor in seinem tief russischen Akzent.

»Das ist doch niemals ein russisches Sprichwort«, kontert Olaf.

»Ist wohl.«

Olaf schaut skeptisch. »Willst du mal ein altes deutsches Sprichwort hören?«

»Sag mir.«

»Die dümmsten Bauern ernten die dicksten Kartoffeln«, sagt Olaf zufrieden.

»Wie meinst du?«, möchte Igor wissen.

»Bist du dir sicher, dass das jetzt so passt?«, will ich von Olaf wissen.

»Sag mir, was bedeutet?«, hakt Igor nach.

»Warum? Passt doch ganz gut«, antwortet mir Olaf.

»Du kannst nicht sagen?«

»Ich mein ja nur. Immerhin ...«, versuche ich mich zu erklären.

»Außerdem hat er sich sein Sprichwort ausgedacht«, unterbricht mich mein Kompagnon.

»Hab ich nicht«, konstatiert unser Croupier.

»Was hat das denn damit zu tun?«, frage ich Olaf.

»Bin ich noch da?« Verwirrt blickt Igor in unsere Runde.

»Na ja, gewissermaßen hat Olaf ja recht«, schaltet sich nun Frederick ein.

Fragend blicke ich ihn an.

»Bei mir passt‘s zumindest. Igor hat mir alles abgenommen.«

»Ja, aber uns doch nicht«, diskutiere ich nun in Richtung Frederick.

»Wovon sprecht ihr da?«, versucht Igor sich bemerkbar zu machen.

»Stimmt auch wieder«, pflichtet mir Frederick bei.

»Aber *sein* Sprichwort passt?«, versucht nun Olaf wieder einzuschreiten.

»Auf jeden Fall besser als deins.«

»Ich verstehe euch Deutsche nicht.« Igor beginnt zu resignieren.

»Aber seins ist nicht mal eins.«

»Ist wohl«, wiederholt Igor.

»Ist ja jetzt auch egal, oder?«, möchte ich die Diskussion beenden.

»Prinzipiell ja, aber ...«

»Ich gehe dann.« Igor nimmt den Kasten mit den Chips.

»Aber?«

»Weiß ich jetzt auch nicht mehr«, gibt Olaf schließlich auf.

»Jungs, ihr seid so deutsch. Wünsche euch schönen Tag.«

»Wir dir auch, Igor. Danke für deine Gesellschaft.«

»Jaja«, sagt dieser trocken und verschwindet nach hinten durch die Tür zu seiner Linken.

»Ob er weiß, was *das* im Deutschen bedeutet?«, witzelt Frederick.

»Mit Sicherheit«, antworte ich und wir drei müssen lachen.

»Diese Russen aber auch«, setzt Olaf ironisch nach und steht auf, wobei er unsere stattlichen Stapel einsammelt.

»Keine schlechte Ausbeute«, kommentiert Frederick.

»Ja, nicht schlecht«, gebe ich zurück.

»Können wir die Liste trotzdem abhaken?«, fragt Olaf, während er mir die Chips vor die Nase hält.

»Was meinst du?«

»Na ja, anstatt hundert Dollar zu verzocken, hast du knapp zweihundert Euro gewonnen.«

»Ich denke, das sollte angesichts der Umstände klargehen«, grinse ich.

»Liste? Umstände?«, fragt Frederick irritiert.

»Ach so, stimmt ja …«, überlegt Olaf.

»Also, es ist etwas komplizierter, na ja, äh …«, versuche ich zu erklären.

»Hast du heute Abend schon was vor?«, fällt Olaf mir plötzlich ins Wort.

Erstaunt sehe ich ihn an.

»Heute?« Frederick überlegt. »Nicht direkt. Wieso?«

»Dann komm heut Abend zu unserer Party.«

»Eine Party?«

»Eine Abschiedsparty gewissermaßen«, werfe ich ein.

»Wer geht?«

»*Er* gewissermaßen«, Olaf deutet auf mich. »Aber das können wir dir heute Abend genauer erklären. Gib mir einfach deine Nummer und ich schick dir die Adresse.« Olaf hält Frederick sein Handy hin.

Dieser zögert kurz, tippt aber schließlich mit einem Schulterzucken die Zahlen aufs Display.

»Super«, kommentiert Olaf, steckt sein Handy wieder weg und reicht Frederick die Hand.

Nach einer schnellen Verabschiedung mit kurzem, kräftigem Händedruck und einem *Bis heute Abend* ist Frederick verschwunden.

»Eine kleine intime Feier?«

»Hm?«

»Du sagtest, das wird heute Abend eine kleine intime Feier, nur Leute, die ich kenne und so«, hake ich nach.

»Wird es doch auch.« Olaf blickt abwesend irgendwo in Richtung Bar.

»Und Frederick?«

»Kennst du doch jetzt«, sagt Olaf mit einem Augenzwinkern.

Ich muss lächeln, dann blicke ich auf die Uhr, dann ist das Lächeln verschwunden. »Was?!«, entfährt es mir beinahe brüllend.

»Was ist?« Olafs Blick ist jetzt wieder direkt auf mich gerichtet.

»Ich hoffe wirklich, meine Uhr geht falsch.«

»Aber die ist doch noch gar nicht so alt«, sagt Olaf trocken und meint es ohne jegliche Ironie.

»Olaf, ich weiß.« Ich blicke meinen Kumpel entgeistert an. »Aber ist es denn wirklich schon halb fünf?«

Olaf zückt sein Handy. »Sechzehn Uhr dreiunddreißig, um genau zu sein.«

»Ich wollte vor einer halben Stunde im Proberaum sein. Außerdem kommen meine Eltern in nicht einmal einer dreiviertel Stunde.«

»Dein Dad kommt sogar schon in weniger als dreißig Minuten«, gibt Olaf zu bedenken.

»Shit«, entfährt es mir. »Was haben wir die ganze Zeit gemacht?«

»Gezockt?«

»Aber doch nicht knapp zwei Stunden. Frederick saß doch gerade mal zehn, höchstens fünfzehn Minuten mit am Tisch.«

»Fünfzehn Minuten? Der war mindestens eine dreiviertel, wenn nicht sogar eine Stunde bei uns.«

»Das kann nicht sein«, sage ich verblüfft.

»Schon mal drüber nachgedacht, warum es keine Uhren in Casinos gibt?«

Hilfesuchend schaue ich mich um.

»Fenster übrigens auch nicht«, ergänzt Olaf.

»Olaf, das hilft nicht gerade weiter«, sage ich abwesend. »Ich muss Olli anrufen.«

»Und dann?«

»Na ja, meinen Eltern kann ich nicht absagen. Also muss die Bandbesprechung wohl verschoben werden.«

»Auf wann denn?«, will Olaf wissen.

»Du bist wirklich keine Hilfe.«

»Hey, ich bin immerhin der Fahrer«, bemerkt Olaf selbstzufrieden.

»Dann solltest du das auch tun.«

»Was?«

»Mich fahren.«

»Und wohin?«

»Nicht in den Bandraum, Olaf, nicht in den Bandraum.«

Ins kalte Wasser [16:41]

»Hm?«

»Ich schaffe es nicht.«

»Wer-? Was schaffst du nicht?«

»Vor einer halben Stunde da zu sein.«

»Hä?«

Allein die Tatsache, dass die Jungs mich um kurz vor vier nicht angerufen haben, hätte mir zu denken geben müssen.

»Du weißt, dass wir heute einen Auftritt haben?«, sage ich übertrieben ruhig und verständlich.

»Klar. Mann, freu ich mich da schon drauf.«

»Und du weißt, dass wir uns um vier zur Probe treffen wollten?«

»Um vier? Echt? Hm ...« Ollis Gedächtnis ist echt erstaunlich.

»Ist jetzt auch egal. Ich werde-« In irgendeiner Zeitschrift habe ich mal gelesen, dass man Kinder, die sich etwas einprägen sollen, die zu merkenden Sachen laut aussprechen lassen soll. Was bei Kindern klappt, kann bei Olli nicht schaden. »Wann ist unser Auftritt heute?«

»Heut Abend«, antwortet Olli knapp.

»Und wann genau?«, hake ich nach.

»Hm. Um acht?«

»Sehr gut«, belohne ich Olli wie einen Pawlowschen Hund. »Und wann sollen wir da sein?«, führe ich mein Experiment fort.

»Da fragst du was. Weißt du das nicht? Du bist doch der, der so was immer weiß.«

»Okay. Um sieben.«

»Okay.«

»Wann?«

»Hä?«

»Wann sollen wir nun da sein?«

»Du bist echt seltsam, Carlo.«

»Einfach die Frage beantworten.«

»Sieben.«

Weiter so, denke ich, sage es aber nicht.

»Und wenn ich dir jetzt sage, dass wir uns mindestens eine halbe Stunde vor Ankunft noch einmal treffen sollten, wann wäre das dann?«

»Sag mal, hast du was genommen?«

Selbst Olaf schaut mich jetzt irritiert von der Seite an.

Die Stille ignorierend warte ich ab. Es scheint zu funktionieren.

»Halb sieben«, sagt Olli schließlich.

»Wunderbar«, stoße ich hervor. »Dann gibst du Jan Bescheid?«

»Okay.«

»Was willst du machen?«

»Alter.«

Aufgelegt. Scheint mir so, als ob dieses Thema in jeglicher Situation zu einem schnellen Gesprächsende mit Olli führt.

Olaf brettert derweil über die Max-Brauer-Allee. Seiner Fahrweise entnehme ich, dass er den Ernst der Lage erkannt hat und mich schleunigst nach Hause bringen muss, um meine Eltern noch rechtzeitig abzupassen und diesen Punkt auf meiner Liste guten Gewissens streichen zu können. Apropos

Liste. Ich krame den zerknüllten Zettel erneut aus meiner Hosentasche, hole den Stift abermals aus dem Handschuhfach und Streiche Punkt fünf meiner Liste.

»Sieht doch ganz gut aus, oder?«, halte ich fragend Olaf den Zettel hin.

~~*1 Leila zur Rede stellen*~~
2 Familie versöhnen
3 Auftritt → *Proberaum*
~~*4 PARTY! (Olivia treffen)*~~
~~*5 100$ beim Black Jack verprassen*~~
6 Nackt in die Elbe springen?!
(7 Sex am Strand?!?!)
8 PARTY! (Olivia treffen)

»Fast die Hälfte«, kommentiert Olaf knapp, der selbst anscheinend gerade mit seinem Handy beschäftigt ist.

»Was machst du da?«, frage ich leicht beunruhigt, da wir mit gut achtzig Sachen über die Eimsbütteler Chaussee brettern und Olaf nur zu etwa sechzig Prozent auf die Straße achtet und die restlichen vierzig seinem Telefon widmet. *Immerhin etwas über die Hälfte*, denke ich nebenbei.

»Das ist geheim, mein Freund.«

»Es geht um die Party?«

»Checke gerade ein paar Zusagen.«

»Kann das nicht warten, bis wir da sind?«

»Ich bin multitaskingfähig.«

Gerade in diesem Moment, Olaf hat das Handy fast auf Augenhöhe, erhellt uns ein orangeschimmernder Blitz, der vom Straßenrand so schnell erscheint, wie er wieder verschwunden ist.

»Fuck!«, entfährt es mir.

»Was ist los?«, fragt Olaf beiläufig, während er immer noch konzentriert auf seinem Display herumtippt.

»Hast du etwa nicht ge-?«

»Hm?« Olaf schaut kurz zu mir, richtet seinen Blick aber wieder schnell auf das Smartphone.

»Sag mal, wie multitaskingfähig bist du eigentlich genau?«

»Hab alles unter Kontrolle.« Olaf geht in die Eisen, um rechtzeitig hinter dem blauen Mitsubishi Lancer vor uns zum Stehen zu kommen.

»Ah ja, und, also, ähm, wie viel ist dir dein Führerschein so wert?«

»Wieso fragst du?« Da wir gerade stehen, widmet sich Olaf nun ungeteilt seinem Handy. »Der ist nicht zu verkaufen«, sagt er scherzhaft. »Im Knast kannst du den eh nicht gebrauchen.«

Ich überlege kurz, ob ich Olaf auf den Blitzer aufmerksam machen sollte, entscheide mich dann aber doch dagegen. *Quasi ein Gruß aus dem Knast*, denke ich, lächle und wehre mit einer Handbewegung Olafs Kommentar ab. Der Mitsubishi vor uns gibt Gas und Olaf tut es ihm gleich.

Nach weiteren zehn straßenverkehrsgefährdeten Minuten bleiben wir in einer kleinen Parklücke auf dem Wiesingerweg vor meinem Haus stehen.

»Fünf vor zwölf«, sage ich abgehetzt.

»Fünf vor fünf«, korrigiert Olaf mit Blick auf die eingebaute Digitaluhr des Opels.

»Ich weiß. Das sagt man doch auch nur so.«

»Wenn du meinst.«

Ich öffne die Beifahrertür und verschaffe mir mit einem prüfenden Blick die Gewissheit, dass mein Dad noch nicht angekommen ist.

»Wir haben's doch pünktlich geschafft«, bemerkt Olaf meine Unruhe.

»Ja, aber die Bude sieht noch aus von der Suchaktion. Du erinnerst dich?«

»Und?«

»Vielleicht ist es einer Familienzusammenführung nicht sehr zuträglich, wenn die Socken von letzter Woche auf dem Küchentisch liegen«, bemerke ich spitz.

»Wenn du meinst.«

Ich will gerade den Haustürschlüssel aus meiner Hosentasche kramen, als mich eine mir sehr vertraute Stimme aus der Fassung bringt.

»Mensch, Carlo, da bist du ja endlich!«

Bevor ich etwas erwidern kann, kommt Olaf mir schon zuvor.

»Herr Fröhlich, schön, Sie zu sehen.«

Olaf und mein Dad haben schon immer ein recht gutes, wenn auch spärliches Verhältnis zueinander. Die paar Mal, die sie sich im Jahr sehen, reichen zwar meist nur für oberflächlichen Small Talk, aber spätestens beim Thema Waffengesetze der USA, auf das sie meist unweigerlich nach kurzer Zeit zu sprechen kommen, sind sie vollkommen einer Meinung, was augenscheinlich über jegliche Vater-Sohn-Beziehung hinausgeht.

»Endlich?«, kommt es nun *endlich* aus mir heraus. »Wir hatten doch fünf gesagt.«

»Wir hatten auch mal gesagt, dass keiner von uns in den Knast wandert.«

Irritiert über seinen Witz umarme ich ihn herzlich.

»Weißt du, ich hab mit deiner Mutter gesprochen und sie-«

»Du hast was?!«, frage ich vollkommen perplex.

»Ich dachte mir, dass die Situation zwischen deiner Mutter und mir nicht über deiner misslichen Lage stehen sollte. Also rief ich sie an und mir wurde klar, dass es absolut nichts bringt, wenn ich mich selbst mit all den Sorgen zermürbe und nicht wenigstens ab und zu versuche, es lockerer zu nehmen.«

Vor meinem inneren Auge sehe ich schon den zweiten Punkt meiner Liste mit Leichtigkeit abgehakt. Meine Eltern – nach Jahren kommunizieren sie wieder miteinander. Sie sehen also doch ein, dass all der Streit, die Ignoranz, das Schweigen, Hassen, Kämpfen, Verletzen *nichts* im Vergleich zum tragischen Schicksal ihres geliebten Sohnes ist und sind endlich zur Vernunft gekommen, sodass sie sich nun doch, wenn schon nicht versöhnen, so zumindest miteinander arrangieren. Ich spüre schon förmlich den riesigen Klotz von meinem Herzen fallen. Dann spricht mein Dad weiter.

»Aber was deine Mutter dann wieder abzog, war unter aller Sau! Sie hat sich kein Stück geändert! Vorwürfe hier, Vorwürfe da. Ich solle dich nicht so bemuttern! Kannst du dir das vorstellen? *Ich* soll *dich* nicht be*muttern*! Unfassbar! Weißt du, es tut mir unendlich leid, dass du morgen diesen Weg gehen musst, aber wenigstens gibt es dann *gar keinen* Grund mehr, mit dieser Frau auch nur im Entferntesten irgendetwas zu tun zu haben!«

Weil sie mich lebenslänglich wegsperren?, denke ich, sage es aber nicht.

Mein Dad beginnt sich währenddessen komplett in Rage zu reden. »Und wie herablassend sie immer ist! Und weißt du was?«

Olaf und ich stehen da wie zwei kleine Schulkinder, die beim Rektor vorgeladen wurden.

»Sie fing wieder mit Tatjana an! Wie oft hab ich ihr erklärt, dass sie *nur* meine Assistentin war, aber das will Frau Fröhlich ja nicht hören!«

»Paps?«

»Und die arme Tatjana ... Sie machte wirklich einen guten Job.«

»Paps!«

»Wer weiß, wo sie nach der Sache gelandet ist.«

»Ich denke, wir sollten erstmal hochgehen, Paps.«

»Hoch? Ach so, ja ... Tut mir leid, wir haben ja kaum noch Zeit.«

»Schon gut, Paps.« Ich schließe die Haustür auf und trete als Erster in den angenehm kühlen Hausflur.

Interessanterweise haben es meine Eltern in all den Jahren nicht geschafft, sich scheiden zu lassen. Komischerweise stand das auch nie zur Debatte, zumindest habe ich davon nichts mitbekommen. Vielleicht ist das aber auch der hoffnungsvollen Verdrängung eines verängstigenden Jungen von sich streitenden Eltern geschuldet. Ob es gut oder schlecht ist, weiß ich selbst nicht so genau. Womöglich hätte ein klarer Schnitt so einige Konflikte gelöst oder gar verhindert, andererseits muss es ja auch seine Gründe haben, dass keiner der beiden einen endgültigen Schnitt angestrebt hat. Vielleicht liebt sich, was sich neckt, vielleicht klammer ich mich auch nur an den noch so kleinsten Strohhalm. Wie dem auch sei, kann ich ab morgen nicht mehr viel ausrichten, was die nächsten Minuten umso bedeutsamer macht.

Ich schließe die Tür zu meiner Wohnung auf. Wie bereits vermutet, finden wir die Wohnung unverändert mit den offenstehenden und ausgeräumten Schubladen und den durch den eben entstandenen Luftzug überall herumflatternden Blättern vor. Ich kann gerade noch *Yves und Xena* vor meinem Dad verstecken, als dieser das Chaos sofort kommentiert.

»Wurde hier eingebrochen?«, fragt er mit einer Mischung aus Verwunderung, ernsthafter Besorgnis und gespielt lockerem Tonfall.

»Könnte man so bezeichnen«, sage ich und werfe Olaf einen argwöhnischen Blick zu.

Wir gehen gemeinsam ins Wohnzimmer. Da mein Dad und Olaf direkt auf meinem Sofa Platz nehmen und ihren altbekannten Small Talk absolvieren, nutze ich die Gelegenheit, in den Flur zurückzugehen und das Gröbste zu beseitigen. Ich sammle die losen Blätter auf und werfe sie gekonnt zurück ins Arbeitszimmer. Beim Anblick des vorherrschenden Chaos braucht es nicht lange, bis ich mich für das Belassen der aktuellen Situation entscheide, anstatt hier vor meinem *Umzug* noch Klarschiff zu machen. *Was soll es auch bringen?* Ich schließe die Tür und gehe zurück zu Olaf und meinem Dad. Wie ich schnell bemerke, sind sie noch nicht bei den USA angelangt, wozu es wahrscheinlich heute auch nicht kommen wird, da sich mein Dad schon wieder im Anflug irgendwelcher Verlustängste ganz auf mich fokussiert.

»Carlo, kann ich irgendetwas tun?«

»Du bist schon hier, das reicht«, schmunzle ich ihn an.

Kurz überlege ich, ob ich ihm von dem bevorstehenden Treffen mit Mom erzählen und ihn quasi feinfühlig schon einmal darauf vorbereiten sollte, verwerfe den Gedanken aber wieder. Der sprichwörtliche Sprung ins kalte Wasser hat vielleicht auch seine Vorteile.

In den nächsten fünfzehn Minuten wandert mein Blick zwischen meinen Gesprächspartnern und meiner Armbanduhr in schwindelerregender Kontinuität hin und her. Einerseits rast mein Puls, weil ich jeden Moment Moms Klingeln erwarte, andererseits frage ich mich, wo Tome bleibt, und hoffe inständig, dass er meine Bitte auch wirklich ernst genommen hat. Bevor ich den Gedanken aber konsequent zu Ende denken kann, erlöst mich der Summer an meiner Tür.

»Nanu? Erwartest du noch jemanden?«, fragt mein Vater mit kritischem Blick.

Bevor ich etwas sagen kann, kommt Olaf mir zuvor.

»Finden wir's doch raus.« Er springt auf und ist mit ein paar schnellen Schritten an der Tür.

Ich schaue meinen Dad unsicher an und versuche mit einem Lächeln meine Aufgeregtheit zu vertuschen. *Wer lässt schon sein Kind tatsächlich ins kalte Wasser springen?!* Mein Dad scheint eher unbeeindruckt und nimmt noch einen großen Schluck des vor ihm stehenden Wassers. Im Hausflur höre ich Schritte. Dann eine Stimme. Eine weibliche. Ich schaue auf die Uhr: siebzehn Uhr siebzehn. *Fuck*, denke ich und ärgere mich, dass ich Tome nicht eher bestellt habe. Irgendwie würden meine Eltern es vielleicht lockerer sehen, wenn die Versöhnung schon einen kleinen Anfang zwischen Tome und mir genommen hätte.

Mein Dad schaut fragend Richtung Flur, scheint aber die Stimme noch nicht ganz identifizieren zu können. Erst als man ein deutliches *Wo ist Carlo denn?* vernehmen kann, verändert sich schlagartig die Körperhaltung meines Vaters. Wie ein Reh, das gerade den hinter sich lauernden Jäger bemerkt, sitzt mein Vater nun ganz aufrecht auf der Couch. Seine Gesichtszüge sind eingefroren. Kein Zucken, kein Blinzeln. Er starrt einfach nur in den dunklen Flur und scheint wohl in seinem Kopf alle möglichen Szenarien durchzugehen. Dass es die Stimme meiner Mutter ist, ist ihm ohne Frage bewusst, aber wie es aussieht, kann er die jetzige Situation nicht mit der Vorstellung, dass meine Mutter *auch* hier ist, in Einklang bringen. Wahrscheinlich überlegt er angestrengt, wer eine ähnliche Stimme haben könnte, denn schon der Gedanke daran, dass meine Mutter im selben Haus, ja sogar in der selben Wohnung wie er sein könnte, geht über jegliche seiner Vorstellungskräfte hinaus. Wäre er ein Geheimagent, würde er wohl schon die Flucht über den Balkon planen. Ich frage mich in dem Moment, ob er dazu Geheimagent sein müsse.

Vorsichtig versuche ich seine Schockstarre zu unterbrechen. »Paps, alles okay?«

Keine Reaktion.

»Ich, äh, also ... bleib einfach hier sitzen.« Ich stehe schnell auf und gehe in den Flur.

Meine Mutter zieht gerade ihre Schuhe aus, als sie mich um die Ecke biegen sieht.

»Carlo, da bist du ja. Schickst du jetzt schon ein Empfangskomitee vor, um deine Mutter willkommen zu heißen?«

»Bin ich Ihnen etwa nicht gut genug Frau Fröhlich?«, sagt Olaf gespielt beleidigt.

»Hallo Mom.« Ich umarme meine Mutter, als erneut der Summer meiner Türklingel ertönt.

Gedanklich kann ich schon hören, wie mein Vater im Wohnzimmer zusammenzuckt. *Was soll jetzt noch kommen?*, wird er sich fragen. Olaf öffnet automatisch über die Sprechanlage die Haustür. Ich versuche Herr der Situation zu bleiben. Oder zu werden.

»Mom, hör zu«, sage ich schnell. »Du weißt ja, dass heute mein letzter Tag hier in Freiheit ist und deshalb ...« Ich überlege, wie ich ihr die nun folgenden Worte so schonend wie möglich beibringen soll. »Deshalb wünsche ich mir, dass du dich nicht aufregst, in Ordnung?«

»Wieso sollte ich mich aufregen? Wer Kürbis schmeißt, wird Gefängnis ernten. Ganz einfache Regel und jetzt auch nicht mehr so überraschend.«

Natürlich war es als Scherz gemeint, aber ich denke mir, dass ihr das Lachen eventuell in naher Zukunft vergehen könnte. Gerade will ich ihr alles offenbaren, da steht Tome auch schon in der Tür.

»Tome?«, fragt sie folgerichtig und beinahe fassungslos, was bei meiner Mutter schon etwas heißen mag.

»Hallo Mama.«

»Hat jemand Geburtstag? Ist Weihnachten? Ach nein, dann wärst du ja nicht hier.« So schnell ist meine Mutter wieder ganz die Alte.

»Ich wusste, es war eine Scheißidee«, pflaumt Tome.

»Mom, kann ich euch alles in Ruhe erklären?«

»*Uns?!*«

Dümmer hätte ich mich auch nicht anstellen können. Aber egal. Jetzt ist eh alles zu spät.

Ich packe meine Mutter am Arm und ziehe sie in die Wohnzimmertür. »Mama, darf ich vorstellen? Papa.«

Mein Vater saß die ganze Zeit anscheinend unverändert in Habachtstellung auf der Couch und verfolgte das Drama im Flur wie einen Hörspielkrimi. Als er meine Mutter sieht, nehme ich keine Veränderung wahr. Meine Mom hingegen kommt jetzt erst so richtig in Fahrt.

»Wollt ihr mich eigentlich alle verarschen? Ich dachte, wir machen uns hier noch einen gemütlichen Abend vor deiner Abreise und jetzt finde ich mich in einer schlechten Daily Soap wieder?«

»Diese Daily Soap ist unser Leben, Mom«, werde ich nun auch etwas lauter. Ich bemerke meinen Fauxpas und spreche ruhig weiter. »Sieh doch mal: Tome ist extra gekommen. Wir haben miteinander geredet und er ist jetzt da. Wenn das bei ihm und mir geht, geht das doch vielleicht auch bei euch?«

Nun kommt auch mein Dad zurück ins Leben. »Ist das der Grund, weshalb ich hier bin?«, meldet er sich sichtlich verärgert. »Ich dachte, du willst mit mir deine letzten Stunden in Freiheit verbringen, stattdessen steckst du mich mit dieser Frau in einen Raum, mit der zu reden überhaupt keinen Sinn hat. Ein Wunder, dass sie mir noch nicht die Schuld daran gegeben hat, dass wir alle hier sind. Und dann ist da auch noch unser lieber Sohn Tome. Gleich ein zweites Wunder, dass er sich mal wieder mit unsereins, dem niedrigen Volke, abgibt.«

»Paps, das ist nicht fair«, versuche ich zu intervenieren.

Vergebens.

Denn auch Tome hat jetzt Blut geleckt. »Wisst ihr, so wie ihr euch verhaltet, macht ihr es einem wirklich schwer, euch zu vermissen. Wieso könnt ihr euch nicht wie normale Menschen verhalten? Ohne Grund geht ihr aufeinander los und benehmt euch dabei wie Neandertaler.«

»Das sagt ja gerade der Richtige«, schaltet sich nun meine Mutter wieder ein. »Wer hat denn ohne Grund den Kontakt abgebrochen? Du hast dich doch schon immer für was Besseres gehalten.«

»Ich? Für was Besseres? Denk doch mal drüber nach, woran das liegen könnte.«

»Oh, da muss ich unserem Sohn ausnahmsweise mal zustimmen.« Paps ist wieder dran. »Da hat er wohl nur vom falschen Vorbild gelernt.« Mittlerweile ist er zur Festigung seines Standpunkts aufgestanden. »Du hast dich doch immer schon für erhabener als wir alle gehalten«, giftet er in Moms Richtung.

»Bei so einem Ehemann liegt dieser Gedanke ja auch nicht sehr fern.«

»Also gibst du es zu?«

»Wenn man mit seiner Scheißassistentin schläft, gibt es da nix zuzugeben.«

»Jetzt fang nicht wieder mit Tatjana an. Sie war nur meine Assistentin!«

»Leute, Leute«, versuche ich einzuwerfen, geht aber bei all dem Gekeife nur unter.

Olaf steht die ganze Zeit im Türrahmen und das erste Mal meine ich so etwas wie ernsthafte Besorgnis in seinem Gesicht zu erkennen. Er hätte wohl nicht damit gerechnet, dass es mit meiner Familie *so* schwierig werden könnte. Bisher erlebte er meine Eltern nach der Trennung immer nur einzeln, mal abgesehen vom Gericht, wo sie sich aber weiträumig aus dem Weg gehen konnten. Ein echtes Drama, das sich hier abspielt, über das selbst Olaf im Moment nicht lachen kann.

Meine Eltern verzetteln sich im Wortgefecht. Ich nutze die *Gelegenheit*, um an Tome heranzutreten.

»Tome, bitte. Versuch doch wenigstens so zu tun, als ob du an einer Versöhnung interessiert wärst.«

»Hab ich ja, aber wenn ich das hier schon wieder höre, platzt mir der Kragen.«

»Ich weiß, aber so kann es doch auch nicht weitergehen«, versuche ich zu argumentieren.

Unsere Eltern sind inzwischen beim Thema Erziehung angelangt und zählen ellenlange Listen auf, was wer, wann, wo und wie falsch gemacht hat.

Jetzt reicht es mir. »RUHE!«, brülle ich mit aller in mir brodelnden Gewalt. Das scheint zumindest erst einmal Wirkung zu erzielen. »Wenn hier einer mal was sagen darf, dann bin ja wohl ich das. Immerhin werdet ihr meine Stimme in nächster Zeit länger nicht hören«, sage ich trotzig.

»Aber Carlo, mein Schatz, wir werden dich doch besuchen«, wirft mein Dad unpassenderweise ein.

»Ich dachte, das hier würde funktionieren. Ich hatte wirklich gehofft, dass wir das als Familie hinkriegen. Wenn ich schon dieses Leben für einen gewissen Zeitraum verlasse, so hatte ich doch wenigstens gehofft, dass ich ihm etwas Schönes, etwas Nachhaltiges hinterlassen kann. Aber ich sehe schon, dass das eine Wunschvorstellung bleiben wird. Macht mal ihr schön weiter euer Ding. Zerstreitet euch, hasst euch, werft euch die übelsten Vorwürfe an den Kopf. Ich bin raus. Wirklich. Ich bin raus. Komm Olaf, lass uns verschwinden.« Ich gehe durch den Türrahmen, in dem Olaf nun zur Seite tritt, öffne die Wohnungstür, lasse Olaf den Vortritt und schließe die Tür mit einem tiefen Seufzer hinter mir zu.

Nope [17:46]

Mit einem lauten Knall schließe ich die Beifahrertür. Olaf zuckt zusammen und traut sich kein Wort zu sagen. Einerseits bin ich stinksauer, andererseits spüre ich, wie sich eine gewisse Resignation in mir breitmacht. Irgendwie habe ich mir das zwar anders erhofft, aber irgendwie war mir der Ausgang der Situation wohl auch bewusst. Sei's drum. Ich kann ja schließlich nicht an einem Tag die *ganze* Welt retten. *Schuster, bleib bei deinen Leisten* und immer schön *Butter bei die Fische*. Mehr belanglose Sprüche fallen mir im Moment nicht ein.

»Fahr los«, bitte ich Olaf, ohne das Ziel zu kennen.

Nach ein paar Minuten Fahrt meldet sich mein Freund und Fahrer wieder zu Wort.

»Halb sieben ist der nächste Termin, oder?«, reißt er mich aus meinen Gedanken.

»Hm?«

»Na, wegen eurem Auftritt heute. Halb sieben wollt ihr euch im Proberaum treffen, ja?«

»Ja, genau«, komme ich langsam wieder zu mir.

»Was ist das eigentlich für ein Gig heute Abend?«

»Ach, nur irgend so eine Firmenfeier. Wir sollen auf einem Anhänger spielen. Laufende Kundschaft. Nicht gerade ein Traumjob, aber sie bezahlen ziemlich gut. Und außerdem macht es Spaß, mit den Jungs ohne großen Druck zu spielen.«

»Welche Firma?«

»Keine Ahnung«, muss ich zugeben und dabei lachen.

»Wie dem auch sei, dann haben wir ja noch ein bisschen Zeit.«

»Ein bisschen Zeit? Ich finde, dieser Satz ist an dem heutigen Tage irgendwie fehl am Platz.«

Olaf ist schon wieder mit einem ordentlichen Tempo unterwegs. Plötzlich biegt er von der Alsenstraße auf die Stresemannstraße ab.

»Wo fahren wir hin?«, frage ich irritiert.

»Nun ja, ich sage nur *Liste.*« Olaf grinst mich schief von der Seite an.

»Wie? Liste?«, frage ich weniger grinsend zurück.

»Bei deinem straffen Zeitplan müssen wir jede Sekunde nutzen und da noch nicht alle Dinge abgearbeitet sind und du noch gut eine dreiviertel Stunde Zeit hast, dachte ich mir, wir machen direkt weiter.«

»Du meinst, weil der Punkt eben ja schon so wunderbar funktionierte?«

»Kopf hoch, der nächste wird garantiert erfolgreicher.«

»Was meinst du eigentlich?«

Ich krame die Liste hervor und werfe einen flüchtigen Blick darauf. »Was mache ich nur mit Punkt zwei?«, sage ich mehr zu mir als zu Olaf.

Dieser allerdings reagiert sofort.

»Na ja, versucht hast du es ja immerhin. Könnte man also schon streichen.«

»Kommt mir irgendwie nicht richtig vor«, gebe ich zu bedenken.

»Dann mach es wie in der guten alten Schulzeit bei Frau Woischnowski. Weißt du noch? Immer, wenn etwas *halb richtig* war, hielt sie uns einen Vortrag, dass es halb richtig eigentlich gar nicht gäbe. Und dann unterstrich sie es immer mit einer Wellenlinie und gab trotzdem den Punkt.«

Frau Woischnowski war damals in der Grundschule unsere Klassenlehrerin und aus heutiger Sicht muss man sagen, dass sie schlichtweg zu gutmütig war. Jetzt fragt man sich, wie man als Grundschullehrerin *zu* gutmütig sein konnte, aber sie war wohl das Paradebeispiel dafür. Frau Woischnowski gab nie einen Tadel, benachrichtige bei Fehlverhalten keine Eltern, ließ Strafarbeiten meist nur zu einem Bruchteil erledigen, wenn sie sie nicht gar ganz unter den Tisch fallen ließ, und war alles in allem nicht wirklich ernst zu nehmen. Wer weiß, wie oft sie deshalb beim Direktor vorgeladen wurde. Wir wurden es, dank ihr, nie.

»Was Frau Woischnowski jetzt wohl so macht?«

»Wahrscheinlich unterrichtet sie immer noch an der Elisabeth Grundschule und hält seit Jahren ein und denselben Vortrag.« Olaf lacht. »Die müssten wir eigentlich mal wieder besuchen.«

»Gerne, nur nicht heute.«

Ich denke über Olafs Vorschlag nach und halte ihn schließlich für einen guten Kompromiss. Handschuhfach auf, Stift raus. Gesagt, getan.

~~1 Leila zur Rede stellen~~

~~2 Familie versöhnen~~ → *Proberaum*

3 Auftritt

~~4 PARTY! (Olivia treffen)~~

~~5 100$ beim Black Jack verprassen~~

6 Nackt in die Elbe springen?!

(7 Sex am Strand?!?!)

8 PARTY! (Olivia treffen)

Erst jetzt fällt mir wieder ein, was der eigentliche Grund war, auf die Liste zu schauen.

»Irgendwie sehe ich hier nur zwei Punkte, die jetzt gerade möglich wären«, sage ich kritisch.

»Tja, kannst dir aussuchen, ob Punkt sechs oder sieben. Aber ich denke, in Anbetracht der Zeit, wird Punkt sieben extrem schwierig.« Olaf prustet laut los.

»Alter, ich spring doch jetzt nicht in die Elbe. Da bin ich gerade echt nicht in Stimmung für.«

»Hey, sieh's doch mal so: so eine Abkühlung wird dir guttun.«

Olaf rast am Millerntor-Stadion vorbei und schafft es gerade noch bei Orange über die Ampelkreuzung.

»Du spinnst doch! Ich werd' mich doch nicht am helllichten Tag vor aller Welt blamieren. Außerdem hättest du zum Strand hier rechts abbiegen müssen.«

Olaf wirft einen kurzen Blick über seine Schulter und konzentriert sich dann wieder voll und ganz auf sein angestrebtes Ziel.

»Also erstens ist der Strand zu weit weg, was faktisch nicht in unseren Zeitplan passt. Und zweitens willst du doch in die Elbe *springen*. Das wird am Strand ziemlich schwierig.«

Ein ungutes Gefühl erreicht mich. »Wo genau willst du hin, Olaf?«

»Na, zur Elbe.«

»Ja, ist schon klar. Aber wo genau zur Elbe?«

»Da, wo man richtig gut reinspringen kann«, sagt er mit einem Augenzwinkern.

»Du willst doch nicht …?«

»Und ob. Ab zum Hafen.«

»Das kannst du nicht bringen.«

»Was soll das denn heißen?«

Auf der rechten Seite sehe ich schon den Michel. Lange dauert es nicht mehr und wir sind da. Jetzt heißt es verhandeln.

»Olaf, ich kann gerne irgendwo in die Elbe hüpfen, kein Ding. Aber doch nicht am Hafen, wo an so einem Tag und bei solchem Wetter hunderte von Menschen vorbeikommen. Das ist doch irre. Am Ende war's das dann mit meinen paar letzten Stunden in Freiheit, weil sie mich direkt in die Klapse einweisen.«

An der Kreuzung zum Rödingsmarkt bildet sich zum Glück eine kleine Schlange. Noch bleibt mir etwas Zeit.

»Was ist, wenn wir das nach dem Auftritt heute machen? Dann haben wir ja immer noch Zeit.«

»Ich dachte, *Zeit haben* ist heute unpassend?«

Shit.

»Außerdem steht dann die Party an. Und nein, mein Freund, die findet nicht an der Elbe statt.«

Wieso habe ich mich nur überreden lassen, diesen Punkt mit auf die Liste zu nehmen? Verhandeln ist gescheitert, jetzt heißt es, Schadensbegrenzung.

»Dann aber nur ohne Shirt.«

»Keine Grundsatzdiskussion. Der Punkt heißt, *nackt* in die Elbe springen.«

Olaf schafft es bei der zweiten Grünphase über die Kreuzung und ich sehe, wie sich vor uns die Elbe auftut.

»Sag mal, hab ich denn überhaupt eine Wahl?«, frage ich schließlich widerstandslos.

»Nope.«

Der Sprung ins kalte Wasser [18:08]

Wie ich befürchtet habe, ist die Hafenpromenade voller Menschen. Sowohl Touristen als auch Einheimische verbringen bei einem kühlen Getränk, einer entspannenden Zigarette oder dem geräuschvollen Hafentreiben in guter Gesellschaft diesen heißen Tag am Wasser. Als wir die Elbpromenade entlanglaufen, bemerke ich in relativ kurzen Abständen verschiedene Straßenkünstler, die größtenteils mit Musik ihr täglich Brot verdienen wollen. Ein junger Kerl, schätzungsweise Mitte zwanzig, erregt meine Aufmerksamkeit. Vor ihm steht ein kleiner Verstärker der Firma *Fender*, daran angeschlossen eine *Art & Lutherie* Akustikgitarre mit Cutaway. Das Besondere an ihm ist, dass er die Gitarre nicht wie üblich vor sich hängen hat, sondern auf einem Stuhl sitzt und diese rücklings auf seinem Schoß liegt. An seinem Fußende erkenne ich eine kleine Loop Station, mit der er mithilfe des aufgebauten Mikrofons verschiedene Sounds aufnimmt und diese stetig wiederholen lässt. Obwohl der Kerl nur alleine ist, bekommt man den Eindruck, eine ganze Band würde vor einem stehen. Dazu kommt, dass er seine Gitarre während er auf ihr spielt, gleichzeitig als Percussioninstrument einsetzt. Es ist der Wahnsinn. Fasziniert bleibe ich vor ihm stehen.

»Der Junge, der kann was«, sage ich ohne die Augen von ihm zu nehmen.

Olaf wiederum kann sich weniger dafür begeistern. Aus dem Augenwinkel merke ich, wie er schon wieder am Handy ist.

»Kannst du nicht für eine Sekunde mal das Ding weglegen und dich an dem Hier und Jetzt erfreuen?«, sage ich theatralischer, als ich es womöglich meine.

»Ist schwierig, wenn ich das *Dort* und *Dann* planen muss.«

»Die Party?«

»Du hast es erraten«, grinst mein Kumpan.

»Dann gib mir wenigstens eine Kippe«, fordere ich ihn auf.

Nach kurzem Zögern und dem Hinweis, dass ich ja noch eine Mission zu erledigen hätte, reicht er mir schließlich die Packung.

»So etwas wie hier werde ich im Knast ja wohl nicht haben. Nackt kann ich da immer noch sein.«

Ich zünde mir den Klimmstängel an und inhaliere tief. Derweil lausche ich den Klängen des Straßenmusikers und vergesse für einen Moment die Geschehnisse um mich herum. Kein Gedanke, der mit Knast, Familie, Leila oder sonst irgendwem oder irgendwas zu tun hat. Einfach nur *sein*. Ich höre die Möwen, wie sie auf der Lauer nach den Abendmahlzeiten der vorbeigehenden Passanten liegen und dabei gierig kreischen. Gesprächsfetzen der Leute, die um mich herum stehen und mehr oder weniger dem Musikanten zuhören. Hupende und aufheulende Autos, die vom Baumwall her zu hören sind. Genervte und gestresste Menschen, die auf dem Heimweg von der Arbeit aus der U-Bahnstation kommen. All das werde ich schrecklich vermissen.

Gerade als ich meinen letzten Zug nehme, verklingt auch der Akkord des Musikers. Ein paar Leute geben Applaus, andere gehen stillschweigend weiter, andere wieder werfen ein paar Münzen in den auf dem Weg stehenden Gitarrenkoffer. Der Junge steht auf, deutet eine Verbeugung an und verabschiedet sich mit der Hoffnung, den einen oder anderen einmal wieder begrüßen zu dürfen.

»Hast du Geld dabei?«, frage ich Olaf, nachdem ich meine Kippe an den Wegesrand geschnippst habe.

»Hm?«, fragt dieser geistesabwesend noch immer in sein Handy vertieft.

»Für den Musiker.«

»Ach so, ja, äh, Moment mal. Wir haben vorhin fast zweihundert Euro im Casino gewonnen. Du dürftest nicht gerade knapp bei Kasse sein.«

»Ich meinte aber Kleingeld für-« Ich unterbreche mich selbst. »Du hast recht. Was brauch ich die Kohle schon. Am Ende nützt sie mir ja doch nix.«

Ich hole mein Portemonnaie aus der Hose und ziehe einen Hunderteuroschein aus dem Geldfach. Dann schmeiß ich ihn in den Koffer.

»Hast du gerade …?« Olaf schaut mich erstaunt an.

»Wieso nicht?«

Nicht nur Olaf, sondern auch dem Musiker, der sich gerade seinem Koffer widmen will, ist es aufgefallen.

»Sorry, ich glaube, du hast dich vergriffen«, hält er mir meinen Schein vor die Nase.

»Schon okay, in ein, zwei Jahren zahle ich vielleicht das Doppelte für ein Ticket deiner Tour. Also habe ich gewissermaßen das Geschäft meines Lebens gemacht.« Ich lächle und deute Olaf an, weiterzugehen.

»Danke«, höre ich es noch ungläubig hinter mir.

Wir gehen die Promenade des City Sporthafens weiter entlang. Ich sehe die zahlreichen Sportboote und kleinen bis mittelgroßen Yachten, die in den Wellen gleichmäßig hin und her schaukeln, und merke, wie mir die noch immer brennende Sonne zu schaffen macht. Olaf geht es nicht anders.

»Also ich würde mich ja über eine kleine Abkühlung jetzt regelrecht freuen«, scherzt er.

»Tu dir keinen Zwang an.«

Olaf hält Ausschau nach einer günstigen Stelle und wird hinter uns fündig.

»Perfekt«, kommt es aus ihm heraus.

Er dreht um. Wir passieren den Musiker von eben, der gerade seine Gitarre in den geleerten Koffer verfrachtet, welcher mir, als er mich sieht, dankend zunickt. Ich erwidere seine Geste, habe aber Mühe mit Olaf mitzuhalten, der schnurstracks auf die Niederbaumbrücke zusteuert. Kurz bevor wir sie erreichen, bleibt er stehen.

»Hier«, sagt er kurz und knapp.

»Hier?«, frage ich ungläubig nach.

Ich sehe, was Olaf meint. Direkt neben der Brücke führt eine Treppe Richtung Wasser. Sie macht nach ein paar Stufen einen Knick und führt dann direkt unter der Brücke entlang, bis die letzten Stufen bereits in der Elbe verschwinden. An sich also nicht der schlechteste Ort, um dann nämlich nach meinem Sprung auch wieder aus der Elbe herauszukommen. Allerdings hat die ganze Sache einen nicht zu unterschätzenden Haken. Gegenüber der Uferseite befindet sich eine breitgezogene Treppe, die weniger Treppe, sondern vielmehr Sitzplatz für zig spannungsfreudige Zuschauer ist, welcher gerade auch rege von solchen in Anspruch genommen wird. Zwar sind die Leute dort im Moment Betrachter des abendlichen Hafentreibens und ahnen noch nichts von der Show, die sich ihnen gleich bieten wird, aber ich befürchte, dass sich das im Handumdrehen ändern könnte.

»Olaf, das ist nicht dein Ernst.«

»Und ob er das ist. Hier ist es perfekt. Du kannst über das Geländer hier deinen Sprung wagen und dann über die Stufen ganz einfach wieder nach oben kommen.«

Vielleicht gelingt mir das Verhandeln ja jetzt besser als vorhin im Auto. »Okay, ich geh ins Wasser. Nackt? Kein Ding. Aber lass mich doch wenigstens unter die Brücke und dort ausziehen und dann über die Stufen baden gehen.«

»Nix da.« Meine Hoffnungen sind dahin. »Es heißt *springen* und nicht *gehen*.«

Ich schaue zu den Menschen auf den Stufen links von mir. Sie genießen die warmen Sonnenstrahlen, kichern, trinken, ahnen nichts Böses. Eigentlich ist es Quatsch, dass ich mich so ziere. Klar, an sich ist es Quatsch, das hier überhaupt zu tun, aber irgendwo hat Olaf ja recht. Ich sollte später nichts vermissen müssen und ich habe es damals ja nicht umsonst auf die Liste geschrieben. Wir sollten viel öfter mal Außergewöhnliches tun. Ob es sinnvoll oder sinnlos ist, ist dabei erst einmal zweitrangig. Wichtig ist, es einfach einmal zu machen. Und wenn nicht heute, wann dann? Quatsch ist eigentlich tatsächlich nur das Zieren. Ich mein, ich habe ganz andere Probleme, als dass ein paar Schaulustige über mich lachen und ein peinliches Foto schießen könnten. Und selbst wenn, sollen sie doch.

Dennoch kostet es mich ganz schön Überwindung, mein Shirt über meinen verschwitzten Oberkörper zu ziehen. Ein paar Blicke ziehe ich dabei schon auf mich.

»Vergiss es«, fahre ich Olaf an, der gerade dabei ist, sein Smartphone zu zücken. »Das wird nicht für die Nachwelt festgehalten.«

Olaf gehorcht und steckt das Handy reumütig zurück in die Tasche. Ich fahre aus meinen Flipflops und knöpfe die Hose auf, da höre ich bereits die ersten Pfiffe. *Wuhu*, ruft einer aus einer Gruppe von fünf, sechs jungen Männern, die weiter oben auf der Treppe sitzen. *Aufgepasst, Ladys*, kommt es von einem Jugendlichen direkt darunter. Die ersten Handys werden gezückt. Ich versuche, die immer größer werdende Aufmerksamkeit zu ignorieren und ziehe die Hose runter, sodass ich nun nur noch in Boxershorts bekleidet dastehe. Nun bleiben auch vereinzelt vorbeilaufende Passanten stehen. *Ich verstehe diese Jugend nicht*, sagt eine ältere Dame schnaufend und zieht weiter. Jetzt oder nie. Ich drehe mich peinlich berührt Richtung Elbe und lasse alle Hüllen fallen. Schnell streife ich meine Unterhose über meine Füße ab und halte mein bestes Stück mit den Händen zu, was eigentlich sinnlos ist, da vor mir niemand steht und die rege Zuschauermasse hinter mir bereits meinen blanken Po kommentiert.

»Glatt wie ein Babyarsch!«

»Knackig, knackig!«

Gekicher von einigen Mädchen.

»Darf ich mal anfassen?«, witzelt eine Frauenstimme hinter mir.

»Umdrehen! Umdrehen!«, erklingt ein Männerchor.

»Bück dich!«

»Das ist ja pervers«, vernehme ich eine kritische Stimme.

»Was soll das denn?«

»Ey, das ist verboten!«

»Ich ruf gleich die Polizei!«

»Einfach weitergehen, hier gibt es wahrscheinlich fast nix zu sehen«, kommentiert ein Jugendlicher in Anlehnung an meine vermeintliche Mannesgröße.

»Nicht schlecht«, mischt sich nun Olaf auch mit ein. »Aber willst du nicht langsam deinem Publikum auch mal was bieten?« Er deutet auf das Geländer vor mir.

Ich schaue ihn finster an und gehe dann ein paar Schritte auf das Promenadenufer zu. Hinter mir wird es lauter. Ich drehe meinen Kopf kurz nach hinten und muss feststellen, dass die Menge zu einer beachtlichen Zuschauerschar mit zahlreichen Video- und Bildaufnahmegeräten zusammengewachsen ist.

»Ich würde zehn Punkte beim Turmspringen geben«, kreischt eine Jugendliche.

»Aber mindestens nen Köpper woll'n wa sehen.«

»Ich bin für die Kerze. Aber horizontal.«

Zwar hätte dieser Witz unter normalen Umständen absolut kein Lachpotential und dennoch hauen die Leute sich fast weg, schaukeln sich gegenseitig regelrecht hoch.

»Ob der auch wieder hochkommt?«, scherzt ein Typ mit doppeldeutiger Anspielung.

»Susi, schau da nicht hin«, ermahnt eine Mutter ihre kleine Tochter im Vorbeigehen.

»Jetzt mach! Wir haben nicht ewig Zeit.«

Ich nehme mir diesen Ratschlag irgendeines bereits angetrunkenen Chaoten zu Herzen und umfasse mit beiden Händen die oberste Stange des Geländers. Dann steige ich mit einem Fuß so gut es geht zwischen zwei senkrechtverlaufenden Stangen hindurch und hole Schwung. Mit einem Satz hebe ich das rechte Bein auf die oberste Stange, was die Jubelrufe noch einmal verstärkt, und stoße mich ab, sodass ich in hohem Bogen über das Geländer in Richtung des gräulich schimmernden Wassers fliege. Mit einem kräftigen *Wums* tauche ich in das kühle Nass ein. Sofort habe ich jegliche Orientierung verloren und versuche nach kurzer Besinnung mir einen Weg nach oben zu bahnen. Im ersten Moment war die Kälte ein Schock für meinen Körper, doch schon nach wenigen Sekunden merke ich, wie gut mir diese Abkühlung an so einem Tag wie heute tut.

Ich bin allein. Ich bin frei. Ich schwebe. Hier unten ist mein wahrer Platz, da oben die grausame Realität. Ich will nicht zurück. Für einen Moment stelle ich mir vor, wie es wäre, alldem zu entkommen, zu fliehen. Hier unten scheint nichts wichtig, nichts von Bedeutung. Ich denke an den Musiker von eben und wünsche mir, dass er mir hier unten ein ganz privates Konzert gibt und ich der einzige Mensch auf Erden bin, der sich daran erfreuen darf. Doch mir wird klar, dass das nur eine Wunschvorstellung ist. Ich *muss* zurück. Aber vielleicht *will* ich sogar zurück. Das Leben ist nun mal nicht immer eben und dann heißt es anpacken, nicht wegschauen. Denn eines wird mir in diesem Moment mehr als bewusst: trotz allem bin ich am Leben. Mir geht es gut. Ich denke an Olaf, Olli und Jan und an alle meine anderen Freunde, die mir stets zur Seite stehen. Alles ist gut. Wenn auch nicht perfekt. Aber gut.

Ich sehe über mir die helle Wasseroberfläche, steuere auf sie zu und durchbreche sie mit den Armen voran. Als mein Kopf aus dem Wasser ragt, schüttele ich mich einmal kräftig und vernehme sofort den Applaus der am Geländer stehenden Zuschauer. Ich grinse und nicke ihnen dankend und anerkennend zu. Symbolisch strecke ich meinen Arm nach oben und balle meine Hand zur Faust.

Alles ist gut. Wenn auch nicht perfekt. Aber gut. Es wird schon weitergehen.

»Ich bin am Leben!« schreie ich voller Euphorie.

Die Leute jubeln mir zu.

Doch schnell bemerke ich, wie die ersten bereits ihren Weg fortsetzen. *Immerhin konnte ich ihnen einen Augenblick ihres Lebens versüßen*, denke ich und mache mich selbst auf den Weg in Richtung der ans Ufer führenden Treppenstufen. Dort mit ein paar kräftigen Schwimmzügen angekommen, empfängt mich bereits Olaf mit meinen Klamotten.

»Hätte ich dir gar nicht zugetraut, mein alter Freund.«

»Ich hatte ja auch keine Wahl«, grinse ich und suche mit den Füßen Halt auf einer der Stufen.

Als ich zum Stehen komme und aus der Elbe heraustrete, reicht mir Olaf sofort meine Boxershorts, die ich dankenswerterweise schnell anziehe. Auf der Promenade hat schon wieder größtenteils der Alltag Einzug gehalten. Nur ein paar der eifrigen Fans stehen noch am Geländer. Der Rest ist entweder weitergegangen oder zurück auf die Zuschauertreppe. Ich ziehe mir Hose und Shirt wieder über, fahre in meine Flipflops und gehe hinter Olaf die Treppen nach oben.

Ein junger Kerl klopft mir anerkennend auf die Schulter. »Respekt, Alter.«

»Danke«, erwidere ich etwas verschämt.

Nach noch ein paar Kommentaren vereinzelter Voyeure wird es ruhiger und Olaf und ich gehen wieder Richtung Baumwall.

»Da hast du der Meute ganz schön eingeheizt«, lacht mein Begleiter.

»Ich weiß eben, wie man die Massen bei der Stange hält.«

»Ich würde sogar sagen, die eine da, die fand dich ziemlich gut. Mit der hättest du vielleicht sogar Punkt sieben erledigen können.«

»Ich dachte, das hier sei kein Strand«, kontere ich gelassen.

»Man muss schon sagen, du lernst vom Meister.«

»Jaja.«

Kurz vor der Hauptstraße klopft mir jemand auf die Schulter. Erschrocken drehe ich mich um.

»Klasse Aktion.«

Das Mädchen, über das wir eben noch sprachen, steht breitgrinsend vor mir. Olaf geht demonstrativ einen Schritt zur Seite.

»Danke«, sage ich zögernd.

Sie ist hübsch. Keine Bilderbuchschönheit, aber irgendetwas hat sie an sich. Ihre blonden, gelockten Haare, die ihr bis zu den Schultern gehen, wehen in der leichten Brise des Hafenwindes. Rote Ballerinas an den Füßen und ein schwarzes Sommerkleid zieren ihren Körper. Sie ist einen halben Kopf kleiner als ich und abermals lächelt sie mich mit hochgezogenen Augenbrauen an. Der unscheinbare, goldene Nasenring in ihrem rechten Nasenflügel rundet ihr ganzes Erscheinungsbild ab. Sie ist mehr als hübsch.

»Marie«, sagt sie noch immer lächelnd.

»Carlo.«

Wir reichen uns die Hand.

»Vielleicht hast du ja Lust, irgendwann nach dem Baden mal noch was trinken zu gehen?« Sie reicht mir einen kleinen gefalteten Zettel mit ihrer Nummer darauf.

Ich bin irritiert und versuche so gut wie möglich die missliche Lage, in der ich mich befinde, zu überspielen.

»Ja, weißt du …«

»Macht er gern«, fällt Olaf mir ins Wort.

Oder rettet er mich?

»Nein, stopp«, unterbreche ich ihn. »Marie, ich fühle mich absolut geschmeichelt und unter anderen Umständen würde ich Luftsprünge vor Freude machen, aber ich werde eine ganze Zeit lang weggehen und es wäre unfair dir gegenüber, dir Hoffnungen zu machen. Danke für die Nummer, aber vielleicht ist sie bei einem anderen doch besser aufgehoben.« Ich gebe ihr den Zettel zurück.

Irritiert schaut sie mich an. »Wir können doch auch erst einmal bisschen Kontakt halten, wenn du weg bist.«

Die Kleine ist hartnäckig, was mich nur noch mehr an ihr fasziniert.

»Kontakt halten wird schwierig.«

»Gehst du in ein Kloster? Okay, verstehe schon, du willst einfach nicht, kein Ding. Aber dann sag es doch einfach.« Enttäuscht dreht Marie sich um.

»Nein, so ist es nicht«, versuche ich die Situation zu klären.

»Hast du heute Abend schon was vor?«, fragt Olaf plötzlich.

Marie dreht sich wieder zu uns. »Sorry, ist nicht bös gemeint, aber ich kenn ja noch nicht mal deinen Namen und um ehrlich zu sein, wollte ich lieber mit-«

»Nein, nein, ich will auch kein Date mit dir«, lacht Olaf. »Carlo hier feiert heute Abend noch eine kleine Abschiedsfeier und du bist herzlich eingeladen.«

Ich werfe Olaf einen bösen Blick zu.

Marie zögert. »Wann und wo denn?«

»Dazu müsstest du *mir* den Zettel geben. Dann bekommst du die Infos nachher zugeschickt.« Olaf deutet auf ihre Hand.

»Das wird aber nicht so ein perverses Ding, oder?«

Ich lächle. Diese Frau gefällt mir. Umso schlimmer, dass ich sie ausgerechnet jetzt in den gut letzten zwölf Stunden meiner Freiheit treffe. Deshalb wäre es mir wohl lieber, sie einfach ziehen zu lassen. Andererseits gefällt mir die Vorstellung, sie heute Abend – und wenn es *nur* für heute Abend ist – noch einmal wiederzusehen.

»Das kommt drauf an, was du draus machst«, lacht Olaf.

Mit einem Grinsen reicht Marie Olaf den Zettel.

»Und du kommst auch?«, fragt sie nun mich mit einem ironischen Unterton, weil ich wie angewurzelt und stillschweigend danebenstehe.

Dazu kommt mein wohl passendes Aussehen, da ich noch immer klitschnass unter meinen Klamotten bin.

»Ähm, ich? Ja, also, klar, ist ja schließlich meine Abschiedsfeier«, stammle ich verlegen.

»Cool. Na dann können wir ja da vielleicht schon mal was trinken und alles Weitere ergibt sich dann.« Marie lächelt, verabschiedet sich knapp und kehrt wieder zu ihrer Gruppe auf den Treppenstufen zurück.

Alles Weitere, denke ich traurig und drehe mich ebenfalls wieder um.

»Mensch, Carlo, Kopf hoch. Heute Abend lassen wir es noch mal ordentlich krachen und alles Weitere ergibt sich dann«, versucht Olaf mich mit Maries Worten aufzumuntern.

»Ja, schon, aber trotzdem ist es ihr nicht fair gegenüber.«

»Ach, was heißt hier *fair*? Sie hat einen tollen Abend, du hast einen tollen Abend. So what?«

»Aber auf die Zukunft gesehen, ist es Scheiße von mir.«

»Weißt du, was ein schlauer Kopf unserer Zeit mal gesagt hat?«, fragt Olaf nachdem wir bereits am vielbefahrenden Baumwall angekommen sind.

»Was?«

»Erfreue dich am Hier und Jetzt.«

»War das nicht ich?«

»So ist es, mein Freund. So ist es.«

Das Ende vom Anfang [18:43]

»Wieso hast du denn nix gesagt?«, frage ich aufgebracht.

»Weil du dann einen Rückzieher gemacht hättest«, kontert Olaf gelassen.

»Mann, ich wollte vor einer viertel Stunde im Bandraum sein. Jetzt mach aber mal Tempo. Wo ist die Zeit denn nur hin?«

»Der Musiker.«

»Der Musiker?«

»Na ja, wir standen bestimmt gut zehn Minuten bei dem.«

»Zehn Minuten? Dann komm ich zu meiner Ausgangsfrage zurück: Wieso hast du denn nix gesagt?«

Olaf steuert derweil den Wagen über die Helgoländer Allee in die Glacischaussee.

»Alter, du standst da so friedlich und hast begeistert dem Typen zugehört. Als würde ich dir da sagen, dass die Zeit knapp wird.« Olaf zieht auf die Gegenfahrbahn und überholt einen 3er BMW. »Außerdem konnte ich dann noch paar Sachen organisieren.«

»Du und dein Handy, echt jetzt.«

Ich bin sauer und muss doch kurz an Marie zurückdenken, was mir ein Lächeln auf die Lippen zaubert. Ich falte die Liste auf und hole den Stift von seinem altbekannten Ort.

»Wenigstens etwas. Dachte nicht, dass ich das heute wirklich noch streichen kann.«

»Olaf, dein Freund und Helfer«, grinst es mich von der Seite an.

Ich blicke auf die Liste.

~~1 Leila zur Rede stellen~~
~~2 Familie versöhnen~~ → *Proberaum*
3 Auftritt
~~4 PARTY! (Olivia treffen)~~
~~5 100$ beim Black Jack verprassen~~
~~6 Nackt in die Elbe springen?!~~
(7 Sex am Strand?!?!)
8 PARTY! (Olivia treffen)

»Na dann, auf zu Punkt drei.«

Olaf lenkt den Kadett vom Karolinenviertel in die Schröderstiftstraße am Schanzenpark vorbei. Als wir schließlich am Unnapark vorbeikommen, steigt meine Nervosität. Wieso haben sich Olli und Jan eigentlich nicht gemeldet? Sind sie überhaupt noch da oder eventuell doch schon zum Veranstaltungsgelände gefahren? Als wir vom Stellinger Weg abbiegen, wird mir die Antwort auf dem Silbertablett serviert. Unser alter, rostbrauner Bulli steht unverändert in der schrägen Parktasche am linken Straßenrand. Die Jungs sind also noch nicht losgefahren. Schlimmer noch: sie haben, wie es scheint, noch nicht einmal mit dem Einladen begonnen. Da mal wieder Parkplatzknappheit herrscht, manövriert Olaf den Opel kurzerhand über den Bordstein und bleibt auf der kleinen Aussparung, die sich aufgrund des weiter nach hinten versetzen Nachbarhauses ergibt, mitten auf dem Rasen stehen. Ich kommentiere die Aktion mit einem anerkennenden

Nicken und steige aus. Wir laufen ein paar Meter zurück bis wir vor dem Hauseingang stehen.

Unser Proberaum ist ein Geschenk des Himmels. Zumindest haben wir gewissermaßen eins daraus gemacht. Der Raum befindet sich in einem ganz normalen Mietshaus in der untersten Etage. Hier kommt Vorteil Nummer eins: die restlichen Bewohner des Hauses haben ein geschätztes Durchschnittsalter von fünfundachtzig und demnach das Hörvermögen eines Wassermolchs. Ein Wassermolch besitzt nämlich keine Lunge und da die Lunge eine große Rolle beim Hören spielt, soll es das einzige Tier sein, das eine echte Gehörlosigkeit besitzt. Hab ich mal irgendwo gelesen, keine Ahnung, ob es stimmt. Aber witzig eigentlich, dass man was besitzen kann, das man gar nicht hat. Wie dem auch sei. Bei unseren Nachbarn wäre das aber auch egal, da wir in mühevoller Kleinarbeit jeden einzelnen Quadratzentimeter des Raums mit Stoffen, leeren Eierkartons und was uns noch so alles in die Hände fiel, bedeckt und zugeklebt haben, sodass wir ihn in einen schallisolierten Raum, beinahe wie in einem echten Tonstudio, verzauberten. Wenn man draußen steht, bekommt man absolut nichts mit. Haben wir mehrfach getestet, hat immer funktioniert. Und Beschwerden haben uns auch noch nicht erreicht. Hin und wieder sieht uns jemand, wie wir die Verstärker und Instrumente in den Bulli schleppen und werden gefragt, was wir denn da machten. Aber auf Jans beliebte Antwort *Musik* wurde bisher noch nicht viel erwidert. Kommen wir zu Vorteil Nummer zwei: wir haben nicht nur einen Proberaum, sondern eine ganze Probe*wohnung*. Heißt: Toilette, Küche und Aufenthaltsraum inklusive. Der Hauptraum ist schallisoliert und dient als eigentlicher Proberaum, der Rest der Wohnung als gemütliche Bandunterkunft. Und nun kommt der Hammer: das alles bekommen wir für einen Spottpreis. Der Grund ist der, dass unser Vermieter, Herr Schmiedenberg, irgendwo im Süden Deutschlands weit abgeschieden in irgendeinem Dorf lebt und sich weder für Mietpreise, Großstädte oder allgemein Geld interessiert. Die Wohnung gehörte seinem Großvater, der bis zu seinem Tod darin lebte, und als wir uns direkt, als die Wohnung frei wurde, für diese interessierten – Ollis Mutter kannte jemanden, der jemanden kannte, der den alten Herrn Schmiedenberg kannte und so weiter und so fort –, war der Enkel des alten Herrn Schmiedenbergs heilfroh, dass er sich um nichts kümmern musste und wir dafür für wenig Geld die Wohnung nutzen durften. Gewissermaßen war es eine Win-win-Situation, wobei Herr Schmiedenberg sicherlich einen viel größeren Gewinn aus der Immobilie schlagen könnte und der alte Schmiedenberg womöglich in seinem Grab rotiert. Aber sei's drum. Wir sind froh, dass es ist, wie es ist. Nur wohnen will von uns niemand drin. Dafür sind uns die Nachbarn dann doch etwas zu alte Molche.

Ich stehe also vor der dunkelbraunen Eingangstür und betätige die Klingel. Nach kurzer Stille ertönt der Summer. Ich trete ein, Olaf folgt mir und wir gehen gemeinsam die paar Stufen, bis wir links zur Wohnungstür kommen. Wir gehen rein und ich sehe Olli und Jan, wie sie auf der Couch im gegenüberliegenden Zimmer eine rauchen. Rechterhand befindet sich unser Proberaum. Ich werfe einen Blick hinein und muss feststellen, dass die Instrumente noch nicht angerührt wurden.

»Jungs, was ist los?«

»Was soll sein?«, fragt Olli allen Ernstes nach.

»Wieso sind die Instrumente noch nicht eingeräumt? Noch nicht einmal das Schlagzeug ist abgebaut.«

»Wir haben gewartet.«

»Worauf?«, will ich ungeduldig wissen.

»Na, auf dich. Du hast doch gesagt, dass du herkommst und wir dann gemeinsam alles einpacken.«

»Aber ich wollte vor einer halben Stunde hier sein. Wir sollten jetzt schon beim Veranstalter aufkreuzen.«

»Und jetzt machst du uns dafür verantwortlich, dass du zu spät bist?«, schaltet sich nun auch Jan ein.

Scheiß auf die Pawlowschen Hunde.

»Dann aber zackig.«

Böse kann ich meinen Jungs nicht sein. Immerhin ist es ja wirklich meine Schuld, dass ich zu spät bin, und außerdem sind sie nun mal, wie sie sind. Das wusste ich von Anfang an und wer bin ich, dass ich sie jetzt ändern würde? Ein weiterer Grund, der die Jungs schwer in mein Herz hat schließen lassen, offenbart sich im schallisolierten Zimmer. Dort an der Wand hängt das erste Kapitel meines Romans, das die beiden damals zu meiner Motivation aufhängten. *2UND2WANZIG JAHRE* begann ich vor über drei Jahren zu schreiben. Damals war ich Feuer und Flamme und wollte das Ding so schnell wie möglich fertig bekommen. Aber schon nach kurzer Zeit und anfänglichen Problemen ließ ich es schleifen und wusste nicht weiter. Da haben meine Bandkollegen kurzerhand das erste Kapitel von meinem Computer entwendet und es in dreihundertsechzig Grad im Raum aufgehängt, sodass man nun von Wand zu Wand laufen musste, um es lesen zu können. Es sollte mich bei jeder einzelnen Probe daran erinnern, dass da noch etwas auf mich wartete, was ein Ende finden sollte. Die Jungs haben an mich geglaubt, obwohl ich das selbst nicht immer tat. Als der Roman schließlich fertig wurde, blieb das Kapitel hängen. Jetzt quasi als Symbol für konsequentes Arbeiten. Ich bin den beiden noch immer mächtig dankbar dafür. Als ich den Raum nun betrete, blicke ich noch einmal ganz bewusst auf die Worte an der Wand. Allein die Überschrift ergreift mich besonders am heutigen Tag, an dem ein Kapitel meines Lebens definitiv endet. Aber es ist eben nicht das Ende, sondern vielmehr ein Anfang.

Das Ende vom Anfang

Wenn ich nicht schon tot wäre, könnte ich wohl zufrieden sterben.

Ich bin mir sicher, dass das nicht jeder von sich behaupten kann. Viele haben viel erlebt, aber ich hatte wirklich eine unvergessliche Zeit. Okay, unvergesslich *ist nicht schwierig, wenn es das einzige Leben war, das du je hattest, aber alles in allem war der ganze Trip eine gelungene Abschiedsfeier. Ich hatte nie einen wirklichen Plan vom Leben, aber so wie es kam, war es gut. Klar ist es blöd, wenn du am Ende des Tages im Sarg nach Hause transportiert wirst. Aber was soll's. Was zählt, sind die Erinnerungen. Und die sind einmalig.*

Um euch meine ganze Geschichte zu schildern, sollte ich wohl von Anfang an beginnen. Aber wo fing es eigentlich an? Um ehrlich zu sein, weiß ich das gar nicht so genau. Ich schätze aber, dass alles mit dieser einen Nacht in Las Vegas zusammenhängt. Irgendwie hat genau da das Ganze seinen Anfang genommen. Als ich dort am Tisch saß, beziehungsweise in der Lobby, beziehungsweise in diesem Hotelzim-

mer, beziehungsw- Na ja, vielleicht sollte ich doch noch ein Stück früher ansetzen.

Mein Name ist Matthew Collins, geboren im Juli neunundachtzig in einem klassischen Mittelschichtshaushalt in Palmdale, Kalifornien. Mein Vater war Installateur von Wasserboilern, wobei er gerade genug verdiente um uns über Wasser zu halten. Meine Mutter jobbte hin und wieder als Telefonistin in einer Anwaltskanzlei. Es war mehr eine Art Beschäftigungstherapie als tatsächliches Geldverdienen. Geschwister hatte ich keine.

Nach meinem Abschluss an der Palmdale High School war es für meine Eltern enorm wichtig, dass ich etwas Sinnvolles mit meinem Leben anstellte. Dad war kurz davor, mich in seine Firma zu schleusen, wobei sich meine Eltern definitiv Besseres für mich vorstellten. Umso erfreuter und erstaunter waren sie, als ich ihnen von der Collegezusage erzählte. Von meiner Bewerbung und dem Glück aufgrund meiner Leistungen ein Stipendium bekommen zu haben. Sie waren außer sich vor Freude. Nun ja, um mit euch gleich reinen Tisch zu machen: es gab weder die Bewerbung noch eine Zusage, geschweige denn ein Stipendium. Meine High-School-Noten waren nicht die schlechtesten, aber ich wusste, dass das niemals für ein Stipendium reichen würde, weshalb ich es erst gar nicht versuchte. Meine Eltern sollten sich trotzdem keine Sorgen machen und so entschied ich mich für diesen Weg.

Ich packte meine Sachen und zog von Zuhause aus. Ich mietete mir eine Studentenwohnung in der Nähe des Campus, bereitete für meine Eltern alle wichtigen Dokumente, wie Zeugnisse oder auch regelmäßige Stipendienbescheinigungen, vor und versuchte alles in allem wie ein echter Stu-

dent zu wirken. Ihr habt Bedenken, dass das nicht geht? Nun ja, acht Semester, eine Abschlussprüfung und ein Bachelorabschluss in den Augen meiner Eltern beweisen wohl das Gegenteil.

Die meiste Zeit verbrachte ich in Bibliotheken, Bars und Clubs, hin und wieder in Vorlesungen und einigen der angebotenen Seminargruppen. Um das nötige Kleingeld ranzuschaffen, half ich aus, wo es nur ging. In besagten Bars und Clubs, verschiedenen Coffeeshops und Supermärkten. Ich ging zu Experimenten der Medizinstudenten, die ziemlich gut bezahlt wurden, und hatte alles in allem genug um über die Runden zu kommen. Mir war natürlich bewusst, dass ich das nicht mein ganzes Leben lang machen konnte, aber für den Moment war es gut so, wie es war. Meine Eltern besuchte ich in unregelmäßigen Abständen und erzählte von den Vorlesungen, den faszinierenden Forschungsgebieten meiner Professoren und all dem Kram, den Eltern von einem Collegestudenten hören wollten. Sie waren furchtbar stolz.

Das lief alles eine Zeit lang ganz gut. Doch dann begann mein offiziell letztes Semester und ich fing an über die Zukunft, meine *Zukunft nachzudenken. Wo sollte ich hin? Was sollte ich tun? Und vor allem:* Wie *sollte das alles funktionieren? Nennt es Zufall oder Schicksal, aber eines Abends im* Darcy's *fiel mit dieser Flyer in die Hand:* Shooting-Star-Turnier Las Vegas. *Die Bedingungen waren verlockend: man kaufte sich als Student mit zweitausend Dollar ein und bekam als glücklicher Sieger die Gewinnsumme von Fünfzigtausend ausgezahlt. Das Ganze fand im Sommer statt, genug Zeit um das Geld zu beschaffen und mein Pokerkönnen aufzufrischen. Ich meldete mich an, suchte mir ein paar Zusatzjobs, lieh mir Bücher bekannter Spieler und packte zu gegebener Zeit meine Sachen und nahm den ersten Bus Richtung Las Vegas. Meinen Eltern erzählte ich etwas von einer Abschlussfahrt.*

»Nach Las Vegas?«

»Ja, Mom und Dad, nach Las Vegas.«

Jan lässt ein Becken fallen und ich werde aus meinen Gedanken gerissen.

»Sorry«, hebt er entschuldigend die Hand.

Jan mit seinen eins fünfundneunzig ist der geborene Schlagzeuger. Zwar wirkt er hinter seinem Drumset noch immer nicht wie ein Riese, aber die langen Gliedmaßen ermöglichen es ihm, schnell und Präzise die Nuancen eines jeden Taktes zu perfektionieren. Olli, unser Bassist, ist auch nicht gerade der Kleinste, hat aber eine weitaus weniger schlaksige Form. Sein kahlrasierter Kopf verleiht ihm immer ein wenig den Anschein eines Proleten oder Hooligans, aber wer Olli kennt, der weiß, dass er keiner Fliege was zuleide tun könnte.

Die Jungs, Olaf und ich packen in Windeseile das nötige Equipment zusammen und verstauen es durch mehrmalige Botengänge in dem alten Bulli draußen. Der VW gehört Jan, oder besser gesagt seinem Vater, und ist uns schon seit Jahren ein treuer Helfer. Da wir meist nur kleinere Konzerte spielen, müssen wir oft unseren Kram selbst mitbringen, was dank des geräumigen Transporters keine großen Probleme darstellt. Wie lang der das allerdings noch mitmacht, ist eine andere Frage, da ich mir nicht vorstellen kann, dass das ständige Ein- und Ausladen sowie die Fahrten zu den abgelegensten Orten auf Dauer gut gehen kann. Aber leider ist das keine Frage, die ich mir persönlich stellen muss. Wer weiß, was sich in drei Jahren so alles verändert.

»So. Nur noch die zwei Beckenständer und das war's, oder?«

»Sieht so aus.«

»Wird aber auch Zeit. Es ist schon gleich halb acht«, sage ich mit kritischem Blick auf die Uhr.

Wir nehmen unsere restlichen Sachen und schließen die Wohnungstür hinter uns zu. Draußen auf der Straße angekommen, bleibe ich mit Olaf stehen.

»Ihr nehmt den Bulli, ich fahr mit Olaf. Ihr kennt den Weg?«

»Klaro.«

Jan und Olli verschwinden im Bulli und starten unter lautem Gejaule den Motor. Dann setzen sie zurück und brechen Richtung Osterstraße auf. Olaf und ich gehen zum Kadett und entdecken zwei dunkelblau gekleidete Damen an unserem Wagen.

»Entschuldigen Sie«, sagt Olaf mahnend.

Eine Mittvierzigerin mit rötlicher Dauerwelle dreht sich zu uns um. »Guten Tag die Herren. Ist das Ihr Wagen?«

»Ja«, antwortet Olaf knapp.

»Sie wissen, dass Sie hier nicht parken dürfen?«

Olaf setzt sein freundlichstes Gesicht auf. »Aber Madame, wir parken hier doch nicht. Es ist gewissermaßen ein Nothalt.«

»Nothalt? Was soll das denn hier für ein Nothalt sein? Wir sind nicht auf der Autobahn, Herr ...?« Die Kollegin der Dauerwelleträgerin schaut uns böse an.

»Olaf«, sagt dieser weiterhin lächelnd. »Wissen Sie, mein Freund hier«, er zeigt auf mich, »der erlebt gerade die letzten vierundzwanzig Stunden in Freiheit. Da wäre es doch makaber und unvertretbar, sinnlos Zeit mit einer Parkplatzsuche zu verschwenden.«

»Ha, also doch parken«, schaltet sich nun die mit der Dauerwelle ein.

»Nein, also-«

»Das wird teuer, Herr Olaf«, ergreift nun die Kollegin wieder das Wort. »Parken auf dem Fußweg ist keine kleine Ordnungswidrigkeit.«

»Aber ich stehe doch noch nicht einmal auf dem Fußweg. Da ist doch Wiese.«

»Gehört aber zum Fußweg«, antwortet Dauerwelle schroff.

Die beiden Frauen vom Ordnungsamt sind ein eingespieltes Team. Die andere – recht groß und stämmig – pflichtet ihrer Kollegin aussagekräftig bei.

»Genau. Und da können Sie jetzt diskutieren, wie Sie wollen. Vorschrift ist Vorschrift.«

»Und was ist mit meinem Kumpel? Soll der wirklich an seinem letzten Tag mit ansehen müssen, wie zwei bezaubernde Damen Gesetz über Herz stellen?« Olaf ist ein Charmeur.

»Herz? Hat er ja anscheinend auch nicht, wenn er weggesperrt wird. Was hat er denn überhaupt angestellt?«

»Ganz unglücklicher Zufall. Gewissermaßen hat er nur einen Kürbis geschmissen.« Olaf blickt mich gespielt mitleidig an.

»Ach nee, jetzt sag bloß, wir haben hier den Kürbis-Schmeißer vor uns«, sagt die Dauerwelle zur Stämmigen.

»Kürbis-Schmeißer?«, schalte nun ich mich mit ein.

»Na klar, jetzt erkenn ich ihn auch«, prustet die Stämmige.

»Wen erkennen Sie?«, werde ich ungeduldig.

»Na, Sie sind doch stadtweit bekannt. Der Kürbis-Schmeißer vom Ökoladen. So was haben wir auch noch nicht erlebt.«

Ich bin baff. Wusste nicht, dass das schon solche Kreise gezogen hat.

»Na umso besser«, klinkt sich nun Olaf wieder ein. »Dann haben Sie es ja gewissermaßen mit einer Art Prominenz zu tun. Da können Sie doch bestimmt mal ein Auge zudrücken.«

»Von wegen.« Dauerwelle. »Der kann froh sein, dass es sich hier nur um eine Ordnungswidrigkeit handelt. Sonst würden wir den sofort wegsperren lassen. Der ist doch gemeingefährlich.«

»Und wissen Sie was? Mit den kaputten Autolichtern hier vorn bekommen Sie gleich noch eine Buße. Das ist nämlich ein weiterer Verstoß gegen die Straßenverkehrsordnung.« Die Stämmige deutet auf die Scheinwerfer, die die kargen Überreste des nachmittäglichen Unfalls sind.

»Macht dann summa summarum fünfzig Euro.«

Die beiden sind jetzt regelrecht in Rage. Und unter Hochdruck scheinen sie am besten zu funktionieren.

»Das können Sie doch nicht machen«, interveniert Olaf.

»Lass gut sein, Olaf.« Ich tippe meinem besten Freund auf die Schulter und zücke mein Portemonnaie.

Ich hole die verbleibenden neunzig Euro des Casinogewinns heraus und drücke sie der Dauerwelle in die Hände.

»Nee, Moment, so geht das nicht. Sie müssen das Überweisen. Und außerdem ist das zu viel. Das dürfen wir gar nicht annehmen.«

Ich deute Olaf an, ins Auto zu steigen, was dieser anstandslos tut.

»Manuela, jetzt sag doch auch mal was«, wendet sich die Dauerwelle an ihre Kollegin.

»Meine Kollegin hat recht. Das dürfen wir nicht annehmen und das können Sie auch jetzt nicht einfach so machen.«

Olaf und ich knallen schweigend die Türen zu. Olaf startet den Motor.

Die Stämmige klopft gegen unsere Scheibe. »Moment mal, steigen Sie wieder aus. Das muss alles nach Vorschrift laufen, sonst kriegen wir Ärger«, sagt sie nervös.

Auf meiner Seite steht die Dauerwelle. »Haben Sie nicht gehört, wir bekommen Probleme damit«, sagt sie ebenfalls aufgeregt und eifrig.

Ich grinse sie breit an, Olaf setzt über den Bordstein zurück und gibt Vollgas. Im Rückspiegel sehe ich die beiden irritiert und aufgebracht auf die Straße laufen und winken.

»Da haben wir unserem Staat doch was Gutes getan, oder?«, sage ich lachend und greife nach dem Stift.

Spreewalther Senfgurken [19:50]

Pinneberg und Hamburg ist so eine Sache. Die einen sagen, es gehöre doch zu Hamburg, die anderen dementieren dies vehement.

Es ist zehn vor acht als wir in die Heinrich-Christiansen-Straße einbiegen. Die kleine Abfahrt hinunter erblicke ich das Geschehen. In der Mitte des extra für diesen Tag gesperrten Kreisverkehrs steht ein großes Festzelt von mehreren kleinen Zelten, Ständen und Buden umzingelt. Zahlreiche Menschen tummeln sich auf den Straßen und Gehwegen und lassen sich von der lautstarken Schlagermusik mitreißen. Am rechten Straßenrand entdecke ich Olli und Jan, wie sie gerade den Bulli ausladen, und gebe Olaf zu verstehen, ebenfalls hier zu parken.

»Sind wir nicht gleichzeitig losgefahren?«, fragt Jan frei von Ironie.

»Hatten da noch ein kleines behördliches Problem«, antwortet Olaf, der gerade den Kadett abschließt.

»Wisst ihr schon, wo wir spielen?«, frage ich mit Blick auf das große Festzelt.

»Jap. Siehst du das große Zelt da?« Olli nickt in Richtung des Kreisverkehrs.«

»Klar.«

»Gut, dann bräuchtest du jetzt Röntgenaugen, um den abgelegenen Parkplatz dahinter zu sehen, wo unser Wagen steht.«

Ich blicke die beiden mit großen Augen an. »Wir spielen *dahinter*?«

»Ganz genau.«

Ich dachte mir ja schon, dass es nicht die Hollywood Bowl wird, aber nicht einmal am eigentlichen Ort des Geschehens spielen?

»Und wieso parken wir dann nicht wenigstens dort zum Ausladen?«, finde ich mich spontan mit der Situation ab.

»Kein Durchkommen. Nix zu machen. Die haben alles abgesperrt. Und so wie der Röstig drauf war, hab ich auch nicht weiter nachgefragt.«

Rudi Röstig ist der Veranstalter, der uns gebucht hat. Schon am Telefon wirkte er nicht wie ein Sympath und dass wir nun auch noch gerade mal zehn Minuten vor Auftrittsbeginn erscheinen, scheint seiner guten Laune wohl nicht förderlich zu sein.

»Dann heißt es also, schleppen?«

»Sieht so aus.«

Wir vier packen an und tragen unser Equipment vom Bulli zu dem gut zweihundert Meter entfernten Anhänger, der vor dem hiesigen Einkaufszentrum abgestellt wurde. Zweihundert Meter klingen im ersten Moment nicht viel, aber wenn man den Weg mehrfach mit schwerem Instrumentenzubehör und dazu in der trotz der vorangeschrittenen Uhrzeit noch immer extrem drückenden Hitze absolvieren muss, kommt man ordentlich ins Schwitzen. Als wir die letzten Sachen auf den Anhänger hieven, rinnt mir der Schweiß nur so in Strömen am Körper herunter. *Wozu hab ich mich vorhin denn gebadet?*

Wir beginnen gerade mit der Verkabelung, da kommt Röstig um die Ecke.

»Sogt moi, seid‘s ihr völlig deppert? Ihr soitet voa fünf Minudn bereits ofangn und 'etz fangt ihr east mid am Aufbau an?«

Ja, man glaubt es kaum: ein echter Bayer im Norden.

»Tut mir leid, Herr Röstig«, sage ich entschuldigend. »Es kam noch einiges dazwischen und-«

»Segds ihr ned de ganzn Leid do? Wia steh i denn do, wenn des do ois ned funktioniad? Des bekimmd ihr aba vo da Goge obzong.«

Goge? Ach, Gage. Ich blicke mich um und schaue über den größtenteils menschenleeren Parkplatz. Keine Sau interessiert sich für uns oder wartet gar darauf, dass es losgeht. Dies aber Herrn Röstig in dieser Situation zu verklickern, wäre wohl nicht gerade schlau.

»Wir beeilen uns. Geht auch ganz schnell. Sie werden sehen: ritze, ratze, fertig ist die Musikbratze.« Ich lächle.

»Des mog i aa hoffa. Musikbratze? Eich Noaddeitsche soi ma vastehn, na, na, na.« Röstig macht kehrt. »Nua mid Amadeirn hob i's do zua doa.«

Wie er da mit seiner Lederhose, dem vollgeschwitzten XXL-Hemd über seinem kugelförmigen Körper und dem völlig fehl am Platz wirkenden Strohhut abzieht, kann ich ihn irgendwie einfach nicht ernst nehmen. Sei’s drum. Wir beeilen uns, um nicht noch mehr von unserer *Goge* abgezogen zu bekommen, und haben in Windeseile unser kleines Set aufgebaut. Durch die Anstrengungen der letzten halben Stunde spüre ich erst jetzt, wie trocken meine Kehle eigentlich ist. Dazu kommt, dass meine letzte Mahlzeit gute acht Stunden her ist und heute womöglich der letzte Tag mit annehmbarem Essen sein wird. Also entschließe ich mich kurzerhand noch einen kurzen Snack mit der Band samt Olaf einzunehmen.

»Olaf, wärst du so lieb und holst uns ein paar Roster und dazu paar kühle Getränke? Sag einfach, dass wir hier als Band spielen. Wird schon klappen.«

»Geht klar.«

Olaf stapft davon, während die Jungs und ich das letzte Feintuning an den Instrumenten vornehmen. Bereits nach wenigen Minuten ist Olaf mit vollen Händen zurück.

»Wow, das ging schnell«, kommentiert Olli.

Wir anderen beiden nicken.

»Schon, ihr seid ja schließlich die VIPs heute.«

Wir drei blicken Olaf fragend an.

Olaf stellt die Flaschen an den Bühnenrand und drückt uns die Roster in die Hände. »Als ich zu dem einen Typen meinte, dass ich das Zeug für die Band auf dem Wagen hier holen soll, schaute er nur entgeistert und meinte, dass ihr nicht auf der Liste stündet. Kurzerhand ging ich zu seinem Kollegen und forderte für die Spreewalther Senfgurken vier Roster samt Getränken und schwuppsdiwupps hatte ich das Zeug in Windeseile.« Olaf lacht und prostet uns zu.

»Spreewalther was?«, frage ich erstaunt.

»Spreewalther Senfgurken. Die sind heute Abend der Headliner hier. Steht doch überall groß auf den Plakaten.«

»Plakate?« In all dem Stress habe ich noch kein einziges gesehen.

»Ja, irgend so eine Schlagertruppe. Ist ja auch egal. Auf die Gürkchen!« Olaf hebt seine Flasche und stößt imaginär mit uns an.

Wir tun es ihm gleich.

»Kommt ihr eigentlich zur Party?«, will Olaf von meinen Bandkollegen wissen, während er sich einen Hautfetzen der Roster unappetitlich aus den Zähnen pult.

»Party? Welche Party?«, fragt Jan.

»Na Carlos Abschiedsfeier heute Abend.«

»Carlo macht eine Abschiedsfeier?«

Ich schaue Olaf mit einem Hab-ichs-dir-nicht-gesagt-Blick an. »Hat sich deine Social-Media-Aktion wohl doch nicht so rumgesprochen, was?«

Olaf blickt entgeistert zurück und wendet sich dann wieder an meine Mitmusiker. »Schaut ihr überhaupt mal auf euer Handy?«

Die beiden zucken nur mit der Schulter, machen aber keine Anstalten das mit dem Nachschauen jetzt an Ort und Stelle nachzuholen.

»Wenn ihr denn die Zeit mal findet, werdet ihr wissen, was ich meine.«

»Okay«, kommt es von Olli.

Jan nimmt stattdessen noch einen großen Schluck seines Bieres.

»Spinnt ihr 'etz totoi? 'etz east no zua fressn und zua saufa? I glab, 's hackt.« Wir haben Röstig gar nicht bemerkt, als er plötzlich hinter uns steht. »Macht, dass ihr ofangt! Oda woit ihr aa no a fette Klog?«

Klog? Ach, Klage. Der Wutschweiß rinnt über Röstigs dicken schwarzen Schnäuzer.

»Aber jetzt ist doch Primetime. Und gute Bands fangen immer ein bisschen später an.«

Ich kann nicht glauben, dass Jan das tatsächlich gesagt hat, und rechne mit dem Schlimmsten, als eine hektisch wirkende Stimme aus Röstigs Walkie-Talkie dröhnt.

Glöbbig an Röstig, bitte umgehend zur Mainstage kommen. Brauchen dringend eine Entscheidung.

Röstig zieht nur die Augenbrauen hoch und spricht im Umdrehen irgendein unverständliches Kauderwelsch in das schwarze Teil in seiner Hand.

»Mainstage? Mann, nehmen die sich hier wichtig.«

Mit mahnendem Blick schaue ich zu Jan und gebe dann meinen Jungs das Zeichen, dass wir nun doch – trotz Leere im Publikum – mit unserem Gig beginnen sollten.

Unsere Setlist beinhaltet heute noch einmal all die Songs, die uns besonders am Herzen liegen. Wir hatten vereinbart, dass sich jeder fünf Stücke aussuchen durfte, die dann in spontaner Weise nacheinander abgefeuert werden. Im Umkehrschluss bedeutet das natürlich, dass unser Programm heute überhaupt nicht zusammenpasst und alles andere als stimmig ist, aber das war uns von vornherein egal. Es ist nun einmal unser letzter gemeinsamer Auftritt für eine lange Zeit und zudem schien uns die Firmenfeier einer Firma, deren Namen wir noch nicht einmal kennen, ganz passabel dafür. Die Sache mit Röstig hat mich zumindest in unserem Vorhaben noch bestärkt.

Wir spielen die ersten Songs. Nach *Komaboy*, ein Lied aus meiner Feder als Hommage an die beste Band der Welt, folgen das reggaeartige *Komm runter* sowie die rockige Ballade *Wenn ich du wäre, wäre ich nicht ich*. Letzteres entstand nach einer Party einer guten Bekannten und man glaubt es kaum, aber bei der Entstehung des Stücks war tatsächlich kein Alkohol im Spiel.

Zwar sammeln sich ein paar wenige Zuhörer vor unserem Anhänger, aber dennoch bleibt es auch nach rund dreißig Minuten und bereits acht unserer absoluten Lieblingsstücke noch immer ein recht karges Publikum. Aber was will man auch erwarten, wenn wir fernab der *Mainstage* spielen. Plötzlich kommt mir eine Idee. Ich spiele die jedem Gitarristen wohlbekannte und zudem wohlklingende Akkordfolge von G-Dur, e-Moll, C-Dur und D-Dur während mich meine Bandkollegen verwundert anschauen. Zwar sind sie alles andere als melodiesicher, aber recht schnell wird ihnen bewusst, dass dies nicht der Anfang irgendeines unserer Lieder ist. Ich grinse nach links, ich grinse nach hinten und sofort steigen Jan und Olli mit ein – wir improvisieren. Dasselbe taten wir schon einmal vor etwa einem halben Jahr bei einem Gig. Auch da wollte trotz intensiver Vorbereitung nicht so recht gute Stimmung aufkommen, sodass wir uns unseren Missmut schlichtweg per spontaner Melodie und improvisiertem Text von der Seele sangen. Und es kam an. Und es *kommt* an. Denn auch heute scheint unser Plan aufzugehen. Wir drei legen richtig los. Der Vorteil an der Improvisation ist, dass man viel befreiter spielt, da man nicht das Solo des einen abwarten oder die Bridge des anderen richtig timen muss. Man kann einfach *spielen*. Und genau das tun wir in diesem Moment. Und genau das macht sich bei den Umherstehenden bemerkbar. Innerhalb weniger Minuten füllt sich der kleine Platz vor unserem Anhänger. Erst kaum merklich, dann immer zunehmender. Und ich empfinde Glück, Zufriedenheit, Stolz, einfach pure Freude. Wir spielen, was das Zeug hält. Olli spielt Bassläufe, die ich so noch nie von ihm gehört habe. Jan geben wir an einer Stelle den Raum für ein Schlagzeugsolo, das sich gewaschen hat, und schließlich drehe ich die Gitarre auf und platziere ein Solo über zwölf Bünde so, dass wir anschließend in einem Finale aus einem Durcheinander, das jedoch perfekt getimt auf den zu Beginn gespielten G-Akkord passt, enden. Noch in den frenetischen Applaus der mittlerweile gut gewachsenen Zuhörerschaft trommelt Jan mit der Base einen Beat, auf den ich mit dem von Olli ausgesuchten Song *Wohin sonst* einsteige. Wir harmonieren, so wie wir wahrscheinlich noch nie harmoniert haben. Eine Symbiose aus Musikern, die über eine Freundschaft verbunden hin zur Musik und zurück zu einer unausgesprochenen Selbstverständlichkeit zusammenkommen. Der Gig ist der Wahnsinn. Wir arbeiten unter jubelnden Zurufen unsere Setlist ab, wiederholen sogar noch einmal *Komaboy*, da meine Jungs wissen, wie wichtig mir dieses Lied ist und es nun endlich auch Zuhörer gefunden hat. Es ist unglaublich.

Und es ist auch unglaublich, was dann geschieht.

Ohne Ankündigung und mitten in einem unserer Songs, in dem es um eine gescheiterte Beziehung geht, betritt Röstig unter Stöhnen unsere kleine Bühne, hievt sich an der Seite nach oben, schnappt sich mein Mikrofon und verkündet das Ende unseres Konzertes.

»Meine Dama und Herrn, des war doch bärig, ned wahr?« Demonstrativ klatscht Röstig in die Hände und grinst uns an.

Vor Schreck hören wir auf zu spielen und schauen nur entgeistert zurück. Unser eben noch ekstatisches Publikum scheint sich ähnlich wie wir zu fühlen und blickt verwirrt in Richtung des Anhängers. Gemurmel macht sich breit.

»Wenn Sie woin, könna Sie jetz in des Habtzelt keman und unsan Spreewoidha Senfgurkn lauschn, de in wengn Minudn loslegn wern.«

Ich kann es nicht fassen. Dieser Mistkerl würgt uns doch tatsächlich auf dem Höhepunkt unseres Banddaseins – und dann auch noch während unseres letzten gemeinsamen Gigs

– einfach so und ohne Umschweife ab. Ich bin fassungslos. Meinen Bandkollegen geht es ähnlich.

»Das kannste jetzt echt nicht bringen«, höre ich Olli in Röstigs Richtung sagen.

»Wia meina?«

»Mitten im Song? Was soll der Scheiß? Außerdem haben wir doch anderthalb Stunden vereinbart.«

Genau, höre ich es vereinzelt aus dem Publikum rufen. Ich schaue auf die Uhr und bemerke, dass es gerade einmal halb zehn ist und wir noch gut eine viertel Stunde Zeit hätten.

»Dann hättet ihr ebn pünktlich ofangn soin«, sagt Röstig fernab des Mikrofons und macht gute Miene zum bösen Spiel. »Und 'etz vaschwindet, bevoa 's no ungemütlich werd.«

Die ersten Buhrufe erklingen.

»Ich zeig dir mal, wie ungemütlich es gleich wird.«

In dem Moment, als der sonst so friedliche Olli seinen Bass abstreift und dem Anblick nach jeden Moment ohne die Folgen der Konsequenzen zu bedenken auf Röstig losgehen wird, höre ich es lautstark aus dem Publikum rufen.

Da ist er!

Ich fahre herum und da sehe ich ihn: Knudersten. Alle Blicke sind auf ihn beziehungsweise die beiden Polizisten neben ihm gerichtet. Selbst Olli lässt kurzzeitig von seinem Vorhaben ab und versucht das Gesehene zu begreifen.

»Dachtest wohl, du kannst einfach so aus meiner Villa abhauen und das war's, hä?«

Bei Knuderstens breitem Grinsen suche ich gedanklich direkt den nächsten Kürbis.

»Tja, als Musikmogul weiß ich eben, wann in dieser Stadt wer wo spielt. Ich musste ein bisschen suchen, aber ich wusste, ich fasse dich noch vor Sonnenuntergang. Hausfriedensbruch und wiederholt versuchter Totschlag. Da wanderst du direkt ein. Und mein Mitarbeiter verklagt dich aufgrund schwerer Körperverletzung. Das gibt noch was oben drauf.«

Ich weiß nicht, was ich sagen oder tun soll. Ich stehe wie angewurzelt da und kann nicht glauben, dass er mich einerseits überhaupt ausfindig machen konnte und andererseits mit diesen Anschuldigungen womöglich auch noch durchkommt. Die zwei Polizisten neben ihm lassen dies jedenfalls vermuten. Ich tausche einen kurzen Blick mit Olaf, der in der noch immer gedrängten Masse am Rande steht und nur mit den Schultern zuckt.

Zwischen Knudersten und mir hat sich durch das Publikum hinweg ein Spalier gebildet, sodass ich nun freie Sicht auf ihn und seine Gehilfen habe. Das Gleiche gilt allerdings auch für ihn und er scheint sich diese Chance nicht entgehen zu lassen.

»Worauf warten Sie noch?«, schreit Knudersten die beiden Uniformträger an. »Ergreifen Sie ihn!«

Die beiden Polizisten fühlen sich situationsbedingt wohl auch nicht ganz so wohl – gut möglich, dass Knudersten ein paar Beziehungen hat spielen lassen, sodass selbst unsere Staatsgewalt nicht vollkommen von der bevorstehenden Aktion überzeugt ist –, blicken sich dann aber noch einmal bekräftigend an und marschieren schließlich entschlossen in meine Richtung. Kurzentschlossen und ohne groß zu überlegen, werfe ich meine Gitarre zu Jan, der inzwischen hinter seinem Schlagzeug hervorgekommen ist, und springe mit einem großen Satz vom linken Bühnenrand, wobei ich den vor Verwunderung erstarrten Röstig unsanft streife.

»Sorry Jungs, muss los!«, rufe ich im Flug und sehe im Augenwinkel, wie Olaf sofort schaltet und mir folgt.

Da Olaf ebenfalls am Rand des Publikums steht, ist er kurze Zeit später direkt hinter mir. Knudersten und seine Entourage haben es dagegen schwerer, da sie sich erst durch die engstehenden Leute vor dem Anhänger durchkämpfen müssen, um mehr Bewegungsfreiheit zu bekommen. Ich blicke im Laufen nach hinten und erkenne mit Freuden, wie unsere neu hinzugewonnenen Fans es den dreien alles andere als leicht machen. Keiner scheint Anstalten zu machen, die zwei Polizisten – Knudersten ist jetzt schon deutlich hinter den beiden – zu uns durchzulassen.

Ich konzentriere mich wieder auf das vor uns Liegende und versuche die bestmögliche Route zum Auto zu finden. Da sich im Laufe des Abends der Kreisverkehr mit seinen Zelten und Buden beachtlich gefüllt hat, scheint mir der direkte Weg der beste zu sein. Ich erkenne meine Möglichkeit und so stürme ich mit Olaf im Schlepptau durch eine kleine Öffnung an der Seite in das große Hauptzelt inmitten des Platzes. Als wir die Plane passieren, mache ich instinktiv einen großen Schritt, um nicht über die Erhöhung direkt vor uns zu stolpern. Erst als wir das Drumset mit dem Logo von der Bühne reißen, bemerke ich, dass wir soeben in den Eröffnungssong der Spreewalther Senfgurken geplatzt sind. Der Schlagzeuger mit seinen Trommeln und Becken geht mit einem ohrenbetäubenden Krach zu Boden. Alles geht so schnell, dass ich gar nicht richtig mitbekomme, wie der Frontmann der Band mit seinem Akkordeon in der Hand bäuchlings vor Schreck ebenfalls – allerdings vom vorderen – Bühnenrand kippt und dabei sein geliebtes Instrument in tausend Stücke zerfällt.

Ein großes Raunen geht durch die Menge, was mich allerdings wenig interessiert, und während Olaf, der mir instinktiv in meinen Sprüngen nacheilt, und ich bereits das Zelt durch den anderen Bühneneingang wieder verlassen, sehe ich wie auch die Polizisten gerade hereinstürmen. Allerdings hat man wohl auf der Polizeischule nicht derartige Instinkte eingetrichtert bekommen, sodass sie die Erhöhung der Bühne zu spät bemerken und mit vollem Karacho über die drei Stufen stolpern und in hohem Bogen dem Schlagzeuger in seine Schlucht folgen.

Ein *Aua, Ui, Ah, Oh* der unfreiwilligen Zuschauer vernehme ich noch, als wir bereits unser Auto in Sichtweite haben. Ohne zu zögern und ziemlich außer Atem steigen wir ein. Und während Olaf das Gaspedal durchdrückt, erwische ich mich kurz bei dem Gedanken, wie sehr mir das alles leidtut, dass Olli und Jan den ganzen Kram nun allein zurückschleppen müssen.

Zwischenbilanz [21:45]

»Scheiße, Mann. Denkst du, du bekommst deshalb jetzt Ärger?«

»Ärger *bekommen*? Was denkst du denn, was ich bisher habe? Ein Problemchen?«

»Ich meine, noch *mehr* Ärger.«

Olaf sieht mitgenommen aus, wie er da den Opel über die Rellinger Straße manövriert.

»Bezweifle ich«, sage ich so gelassen, wie ich es tatsächlich meine. »Die beiden Bullen waren doch nur Knuderstens Marionetten. Nie und nimmer handeln die nach Dienstvorschrift. Da hat der wieder irgendwelche Beziehungen spielen lassen. Glaube nicht, dass das Konsequenzen hat. Und wenn doch, was soll's? Vor morgen früh seh ich garantiert keinen Knast von innen.«

»So ist's richtig«, pflichtet mir mein Kumpan bei.

Ich lächle und bemerke erst jetzt, wie dunkel es geworden ist. Und damit meine ich nicht nur die hereinbrechende Nacht, sondern vor allem die Dunkelheit vor uns auf der Straße.

»Alter, wir fahren ohne Licht«, gebe ich folglich zu bedenken.

»Die gingen ja auch bei dem Unfall heut Nachmittag kaputt«, antwortet Olaf fast schon verwundert über meine in seinen Ohren wohl obskure Feststellung.

Ich blicke ihn fragend an.

»Keine Angst, in einer Großstadt kann man da trotzdem noch mit fahren. Ist doch alles hell erleuchtet. Und außerdem haben wir unsere Schuld ja bereits beglichen.« Jetzt lächelt endlich auch Olaf wieder, nachdem er unsere kleine, filmreife Verfolgungsjagd erst ein wenig verdauen musste.

»Wenn du meinst«, gebe ich mich geschlagen.

Olaf nimmt die Auffahrt auf die A23 Richtung Hamburg. Zum Glück funktionieren unsere Rücklichter noch, sodass das Auffahren nicht ganz so gefährlich wird wie jegliches Überholmanöver, das wir gleich tätigen werden. Theoretisch müsste ich sterben vor Angst, aber irgendwie ist es mir in diesem Moment auch egal. Was kann mir heute schon noch passieren? Ich habe Leila abserviert, gleich noch ein Date mit Olivia, mich meinem Bruder immerhin *etwas* angenähert, gut Kohle im Casino gewonnen, bin nackt in die Elbe gesprungen, treffe nachher noch die wunderbare Marie, hatte einen Wahnsinnsgig mit meiner Band und bin schließlich der Polizei und vor allem Knudersten ein zweites Mal entkommen. Was also-

»Moment«, unterbreche ich meinen eigenen Gedankengang. »Du hast Olivia aber abgesagt, oder?«

»Abgesagt? Olivia? Was? Wieso?« Olaf ist höchst konzentriert auf den Verkehr, da jedes Mal, wenn wir jemanden überholen, Vorsicht geboten ist, damit der andere nicht ausschert, weil man uns schlichtweg im Rückspiegel nicht erkennen kann. Olafs Rezept: so schnell wie möglich vorbeirasen.

»Alter, du hast vorhin Marie eingeladen.«

»Ja, und?«

»Ich hatte in meinem ganzen Leben bisher eine Handvoll Dates und du meinst, an so einem Tag wie heute, sei es klug, sich gleich zwei Dates auf einen Abend, ja sogar auf ein und dieselbe Party zu legen?«

»Willst du dir nicht alle Optionen offen halten?«

Wieder fahren wir dicht auf das vor uns fahrende Auto auf, da Olaf sich – im wahrsten Sinne des Wortes – erst *ganz nah* ranpirscht, um dann blitzschnell auf die linke Spur zu wechseln und vorbeizuziehen.

»Welche Optionen denn?«, frage ich mit mittlerweile weniger Herzrasen angesichts Olafs Fahrstil. »Ich hab ja nicht gerade vor, eine langjährige Beziehung einzugehen.«

»Denk an Punkt sieben«, sagt Olaf mit einem argwöhnischen Grinsen. »Und natürlich Punkt acht. Punkt acht gäbe es ohne Olivia ja gar nicht.«

Ach ja, die Liste. Ich krame sie hervor, streiche eher geistesabwesend den nächsten Punkt und werfe dann bewusster einen Blick darauf.

~~*1 Leila zur Rede stellen*~~
~~*2 Familie versöhnen*~~ → *Proberaum*
~~*3 Auftritt*~~
~~*4 PARTY! (Olivia treffen)*~~
~~*5 100$ beim Black Jack verprassen*~~
~~*6 Nackt in die Elbe springen?!*~~
(7 Sex am Strand?!?!)
8 PARTY! (Olivia treffen)

Fünf von sieben quasi. Nicht die schlechteste Bilanz. Wobei es eher noch drei offene Punkt sind, wenn man die gescheiterte Familienzusammenführung bedenkt, aber davon lasse ich mir die Laune jetzt nicht verderben. Ich blicke auf die Uhr. Zwar sind über siebzig Prozent in gerade mal vierzehn

Stunden nicht schlecht, aber andererseits wird mir schlagartig bewusst, dass ich nur noch gut zehn Stunden in Freiheit habe und damit bereits über die Hälfte meines letzten Tages vorüber ist. Meines letzten Tages in dieser wunderschönen Stadt, bei diesen wunderbaren Leuten, mit diesem wunderbaren Leben. *Man weiß erst, was man hatte, wenn man es verloren hat.* Irgendwie wird mir der ungemeine Wahrheitsgehalt dieses Spruches erst jetzt so richtig bewusst. Ist schon was dran. Andererseits fällt mir eines meiner Lieblingszitate aus meinem Lieblingsfilm *Fight Club* ein: *Erst nachdem wir alles verloren haben, haben wir die Freiheit, alles zu tun.* Ob auch das einen solchen Wahrheitsgehalt hat, werde ich wohl noch früh genug erfahren.

Bevor ich aber Zeit habe, traurig zu werden, bemerke ich, wie Olaf an der Ausfahrt 21, anstatt die B4 Richtung *Centrum* zu nehmen, auf die A7 in Richtung *Kiel/Flensburg* fährt.

»Sag mal, wo fahren wir eigentlich hin?«, frage ich und lege die Liste wieder beiseite.

»Na, zur Party.«

»Das dachte ich mir, nachdem sich ja der ganze Tag schon nur um diese Liste dreht. Aber-«

»Moment mal, wir könnten auch in den Puff fahren, wenn man Punkt sieben bedenkt«, hebt Olaf ermahnend den Zeigefinger.

»Sehr witzig«, kontere ich trocken. »Nein, aber im Ernst: ich dachte, die Party findet in Hamburg statt?«

»Fast.«

»Fast?«

»Fast.«

#KÜRBISSCHMEISSER

[22:00]

Nachdem wir mittlerweile von der Autobahn Richtung Norderstedt abgefahren sind, frage ich nicht weiter nach, wohin die Reise geht. Ist ja auch egal. Die nächsten Tage, nein, Wochen, Monate, sogar Jahre werde ich einen ziemlich geregelten und vorhersehbaren Tagesablauf haben. Kann also nicht schaden, sich jetzt noch ein wenig ins Ungewisse zu stürzen. Was mir allerdings Sorgen bereitet, ist die Tatsache, dass, seitdem wir von der Autobahn runter sind, die fehlenden Scheinwerfer doch, nun ja, *fehlen*. In regelmäßigen Abständen bekommen wir Lichthupen der gegnerischen Fahrbahn – das ist neu hinzugekommen seit der Autobahn – und weiterhin ein ordentliches Licht- und Hupkonzert der vor und hinter uns fahrenden Verkehrsteilnehmer. Das Lustige dabei ist, dass viele uns gestikulierend mitteilen möchten, dass unser Licht aus sei. Als hätten wir es einfach vergessen, einzuschalten und bekommen es nicht mit.

Plötzlich vergeht mir meine Leichtigkeit. Die Herren, die uns nun zu verstehen geben wollen, dass bei uns etwas nicht stimmt, sind etwas beharrlicher als die anderen Passanten, was sie uns mit dem grellen Blaulicht im Rückspiegel verdeutlichen. Ich schaue in den Seitenspiegel und erkenne die markante rote Kelle, die uns zu verstehen geben soll, schleunigst rechts ranzufahren.

»Scheiße, die Bullen«, entfährt es mir folgerichtig.

»Nicht so gut«, kontert Olaf und setzt vorbildlich den Blinker, der erstaunlicherweise noch funktioniert.

Um ehrlich zu sein, hätte ich es nicht für unrealistisch gehalten, wenn mein Kumpan sich nun eine zweite Verfolgungsjagd – dieses Mal von ihm ausgehend – mit der Polizei leistet, bin dann aber doch ganz froh, dass er im wahrsten Sinne des Wortes einlenkt.

»Vielleicht haben die unser Kennzeichen erkannt?«

»Hm, ist eine Möglichkeit«, antwortet Olaf in ironischem Ton. »Oder aber sie finden es nicht ganz so cool, wenn man mit hundert Sachen und ohne Licht auf einer Landstraße langbrettert.«

Mir wird leicht übel.

»Jetzt zeigt sich, ob die zwei Beamten wirklich nur die Handlanger Knuderstens waren oder ob wir so richtig am Arsch sind«, bedenkt Olaf mit einem kritischen Blick in den Rückspiegel.

Mein sonst so gelassener Freund scheint mir auf einmal unruhiger, als mir lieb ist. Entweder er plant gleich doch noch loszupreschen und will sich mit dem Zwischenstopp nur einen Vorsprung verschaffen oder aber er befürchtet das Gleiche wie ich: dass unser Abend nun doch weitaus eher endet, als geplant.

Kaum schaltet er den Motor ab, kommt aber gleich wieder etwas Leichtigkeit in ihn zurück. Er ist eben eindeutig der bessere Schauspieler von uns beiden, da ich gerade alles andere als locker rüberkomme.

Neben unserem Wagen erscheint auf beiden Seiten jeweils ein uniformiertes Beinpaar, welches mit einer weißlich schimmernden Taschenlampe in den Innenraum unseres

Kadetts leuchtet. Neben unseren Türen bleiben sie stehen. Olaf kurbelt lächelnd die Fensterscheibe runter.

»Schönen guten Abend«, sagt er überfreundlich.

»Guten Abend. Führerschein und Fahrzeugpapiere.«

Olaf tut, wie ihm geheißen. Ich traue mich in keines der beiden Gesichter zu schauen und klotze folglich starr auf das Armaturenbrett vor mir.

Der Polizist auf Olafs Seite leuchtet die Dokumente an. »Eine Ahnung, weshalb wir Sie angehalten haben?«, fragt er Kaugummi kauend in kalifornischer Cop-Manier.

»War ich zu schnell?«, reagiert Olaf geistesgegenwärtig.

»Kleiner Witzbold, was?« Der Beamte, Mitte dreißig, Dreitagebart, schaut Olaf abwartend an.

Sein Partner auf meiner Seite leuchtet noch immer unbeirrt in meine Richtung, während ich unverändert dasitze. Innerlich fällt mir aber ein nicht allzu kleiner Stein vom Herzen, dass diese Kontrolle wohl doch nicht einer Fahndung nach mir geschuldet ist.

»Ähm, Ihre Lichter?«, verliert Dreitagebart nun das Schweigeduell.

»Was ist damit?«

Ich kann mir ein Grinsen nicht verdrücken.

»Die sind aus.«

»Nee, schauen Sie hier, die sind an.« Olaf deutet auf den Schalter neben dem Lenkrad, der auf *on* steht.

»Wollen Sie mich verarschen?«

Wie lange der Typ das wohl noch mitmacht?

»Dann müssen Sie defekt sein«, sagt Olaf gespielt naiv.

Der Beamte geht um unser Auto herum und betrachtet die beiden zersplitterten Scheinwerfer.

Als er wieder zurückkommt, sagt er nun etwas unsicherer wirkend: »Wollen Sie mir erzählen, Sie haben das noch nicht bemerkt?«

»Sind die also wirklich kaputt?«

»Die sind total hinüber. Sie müssen damit doch mindestens einen mittelschweren Unfall gehabt haben.« Der Polizist versteht gerade gar nichts mehr.

Olaf ist aber auch gut in seiner Rolle.

»Das waren bestimmt wieder diese Bengel vom Stetzlinger Franz«, sagt Olaf mit finsterer Miene.

»Von wem?«

»Franz Stetzlinger, mein Nachbar aus Nummer 3c. Der hat Bengel, Sie glauben mir nicht, was die schon alles auf dem Kerbholz haben. Letztens erst haben sie dem Klingemann Udo die Reifen zerstochen. Will aber niemand gesehen haben. Schon klar, jeder weiß es, aber keiner macht was dagegen. Mit Sicherheit haben die auch meine Scheinwerfer zertrümmert.« Olaf ist jetzt so richtig in Fahrt. »Wissen Sie, gegen den müssen Sie mal was unternehmen. Ich kann Ihnen gern die Kontaktdaten geben. Die Bengel sind ja noch minderjährig, nix zu machen. Also so rein rechtlich, verstehen Sie? Es gebe da schon andere Methoden, aber am Ende bin ich dann wieder der Dumme, der Bösewicht, der Gelackmeierte, der, der an allem schuld ist. Ist ja prinzipiell ein Problem unserer Gesellschaft: der kleine Mann, der staatstreue Bürger wird von vorn bis hinten verarscht – verzeihen Sie mir diesen Ausdruck. Hält man sich an alle Gesetze und Regeln und braucht dann einmal Unterstützung unserer Regierung, versagen die auf jede nur denkbare Weise. Man wird ignoriert, nicht ernst genommen, ja sogar verspottet. Letztens erst lachte mich die Politesse aus, die ich auf den

Falschparker vorm Garagentor vom Wimmener Klaus aufmerksam machte. Können Sie sich das vorstellen? AUSGELACHT hat die mich. Nicht zu fassen, oder? Gut also, dass *Sie* jetzt hier sind. Sie sind mit Sicherheit ein treuer und verantwortungsvoller Freund und Helfer. Können wir die kaputten Lichter vielleicht gleich als Beweismittel aufnehmen?«

Der Beamte ist nun völlig verunsichert. »Moment mal, ganz langsam. Sie müssen doch bei Einbruch der Dunkelheit gemerkt haben, dass Ihre Scheinwerfer nicht gehen«, fragt er skeptisch nach.

»Na ja, in so einer Großstadt wie Hamburg ist doch immer alles hell erleuchtet. Da kriegt man das ja gar nicht mit.«

Während der Mittdreißiger tatsächlich überlegt und Zweifel an seinen eigenen Vermutungen hegt, reißt ihn sein Kollege aus den Gedanken – und mich und all meine Hoffnungen gleichermaßen ins Verderben.

»Ich kenn Sie doch«, sagt dieser in einer Mischung aus Erleichterung und Verwunderung. »Stefan, das isser!«

Er hat mich erkannt. Anscheinend wird also doch nach mir gefahndet und die beiden Beamten von Knudersten vorhin waren gar nicht seine Schoßhündchen, sondern wirklich auf der Suche nach mir. Der Zufall, dass sie uns eigentlich wegen den kaputten Scheinwerfern angehalten haben und mich dadurch jetzt entdeckten, ist also einfach nur pures Pech für mich und womöglich angesichts einer so außergewöhnlichen Festnahme pures Glück für Stefan und seinen Kollegen.

»Wer ist das?«, fragt Stefan nun immer noch über Olafs Geschichte nachdenkend seinen Partner.

»Na, der Kürbis-Schmeißer vom Ökoladen. Sind Sie doch, oder?«, fragt Stefans Kollege, der immer noch neben meinem Fenster steht, nun durch die geschlossene Scheibe in meine Richtung.

Ich nicke betreten. Jetzt ist eh alles egal. Ich will gerade die Hände aufs Armaturenbrett legen, da ich das so aus amerikanischen Serien kenne, da prusten die beiden Polizisten lauthals los. Kurz stocke ich und lasse meine Hände besser doch vorerst da, wo sie sind, nämlich in Freiheit.

»Ach nee, das ist ja verrückt. Ich kenn Sie aus der Zeitung. Außerdem hängt ein Bild von Ihnen bei uns auf der Wache. So was haben wir ja auch noch nicht erlebt.«

Ich grinse verlegen und versuche neutral zu bleiben. Keine Ahnung, in welche Richtung das hier führt. Olaf betrachtet das Schauspiel auch eher unsicher.

»Uns sind ja schon einige Delikte und Straftaten im Laufe unserer Karriere untergekommen, aber versuchter Totschlag mit einem Kürbis gab es auch noch nicht.« Der Typ neben mir bekommt sich jetzt kaum noch ein. »Was hat Sie denn nur dabei geritten?«, fragt er noch immer jaulend und scheint nicht wirklich eine Antwort zu erwarten.

Ich kann noch immer nichts sagen und ebenso wenig glauben, wie weite Kreise mein *kleiner* Vorfall gezogen hat.

Olaf erkennt aber sofort den Ausweg, den uns diese Situation möglicherweise bietet, und nutzt die Gunst der Stunde. »Na, so was. Da haben Sie uns also erkannt. Und ich dachte schon, dass Sie das aber bisher gut verbergen konnten.« Olaf zwinkert Stefan zu. »Da ich ja dann gerade quasi ein ganz *außergewöhnliches* Objekt chauffiere: Dürften wir denn weiterfahren?«

»Und dann springt der auch noch nackt in die Elbe und das bei voller Promenade. Ich werd‘ nicht mehr.« Stefans Kollege ist nun nicht mehr zu bremsen.

»Wie bitte?« Ich hingegen bin gerade völlig ausgebremst. »Woher wissen Sie das?«, frage ich erschrocken, nachdem ich in Windeseile das Fenster runtergekurbelt habe.

»Na, macht doch gerade die Runde im Netz. Hashtag Kürbis-Schmeißer.«

Ich glaub, ich spinne. Ich will gerade mein Handy rausholen, da kommt Olaf mir schon zuvor.

»Ein echter Star sitzt hier neben mir«, grinst er beim Betrachten seines Smartphones.

Ich reiße ihm das Ding aus der Hand. Unter *#KÜRBISSCHMEISSER* kursieren Aufnahmen von meiner Aktion an und in der Elbe vor gut dreieinhalb Stunden in den sozialen Netzwerken. Kleine Clips und zahlreiche Bilder meines entblößten Hinterteils machen in erschreckender Schnelligkeit die Runde und werden vielfach geliked, retweetet und was weiß ich noch alles. Irgendjemand muss die Verbindung zwischen dem Kürbis-Schmeißer und dem verrückten Typen, der am helllichten Tag vor breitem Publikum nackt in die Elbe springt, hergestellt und darin einen viralen Hit gerochen haben. Zu Recht, wie sich herausstellte.

Olaf entwendet mir sein Handy wieder und möchte, wie es scheint, unsere Begegnung mit den sich nun allmählich wieder beruhigenden Polizisten beenden. »Sie sehen also, mein Kumpel hier hat einiges durch. Dürften wir dann weiterfahren? Wir haben einen straffen Zeitplan«, sagt er höflich.

»Bei allem Verständnis«, grinst der sich noch immer nicht ganz gefasste Kollege auf Olafs Seite, »aber so kann ich Sie wirklich nicht weiterfahren lassen.«

»Und wegen der Beweisaufnahme?«, versucht Olaf die Situation zu retten.

»Steigen Sie mal aus, wir klären das schon«, sagt Polizist Stefan nun weitaus freundlicher als noch vor ein paar Minuten.

»*Sie* bleiben aber schön sitzen. Ich will ja nicht auch noch einen Kürbis abbekommen«, prustet Stefans Kollege in meine Richtung und macht sich auf den Weg zurück zu seinem Streifenwagen.

Olaf steigt aus und geht mit Stefan ebenfalls zum Auto. Ich tue, wie mir geheißen, und bleibe sitzen, krame mein Handy aus der Tasche und möchte mir einen Überblick über das Ausmaß meiner Internetpräsenz verschaffen, als ich plötzlich eine E-Mail erhalte. Ich drücke auf den kleinen Briefumschlag links oben auf meinem Bildschirm und mein Mailprogramm öffnet sich.

Die Mail kommt von Shenmi, einer chinesischen Austauschstudentin, der ich während meines Studiums ein paar Nachhilfestunden nebenbei gab. Für uns kam es nie in Frage, irgendeine Art nicht-platonische Beziehung einzugehen, obwohl wir uns fantastisch verstanden, weshalb wir noch immer in Kontakt stehen und sie demnach auch von meiner Haftstrafe weiß. Folglich schreibt sie mir mit dem Wissen, dass ich gerade meine letzten Stunden in Freiheit genieße, und wünscht mir trotz allem alles Gute. Als Erinnerung an unsere gemeinsame Zeit hat sie ein Dokument angehängt, das es mir beim Öffnen warm ums Herz werden lässt.

Shenmi hatte zwar schon großartige Deutschkenntnisse, als ich sie kennenlernte, aber nichtsdestotrotz war sie – in bekannter chinesischer Tüchtigkeit – darauf bedacht, sich stetig zu verbessern. Also fingen wir irgendwann an, Diktate zu schreiben. Da die vorgefertigten Exemplare aus dem Internet aber schnell langweilig wurden, fing ich irgendwann an, mir selbst Texte auszudenken. Für Shenmi ging es in erster Linie um Rechtschreibung und Grammatik und so ließ ich meiner Fantasie freien Lauf bezüglich des Inhalts und diktierte, was mir gerade einfiel. Sinnvolles kam dabei selten heraus, aber am Ende eines jeden Diktats lachten wir uns immer schlapp über die Sinnlosigkeit der Geschichten. Shenmi speicherte alles auf ihrem PC ab und so freut es mich, als ich den Dateinamen des Mailanhangs lese. *Beste Diktat* steht da mit einem Smiley versehen. Ich öffne die Datei und erinnere mich beim Betrachten der Überschrift sofort, dass dies unsere letzte Nachhilfestunde war, bevor Shenmi an eine andere Uni wechselte und wir uns seitdem nicht mehr wiedergesehen haben. Schon die Überschrift *Die Komplexität des Wissens* amüsiert mich und da ich gerade Zeit habe, weil Olaf noch immer mit den Polizisten draußen am Diskutieren oder was auch immer ist, beginne ich zu lesen.

Gestern erwachte Karl in seinem Bett. Er war sehr müde und wollte gar nicht aufstehen. Da kam ihm eine Idee.

»Wie wäre es mit einer Maschine, die mich automatisch aufstehen lässt?«

Sofort stand Karl auf und setzte sich an die Pläne. Er recherchierte im Internet und wurde auf einer Website mit kuriosem Namen fündig. Er schrieb sich die wichtigsten Sachen heraus und notierte alles. Dann legte er sich schlafen.

»Morgen wird es wild«, sagte er sich und verfiel in einen tiefen Traum.

Plötzlich erwachte er am nächsten Morgen schweißgebadet und stellte fest, dass das alles nur Illusion war. Gerade möchte er aufstehen, da kippt er zur Seite und verliert das Gleichgewicht. Bäuchlings haut es ihn über die Bettkante und noch bevor er auf dem Boden aufschlägt, wacht er auf.

»Was ist los?«, fragt er sich. »Habe ich alles nur geträumt?«

Er geht zu seinem Schreibtisch, sucht nach seinen Unterlagen, die den Bau der Maschine beinhalten, und entdeckt sie freudig. Auf einmal überkommt ihn ein seltsames Gefühl. Er schwankt, macht einen Schritt zurück und stürzt zu Boden, als er wieder in seinem Bett erwacht.

»Habe ich den Verstand verloren?«, fragt er sich stirnrunzelnd.

Doch die Waage zwischen Fantasie und Realität ist manchmal uneindeutig. Da steht er abermals auf und läuft zu seinem Bücherregal.

Dort entdeckt er ein Buch über Zeitreisen und denkt sich: »Vielleicht ist das ja was für mich?«

Er schlägt die erste Seite auf und beginnt zu lesen:

Vor einiger Zeit erfand Professor Ma eine Zeitmaschine. Diese war eine Revolution der Wissenschaft. Viele seiner Kollegen beneideten ihn um diese Errungenschaft. Eines Tages testete er die Maschine. Da wehte gleich ein anderer Wind. Es war auf einmal ohrenbetäubend laut. Überall flogen Blätter und andere Utensilien umher. Was für ein Chaos. Professor Ma konnte seinen Augen nicht trauen. Das Ding funktionierte tatsächlich. Das war vielleicht ein Glücksgefühl. Die Maus, mit der er seine Forschung betrieb, reiste gut hundert Jahre in die Vergangenheit. Ihn zerriss es fast vor Freude. Die Maus landete im Mittelalter. Dort gab es Pferde, Ritter, Könige und auch hübsche Königstöchter. Ein junges Mädchen entdeckte die Maus auf der Straße und nahm sie mit zu sich nach Hause. Dort kümmerte sie sich um das kleine Ding. Plötzlich riss sich die Maus los und rannte so schnell sie konnte, als würde sie vom Teufel gejagt werden. Sie lief zurück zur Zeitmaschine, sprang hinein und reiste wieder in die Gegenwart. Zurück im Labor ging sie aufs Klo.

Ich beende den letzten Satz mit einem tiefen Schmunzeln. Innerlich setze ich einen weiteren Punkt auf meine To-do-Liste: *Diktat ausdrucken, um es an die Zellenwand zu pinnen*. Diese Geschichte erinnert mich einfach an eine gute und unbeschwerte Zeit und damit ist sie perfekt für eine möglicherweise nicht ganz so gute, die folgen könnte.

Plötzlich klopft es an meine Scheibe.

»Carlo, rufst du an?«

Irritiert blicke ich zu Olaf.

»Na, Olli und Jan, die können uns doch sicher abschleppen mit ihrem Transporter.«

Keine Ahnung, was der von mir will.

Olaf dreht sich zurück zu den zwei Beamten. »Er ist dran. Die beiden regeln das.«

Ich zucke nur mit den Schultern und schaue ahnungslos. Durch die halb geöffnete Scheibe lausche ich dem Gespräch draußen.

»Und die kommen Sie wirklich abholen?«, fragt einer der beiden Polizisten.

»Absolut. Sind die zuverlässigsten Menschen, die ich kenne.«

Ich muss grinsen.

»Na gut, dann warten wir hier.«

»Müssen Sie doch nicht, Sie haben bestimmt Besseres zu tun.«

»Nee, nee, ist viel zu gefährlich, Sie hier im Dunkeln am Straßenrand stehen zu lassen.«

»Dauert bestimmt keine zehn Minuten.«

»Umso besser.«

Eigentor, denke ich.

Plötzlich vernehme ich einen Funkspruch aus dem Streifenwagen. Leider kann ich das Gemurmel von hier aus nicht verstehen, aber es scheint wohl dringend, da ich nur Stefans Antwort höre.

»Wagen eins-eins-sieben, haben verstanden. Machen uns sofort auf den Weg.« Stefan wendet sich wieder an Olaf. »Und die kommen bestimmt gleich, ja?«

»Wirklich.«

»Okay, dann passen Sie gut auf. Boris, wir müssen«, sagt Stefan straff zu seinem Kollegen.

Die beiden machen, dass Sie in den Wagen kommen.

»Und Sie lassen das reparieren, bevor Sie auch nur einen Meter mit der Karre weiterfahren, verstanden?«, ermahnt Stefan Olaf noch einmal eindringlich.

»Verstanden, Sir«, salutiert Olaf.

»Und sagen Sie Ihrem Freund, dass Kürbisse im Knast zu wertvoll sind, als sie wegzuschmeißen«, kichert Boris zum Abschied.

Die zwei schlagen die Türen zu.

Sirenen an.

Hundertachtzig-Grad-Wende.

Und weg sind sie.

Olaf steigt wieder in den Wagen.

»Olli und Jan?«, frage ich leicht irritiert.

»Irgendwie musste ich die doch loswerden. Und? Was macht der Kürbis-Schmeißer im Netz?«

»Wird bald Influencer.«

»Gute Sache.«

Olaf startet den Motor, setzt den noch funktionierenden Blinker und gibt Vollgas.

Ankommen [22:22]

Obwohl es mittlerweile stockfinster ist, dämmert es mir, als wir in den Puckaffer Weg einbiegen.

»Wir sind in Duvenstedt?«, frage ich beiläufig, da ich versuche, die Umgebung in der absoluten Finsternis auszumachen.

Nachdem wir die Segeberger Chaussee verlassen hatten, fielen auch noch die Straßenlaternen und jegliche andere Lichtquellen weg, sodass wir nun ohne Scheinwerfer durch ein schwarzes Nichts steuern. Zum Glück reduzierte Olaf unser Tempo auf ein Minimum, sodass wir uns nun in Schrittgeschwindigkeit vortasten.

»Weißt du, das sah hier ganz gut aus, als ich dich heute Morgen vom Motel abgeholt habe. Und da dachte ich mir, wieso nicht?« Olaf grinst mich von der Seite an. »Ich kenne da jemanden, der jemanden kennt, der wiederum einen Bauernhof hier hat und voilà: die Location war gefunden.«

»Es schließt sich der Kreis«, gebe ich bedeutungsschwer wieder.

Olaf steuert den Kadett über einen holprigen Schotterweg und kneift nach vorne gebeugt die Augen zusammen, um überhaupt irgendetwas zu erkennen.

»Und du meinst, wir sind hier richtig?«

»Na ja, ich selbst habe die Party organisiert. Sollte also stimmen.«

Nach weiteren fünf Minuten entdecken wir endlich Lichter in einiger Entfernung.

»Da!«

»Sicher, dass in dieser abgelegenen Öde meine letzte Party in Freiheit stattfinden soll?«, frage ich leicht irritiert.

Die Lichter kommen nun immer näher und ich erkenne auf der rechten Seite des Weges ein altes Bauernhaus, aus dessen Fenstern bunte Farben und, wie ich jetzt bemerke, auch dumpfe Musik dringt. Olaf biegt in den Feldweg ein. Am Wegesrand parken zahlreiche Autos. Olaf lenkt unseren Wagen durch das Spalier hindurch und steuert auf den Pulk von Menschen zu, der sich auf dem Vorhof des Anwesens tummelt. Bevor wir die ersten Leute erreichen, schaltet Olaf den Motor ab und bleibt mitten auf dem Weg zwischen den parkenden Autos stehen, sodass die direkt an uns angrenzenden Wagen keine Chance haben, aus ihrer Lücke zu fahren. Die Musik ist nun deutlich hörbar und mischt sich mit dem Wirrwarr an Stimmen der feiernden Gäste.

»Keine Angst, es werden nur die Leute kommen, die dir am Herzen liegen.«

»Bitte?«, schaut Olaf mich mit fragendem Blick an.

»Deine Rede. Du hast gesagt, es würde eine intime Party werden, nur mit den Leuten, die mir nahestehen.«

»Hab ich das gesagt?« Olaf grinst. »Kann sein, dass meine Einladung von dem einen oder anderen im Netz geteilt wurde. Du bist ja schließlich jetzt auch eine Persönlichkeit.« Olaf schaut durch die Windschutzscheibe zu der kleinen Dachterrasse auf der rechten Seite des Hauses, die ebenso gefüllt wie der Platz vor uns ist.

»Alter, das Haus platzt aus allen Nähten. Ich will gar nicht wissen, wie es drinnen aussieht.«

»Hast vielleicht recht.«

Und wie ich recht habe. Je länger wir im Auto sitzen, desto deutlicher wird das Ausmaß dieser *kleinen* Feier. Menschen, wohin man nur sieht.

Das Anwesen ist wirklich schön, das muss man Olaf lassen. Hinter dem Vorhof steht das alte Fachwerkhaus, an welches sich rechterhand eine Scheune anschließt, deren Tor weit geöffnet ist. Drinnen erkenne ich bunte Lichterketten durch den ganzen Raum verteilt. Tisch- und Bankgarnituren sind aufgebaut und auf der linken Seite führt eine kleine Treppe auf eine Art Galerie, die den Innenraum auf drei Seiten umschließt. Auf der Scheune gibt es eine Art zweites Dach, welches mit dem Hauptgebäude verbunden ist, auf dem sich die Dachterrasse befindet. Auch diese ist mit zahlreichen Lichterketten geschmückt, Sitzgelegenheiten und eine kleine Bar befinden sich darauf. Der Eingang zum Haus steht ebenfalls offen und gerade sehe ich, wie ein Mädchen mit einem Tablett nach draußen kommt und in der Menge vor uns verschwindet.

»Olaf, ich weiß nicht, ob ich das will.«

»Kann ich verstehen, Mann. Aber diese ganzen Leute sind aus einem Grund hier.«

»Weil sie eine Einladung zum kostenlosen Saufen bekommen haben?«

»Weil sie die ganzen letzten Wochen vergessen und einfach nur einen letzten Abend mit dir verbringen möchten. Also?« Olaf zieht den Schlüssel aus dem Schloss und öffnet seine Tür.

Ich gebe mich geschlagen.

»Dann mal los«, sage ich, tue es ihm gleich und nehme beim Aussteigen einen tiefen Zug der wohltuenden sommerlichen Abendluft.

Leila [22:56]

»Und das da ist der Pool.«

Ich traue meinen Augen kaum. Vor mir liegt ungefähr der schönste Garten, den ich je gesehen habe. Zwischen den Bäumen hängen buntschimmernde Lampions. Überall stehen verschiedene Tische, Stühle und andere Sitzgelegenheiten. Rechts von mir befindet sich ein Tresen, hinter dem ein Barkeeper verschiedene Cocktails zubereitet. Und um das Ganze noch zu toppen, erkenne ich den eben besagten Pool, der sich im hinteren Teil des Gartens befindet. Gerade springt ein Kerl, der mir noch nie im Leben begegnet ist, mit lautstarker Ankündigung per Kopfsprung in das tiefblaue Wasser. Die anderen Badenden jubeln ihm zu. Drumherum liegen vereinzelt ein paar Grüppchen von Leuten, die unbeirrt mit einem Glas oder einer Flasche in der Hand ihre Gespräche fortsetzen.

Hannes, der Hausherr – also der, der von jemandem gekannt wird, den Olaf kennt – drückt mir ein Glas mit für mich unbekanntem Inhalt in die Hand.

Als wir ausstiegen, wurde ich bereits von den ersten Leuten umarmend begrüßt. Es waren tatsächlich gleich ein paar bekannte Gesichter, aber schnell wurde klar, dass weitaus mehr hier sind, die definitiv nicht meinetwegen gekommen sind. Aber sei's drum. Heute wird gefeiert – egal mit wem.

Nachdem wir uns durch die Menge auf dem Vorplatz gekämpft hatten – *Tut mir echt leid wegen der Sache. Schon okay, danke. Bist du echt dieser Nackte da auf dem Video? Schon möglich. Ach, da ist ja unser Kürbis-Schmeißer. Hallo.* – führte mich Olaf direkt ins Haus, wo wir auf Hannes trafen. Hannes begrüßte uns herzlich und zeigte uns im Schnelldurchlauf sein Anwesen.

Küche.

Bad.

Treppe nach oben.

Schlafzimmer. *Aber nichts Unanständiges machen.*

Dachterrasse.

Scheune.

Galerie mit separatem Heudachboden. *Aber nichts Unanständiges machen.*

Und schließlich dieser umwerfende und atemberaubende Garten. Überhaupt scheinen das Haus und das ganze Areal wie aus einem Rosamunde-Pilcher-Film entsprungen.

Wenn nur diese ganzen Leute nicht wären.

Ich habe ja nichts gegen Menschen, aber das Haus platzt fast aus allen Nähten. In jeder Ecke, jedem Zimmer, überall stehen sie rum, lachen, trinken, knutschen. Es ist laut, es ist stickig, es ist ... meine Abschiedsparty. Während ich das Treiben so betrachte, wird mir klar, dass es genau das ist, was ich heute brauche. Ein letztes Aufbäumen, bevor es ... nun ja ... *anders* wird.

Irgendwie genieße ich es. Von Ruhe kann zwar keine Rede sein, aber die werde ich in nächster Zeit ja auch noch zur Genüge haben. Die lautstarke Musik, die gerade irgendwas Amerikanisches spielt, tut ihr Übriges.

Ich stehe also mit Olaf in diesem kleinen Paradies, als mir jemand von hinten auf die Schulter tippt.

»Da bist du ja!«, schaut Leila mich freudestrahlend an.

Ich schaue alles andere als freudestrahlend zurück.

»Carlo, lass uns bitte noch einmal über alles reden. Ich finde, wir sollten-«

»Was? Was sollten wir?«, fahre ich sie an und versuche dabei die Musik zu übertönen.

»Das klären, bevor du … na, du weißt schon.«

»Bevor ich *weg* bin?«

»Bevor wir noch etwas bereuen, das wir so schnell nicht wieder gutmachen können.«

Zwar muss ich auf alle Umherstehenden extrem aufgebracht wirken, aber komischerweise fühle ich mich in diesem Moment innerlich total ruhig.

»Leila, ich wünsche dir noch ein schönes Leben.«

»So nicht, Carlo!«, wird sie nun doch etwas lauter. »Und sag mal, warst du bei mir in der Wohnung und hast da geraucht? Ich hab Asche auf meinem Tisch gefunden. Und gestunken hat das.«

»Dann schau am besten mal in deine Topfpflanze«, schaltet sich Olaf ein.

Leila sieht ihn nur grimmig an.

»Weißt du, was mir gerade klar wird?« Ich mache eine bedeutungsschwere Kunstpause. »Keine SMS, kein Anruf. Den ganzen Tag schon. Nichts. Seit wir uns in Knuderstens Villa gesehen haben, hast du nicht *einmal* versucht, mich zu kontaktieren. Erzählst mir hier was von bereuen und so und dabei kümmert's dich einen Scheiß, was ich mache oder wie's mir geht. Du willst nur ein gutes Gewissen für dich und deine Karriere haben. Und weißt du was, Leila? Kannste haben. Ich vergebe dir. Ich verstehe, dass die Musik für dich immer schon ein Traum war, der nun in greifbare Nähe gerückt ist. Dass dies nur der Fall ist, weil es mich gibt, ist doch umso besser. Also: gern geschehen. Und das Beste ist: du musst nicht mal auf deinen Knacki-Freund draußen warten, sondern bist im wahrsten Sinne des Wortes *frei.* Frei von schlechtem Gewissen, frei in deinen Entscheidungen, frei von mir. Also mach's gut, Leila. Vielleicht hör ich ja mal was von dir.« Ich zwinkere ihr zu und lasse sie mit offenem Mund stehen.

Sie will etwas erwidern, bekommt aber nichts raus.

Nach ein paar Schritten wende ich mich zu Olaf. »Du hast sie auch eingeladen?«

»Nö, aber es scheint sich dann doch etwas rumgesprochen zu haben.«

Wir lachen und stoßen an. Ich drehe mich noch einmal zu Leila, sehe sie noch immer geplättet im Garten stehen und sehe dann im wahrsten Sinne des Wortes nach vorn.

Irgendwo im Nirgendwo [23:07]

Und auf einmal steht sie da: Olivia. Sie ist tatsächlich gekommen. Und sie hat sich richtig aufgebrezelt. Sie trägt ein dunkelblaues, trägerloses Kleid, dazu passenden Schmuck an Hals und Ohren. Ihre Haare trägt sie elegant offen. Erst sieht sie mich nicht, doch dann schaut sie mich geradewegs an.

»Carlo«, sagt sie lächelnd.

»Du bist tatsächlich gekommen.«

»Klar, bei so einer netten Einladung.« Sie grinst zu Olaf.

Dieser klopft mir auf die Schulter und zieht sich elegant aus der Affäre. Um der peinlichen Stille zu entkommen, frage ich Olivia, ob sie etwas trinken möchte. Da sie dies bejaht und ich keine Lust habe – gerade jetzt mit Olivia –, Leila über den Weg zu laufen, verzichte ich auf die paradiesische Gartenbar und gehe kurzerhand mit Olivia auf die Dachterrasse nach oben. Hier ist nicht weniger los als im Haus. Überall stehen Menschen und unterhalten sich lautstark über was auch immer. Allerdings wurde bei der Musikauswahl passenderweise auf eine Lounge-Atmosphäre mit Chill-out-Charakter gesetzt, was die Lautstärke – und damit die Gesprächsmöglichkeiten – erträglicher macht. Oben angekommen, ordere ich zwei Drinks für uns und stoße mit Olivia an.

»Architektur also«, sage ich beiläufig, während wir uns einen freien Stehplatz an der rechten Seite der Brüstung sichern.

»Hm?«, blickt sie mich mit dem Strohhalm zwischen den Lippen an.

»Wie war's in der Elbe?« Ein sichtlich angetrunkener Typ grinst mich breit von der Seite an und hält mir sein Smartphone vor die Nase.

Ich erkenne den mir bereits vertrauten Hashtag *Kürbis-Schmeißer* und darüber ein Bild meines entblößten Pos. Zum Glück hält der Typ das Handy so, dass Olivia den Bildschirm nicht sehen kann. Ich nicke nur, da ist der Typ auch schon wieder abgezischt.

»Was war *das* denn?«, will Olivia zu Recht wissen. »Elbe?«

»Der Alkohol«, versuche ich schnell die unangenehme Begegnung im Keim zu ersticken. »Du hast also Architektur studiert und stehst nun voll im Leben«, scherze ich zur Ablenkung interessiert.

Olivia besinnt sich wieder. »So sieht es aus. Bin bei einem kleineren Büro in Lokstedt. Ist nichts Aufregendes, macht aber Spaß. Und du?«

Dummerweise habe ich im Eifer des Gefechts nicht darüber nachgedacht, dass ich solche Fragen vermeiden sollte, möchte ich sie nicht selbst gestellt bekommen. Andererseits, worüber sollten wir sonst reden?

»Ach, hier und da ein paar Jobs. Ich mache Musik, also spiele in einer Band.«

»Ah, cool.«

»Ja.«

»Soso.«

Es könnte nicht besser laufen. Wir beide nehmen noch einen kräftigen Zug durch unsere Strohhalme.

»Hast du Familie?«, fragt sie wie aus dem Nichts.

»Ja, noch immer einen Bruder.«

»Ich meinte eher, ob du eine Frau und Kinder oder so hast?«

Oder so?

»Ach so, nee. Du?«

Ich bin mir nicht sicher, ob ich die Antwort wirklich hören möchte.

»Zählt ein Hund?« Sie lächelt.

»Definitiv. Immerhin bist du mir damit um ein Lebewesen voraus.«

Na, geht doch. So langsam werden wir – *wieder* – warm miteinander. Komischerweise muss ich kein einziges Mal daran denken, dass sie mich damals eiskalt für Knudersten hat sitzen lassen. Wäre aber wohl auch nicht gerade ein Eisbrecher das Thema.

»So, nun aber mal raus mit der Sprache: Wozu die Party hier? Irgendwer meinte, sie sei dir zu Ehren. Dein Geburtstag ist heute aber nicht, das weiß ich noch.«

Schon wieder dieses bezaubernde Lächeln. Doch das hilft mir jetzt auch nicht weiter. Ich muss mich entscheiden: Wahrheit oder Lüge. Ich entscheide mich für die Wahrheit.

»Ich verreise und das hier ist meine Abschiedsparty.«

Ich entscheide mich für *eine* Version der Wahrheit.

»Wow, dann musst du aber ganz schön lange weggehen, bei so vielen Leuten hier.«

»Ja, weißt du, Olaf hat das organisiert. Und wenn Olaf etwas organisiert, dann läuft so was schon mal aus dem Ruder.« Ich lehne mich demonstrativ über das Geländer und schaue auf die Menschenmenge vor dem Haus, die anscheinend weiter angestiegen ist.

»Ihr zwei«, sagt Olivia kopfschüttelnd. »Ihr wart schon immer wie Pech und Schwefel.« Sie nimmt einen weiteren Zug.

Apropos Zug.

»Hast du Zigaretten dabei?«, frage ich Olivia.

»Leider nein. Ich rauche eigentlich nicht, sorry.«

Ich drehe mich zu den beiden nächstbesten Typen neben uns um – wieder zwei, denen ich noch nie im Leben begegnet bin – und frage, ob sie uns aushelfen können.

Können Sie.

Und so stehen Olivia und ich nun rauchend auf einer Dachterrasse irgendwo im Nirgendwo und blasen gemeinsam den kalten Rauch in den langsam kühler werdenden Nachthimmel.

»Und wohin geht's?«

»Hm?«

»Na, deine Reise. Wohin verreist du denn?«

»Kennst du Fuhlsbüttel?«

Venice [23:17]

»Wenn du das Fuhlsbüttel meinst, das nur ein paar Kilometer von meiner Wohnungstür entfernt liegt, dann ist mir das ein Begriff, ja«, sagt Olivia leicht irritiert.

Ich möchte gerade zu einer ausführlichen Einleitung ansetzen, da packt mich jemand mit beiden Händen von hinten an den Schultern.

Erschrocken – und ganz kurz auch etwas froh darüber – drehe ich mich um.

»Hier bist du also.« Olli grinst mich freudestrahlend an.

Jan, der neben ihm steht, nickt Olivia beiläufig zu.

»Ihr seid schon da?«, frage ich irritiert.

Nach der nicht gerade zügigen Einladeaktion im Bandraum und dem Wissen über meine Mitmusiker, erstaunt es mich tatsächlich, dass sie jetzt schon – und überhaupt – hier aufkreuzen. Ich befürchte Schlimmes.

»Nachdem ihr *gegangen* seid, war ja nicht mehr viel. Bevor Röstig zurückkam, wollten wir schon über alle Berge sein. Mann, war da ein Chaos. Wir packten also in Lichtgeschwindigkeit unsere sieben Sachen und weg waren wir.«

»In Lichtgeschwindigkeit? Wir haben doch schon zu viert eine halbe Ewigkeit gebraucht, das Zeug hinzuräumen.«

»Tja, siehste mal, was Furcht so alles bewirken kann.« Olli blickt schelmisch zu Jan. »Na ja, und dann sind wir direkt hierhergefahren. Wollten die big Party doch nicht verpassen.«

Ich freue mich, dass die Jungs unbeschadet aus der ganzen Sache rausgekommen sind, wobei die tatsächlichen Folgen wahrscheinlich noch kommen werden, während ich hinter schwedischen Gardinen hocke. Aber das sind Sorgen von morgen.

»Olli, Jan, das ist Olivia, eine alte Schulfreundin.« Pathetisch verweise ich auf meine weibliche Begleitung.

»Sieht gar nicht so alt aus«, scherzt Jan, Olivia lacht, und die drei reichen sich die Hände.

Um meinen Lauf bei Olivia fortzusetzen, versuche ich die beiden auf später zu vertrösten, doch da kommt Olli mir schon wieder zuvor.

»Wir haben dir was mitgebracht. Eine Art Abschiedsgeschenk.«

Ich schaue skeptisch, als Jan hinter seinem Rücken ein gerolltes Stück Papier hervorholt. Gerade lief es doch so gut mit Olivia. Nicht, dass hier jetzt alte Peinlichkeiten ausgegraben werden. Er breitet es aus und hält es demonstrativ vor mich.

»Hoffentlich hast du so viel Platz in deiner Zelle, um es aufzuhängen.«

»Zelle?«, fragt Olivia plötzlich.

Ich schaue sie hilfesuchend an, ringe nach Worten. »Ähm, also, Fuhlsbüttel, weißt du-«

Auf einmal treten die zwei Typen, von denen wir eben Zigaretten geschlaucht haben, an uns heran. Wieder einmal bin ich dankbar für diese kleine Unterbrechung. Doch als die beiden nur noch Augen für Olivia haben, werde ich skeptisch.

»Olivia Sprengler?«, fragt der größere der beiden vorsichtig.

Olivia, nun sichtlich überfordert von den vielen Eindrücken, dreht sich zu ihnen. »Ja?«

»Das ist ja unfassbar! Erkennst du uns nicht? Matze und Till aus der Zehn a.«

Jetzt geht auch mir so langsam ein Lichtlein auf. Matthias Schöneson – kein Schwede – und Till Fohler aus unserer damaligen Parallelklasse. Beide sind nach der Zehnten abgegangen. Ob es ihr schulisches Versagen war oder doch ein Schulverweis aus disziplinarischen Gründen ist bis heute ungeklärt. Keiner hatte je wieder von ihnen gehört.

Bis heute.

Und natürlich standen sie – so wie ungefähr alle Jungs – auf Olivia, *meine* damalige Freundin. Und natürlich haben sie alles versucht, sie zu kriegen.

Bis heute.

»Ach du Schande, klar erkenn ich euch. Das ist ja eine Ewigkeit her.«

Ob Olivias Freude echt oder gespielt ist, lässt sich von hier aus nicht so richtig ausmachen.

»Was macht ihr denn hier?«

»Haben irgend so einen Post gelesen und hatten noch nichts Besseres vor.« Matze, der kleinere von beiden, winkt mit einer Geste, die wohl bedeuten soll, dass sie sonst eigentlich unabkömmlich sind, ab.

»Dann kennt ihr also Carlo?«, fragt Olivia und zeigt dabei vorsichtshalber auf mich.

»Klar, aber gerade eben einfach nicht erkannt.«

Na klar, denke ich und will gerade das aufkommende Gespräch sofort unterbinden, da wedelt Jan mit dem Plakat.

»Also?«, fragt er hoffnungsvoll.

Ich blicke auf das Blatt im A2-Format direkt vor ihm.

»Was ist das?«, frage ich, da ich die kleinen Buchstaben darauf nicht sofort erkennen kann.

Derweil ist Olivia mit Matze und Till schon ins Gespräch vertieft. *Ein bisschen Small Talk kann ja nicht schaden*, denke ich mir und widme mich wieder meinen beiden Bandkollegen.

»Weißt du noch, als wir letzten Sommer auf deinem Balkon saßen und du von deinem Roman erzählt hast? Wir haben über dein Schreiben, deine Ideen, deine Sackgassen gesprochen. Du hast gesagt, dass dir vieles an deiner Geschichte gefällt, aber eine Begebenheit besonders heraussticht und alle anderen übertrifft.«

»Die Wohnung in Venice.«

»Ganz genau.«

Mein erster Roman spielt in den USA. Die Location hatte ich gewählt, da ich damals nach meiner USA-Reise so euphorisiert von diesem Land war – und es noch immer bin –, sodass ich sofort alle meine Eindrücke in eine fesselnde Geschichte packen wollte. Besonders der Stadtteil Venice in Los Angeles spielte dabei eine große und entscheidende Rolle. Ich habe mich sofort in dieses hübsche Fleckchen Erde verliebt und so kam es folglich, dass der Protagonist in *2UND2WANZIG JAHRE* ebenfalls dort eine Wohnung bezog. Wir saßen damals auf dem Balkon und ich erzählte den Jungs, dass dieses Kapitel – Kapitel Sieben – mein absoluter Favorit sei. Als ich es schrieb, war ich mit den Gedanken mehr als woanders in die Geschichte und das Setting vertieft. Und auch heute, wenn ich immer mal wieder rein lese, kommen sofort die schönen Erinnerungen an diesen Ort zurück. Und genau dieses Kapitel ist nun komplett in kleinster Schrift auf ein A2-Plakat von meinen Freunden gedruckt worden. Ich fasse es nicht.

»Wir dachten, dann hast du wenigstens eine schöne Erinnerung im Knast. Wir haben uns extra belesen, so was darf man mit reinnehmen.«

»Jungs, das ist unglaublich«, bringe ich gerade noch so hervor.

»Wir dachten, wenn wir das erste Kapitel schon im Bandraum haben, verbindet uns vielleicht etwas, wenn du in deiner Zelle auch ein Kapitel an der Wand hast.«

»Ihr glaubt gar nicht, was mir das bedeutet«, sage ich und meine es einhundertprozentig so.

Ich nehme Jan das Plakat ab und werfe einen genaueren Blick darauf. Schon beim ersten Satz wird mir warm ums Herz.

»Wir lassen dich jetzt mal allein, sehen uns ja später.«

Ich nicke nur dankbar und weiß, dass eine Umarmung unangebracht wäre. Meine Jungs stehen da nicht so drauf.

Nachdem die beiden verschwunden sind und ich das Plakat wieder sorgsam zusammengerollt habe, will ich mich zurück an Olivia wenden, die aber gar nicht mehr da ist. Erstaunt verschaffe ich mir einen Überblick über die nicht allzu große Dachterrasse, doch kann Olivia nirgendwo ausfindig machen. Ein Pärchen steht gerade beim Barkeeper und gibt eine Bestellung auf. Sonst ist die Bar zumindest leer. Allerdings gibt es noch zahlreiche weitere Partygäste, die mir die Suche erschweren. Ich gehe auf die linke Seite der Terrasse. Dort unterhalten sich gerade zwei Typen mit einem Mädchen – scheint wohl Usus hier zu sein –, aber Olivia ist es nicht. Ich gehe nach hinten zur Couch, doch auch dort keine Spur meiner Begleitung. Ich gehe weiter, aber nirgends ist sie zu finden. Auch Matze und Till sind verschwunden. Ich werde leicht panisch und will im Affekt der Situation schon nach unten stürmen und Schlimmeres verhindern, als mir plötzlich aus einem Gefühl heraus Eines klar wird: es gibt Wichtigeres.

Ich halte inne und bemerke, wie ich noch immer das zusammengerollte Plakat in meiner Hand halte. Im selben Moment erblicke ich auf der kleinen Couch, die ich eben noch angsterfüllt absuchte, wie sich das dort noch eben sitzende Pärchen erhebt und ergreife instinktiv die Gelegenheit. Mit wenigen Schritten stehe ich vor der leeren Sitzfläche und lasse mich hineinfallen. Ich rolle mein Geschenk wieder auseinander und frage den Kerl neben mir nach einer Zigarette. Nach dem ersten Zug hole ich meine Erinnerungen zurück.

Kapitel Sieben

Ich erwachte, als der Busfahrer die Endhaltestelle ankündigte. North Venice Boulevard, *sagte er mit seiner tiefen, sonoren Stimme durch die Sprechanlage des Fernbusses. Es war kurz vor zwölf und ich musste fast die ganzen vier Stunden auf der Rückfahrt durchgeschlafen haben. Zumindest konnte ich mich nur noch an das Schild erinnern, das verkündete, dass man soeben Las Vegas/Nevada verließ, bevor es mich in den Schlaf sog.*

Die ältere Dame auf dem Sitzplatz im Gang neben mir, war verschwunden. Auch die Mutter mit ihren zwei Kindern, die schon zu Beginn der Fahrt fortwährend quengelten und mir Sorgen machten, nicht zur Ruhe kommen zu können, waren fort. Lediglich der Kerl in der letzten Reihe mit dem Cappy und den Kopfhörern im Ohr saß unverändert zurückgelehnt im Sitz und nickte rhythmisch im Takt.

Noch immer spürte ich die Kopfschmerzen, allerdings nicht mehr im Entferntesten so stark, wie noch heute Morgen. Die Sonne stand hoch am Himmel und verteilte ihre Strahlen gleichmäßig im Innenraum des Busses, was ihm eine grelle Helligkeit verlieh, die meine Schmerzen nicht gerade zu lindern schien.

Ich dachte nach.

Trotz der Ereignisse der letzten Stunden fühlte ich mich gut. Klar war es noch immer eine Tragödie, aber ich fühlte mich nicht schuldig und der Blick auf meinen Kontostand, den ich per Handy soeben abgefragt hatte, zauberte ein weiteres Lächeln in mein Gesicht. Ich wusste, dass ich kein Vermögen besaß, aber es reichte, um erst einmal gut über die Runden zu kommen und mir dieses kleine Appartement in Venice, das ich mir ziemlich schnell im Internet ausfindig gemacht hatte, für ein paar Monate leisten zu können. Glücklicherweise hatte ich noch heute einen Termin bekommen und bei gewisser Vorauszahlung war wohl auch ein Direktbezug möglich, worauf ich prinzipiell angewiesen war, da ich keine Ahnung hatte, wohin ich mich sonst schleppen sollte.

Der Bus hielt vor einem kleinen Café nicht weit vom Strand entfernt. Der Typ von hinten und ich erhoben uns von unseren Plätzen und stiegen aus. Welcome back, *sagte der Busfahrer eher beiläufig, bevor er die Türen wieder schloss und weiterfuhr.*

Trotz der brennenden Mittagssonne war die Hitze kein Vergleich zu der Sonne Nevadas. Es war heiß, aber weitaus angenehmer als die drückende Luft, die sich auf meine Haut legte, als ich in der kleinen Seitenstraße in Las Vegas den Bus verließ.

Ich sah mich um und zückte mein Handy, um mir die Adresse noch einmal in Erinnerung zu rufen. Mein Blick fiel auf das Straßenschild an der Kreuzung gleich links von mir. Pacific Avenue stand in weißen, verdreckten Buchstaben darauf. Ich ging in das Café, welches der Beschriftung nach zu urteilen Spencers hieß und allem Anschein nach Eis in verschiedensten Sorten und Varianten servierte. An dem Tisch gleich neben dem Eingang saß ein junger Vater mit seinem Sohn, der genüsslich ein Waffeleis schleckerte, während sein Vater damit beschäftigt war, größeres Chaos in Sachen Eisflecken zu vermeiden. Ich zwinkerte dem Jungen zu, der kurz lächelte und sich dann wieder dem Eis widmete. In der hinteren Ecke saß eine Gruppe Jugendlicher mit verschiedenen Eisbechern und Getränken vor sich. Als sie mich sahen, wurden sie still. Die zwei Jungs waren in ihre Handys vertieft und ein weiterer Typ mit tiefgezogenem Cappy im Gesicht las in irgendeiner Zeitschrift über Motorräder oder Autos oder irgendwelche anderen Maschinen. Ein Mädchen flüsterte einem anderen etwas ins Ohr und beide kicherten. Ansonsten fiel mir noch eine ältere Dame an einem der Tische vor dem großen Fensterglas auf, die vor einer Tasse Kaffee saß und, so wie ich das von hier aus erkennen konnte, einen roten Pullover mit Karomuster zu stricken schien. Hinter der Theke stand ein junges Mädchen um die zwanzig, mit weißer Bluse und schwarzer Weste darüber, und lächelte mich freudig an.

»Hallo. Was darf es sein?«, fragte sie mich, als ich an sie herantrat.

Sie hatte roten Lippenstift auf den Lippen und ihr dunkelblondes Haar sah etwas zerzaust aus, wobei es wiederum zu ihrem ganzen Erscheinungsbild passte, wie ich fand.

»Danke. Eigentlich nichts. Außer einer Wegauskunft.« Ich grinste sie an.

»Na, wenn das so ist«, sagte sie und lächelte noch immer, sodass sie nicht wirklich enttäuscht gewesen zu sein schien.

»Ja, ähm, wo finde ich denn die neunzehnte Straße, Ecke Speedway?«

»Die Neunzehnte? Hm, mal überlegen.« Sie starrte in die Luft und dachte nach. Schien ihre innere Karte zu betrachten und die nähere Umgebung abzusuchen. »Ah ja, ich weiß«, platze sie heraus. »Die in der Nähe des Sportcenters, oder?« Sie sah mich an.

»Möglich ...«

»Ist ganz einfach. Du gehst draußen nach rechts bis zur dritten Straße und gehst dann links. Dann die erste Seitenstraße rechts und schon bist du da.«

Ich versuchte mir den Weg vor meinem inneren Auge vorzustellen und nickte ihr zu, als wir gemeinsam angekommen waren.

»Klingt ganz einfach«, sagte ich und bedankte mich für ihre Hilfe.

»Immer wieder gern«, lächelte sie zurück, hob demonstrativ eine Waffel in die Höhe und sah mich fragend an, um mich nicht etwa doch noch zu einem Eis verleiten zu können. Ich nickte nur kurz, bevor ich das Café wieder verließ.

Ich trat nach draußen, wobei ich von einem Typen mit einem braunen Rottweiler an der Leine angerempelt wurde, der sich gleich mehrfach dafür entschuldigte, und ging in die mir vorgegebene Richtung. Alles war so, wie es das Mädchen beschrieben hatte. Ich lief an ein paar weiteren Cafés und Bars vorbei, überquerte die schmale, durch die Sonne aufgeheizte Straße und passierte mehrere Blockhäuser, auf deren Balkone vereinzelt Wäscheständer mit frischgewaschenen Shirts, Röcken und anderen Kleidungsstücken zu finden waren.

Nach nicht einmal fünf Minuten stand ich vor dem grauen Betonhaus, das in anderer Umgebung vielleicht schäbig gewirkt hätte, in Venice aber, hundert Meter vom Strand entfernt, wie die reinste Idylle wirkte. Die schmalen, karierten Fenster und die breiten Balkone verliehen dem Ganzen schon fast einen viktorianischen Hauch. Ich wartete vor dem Eingangstor mit den weißen Metallstreben, das sich vor dem Hauseingang befand, und schaute auf die Uhr. Es waren noch knapp zehn Minuten bis zum vereinbarten Termin. Ich pfriemelte eine Zigarette aus meiner Schachtel und zündete sie an. Während ich rauchte, beobachtete ich die Menschen, die an mir vorübergingen. Vor allem Jugendliche in Badeoutfits zogen vorbei und grüßten mich vereinzelt. Ein junges Paar, er in roten Badeshorts und sie in einem grün-weiß gepunkteten Bikini, kam zu mir und fragte mich nach einer Zigarette. Ich bot ihnen zwei an, woraufhin sie dankend ablehnten und kichernd weiterzogen. Ich nahm den letzten Zug und schnippte den Stummel auf die Straße, als ein schwarzer Ford mit polierten, glänzenden Felgen auf der gegenüberliegenden Straßenseite zum Stehen kam und den Motor abstellte. Die Fahrertür ging auf und das erste, was ich sehen konnte, waren zwei hochhackige High Heels, die etwas unbeholfen Halt auf der betonierten Straße suchten. Dann folgte der Rest. Eine Frau um die vierzig mit weißer Bluse und blauem Rock, der ihr bis kurz über die Knie reichte, stieg aus und knallte die Tür des Wagens kräftig zu. Sie betätigte die Zentralverriegelung mit ihrem Schlüssel und kam auf mich zu. Sie hatte dunkles, schulterlanges Haar und trug eine überdimensionierte, schwarze Sonnenbrille von irgend so einer teuren Marke, wie man an der Seitenaufschrift erkennen konnte. Als sie vor mir stand, nahm sie die Brille ab und lächelte mir professionell zu.

»Mr. Collins?«

»Der bin ich.«

Sie reichte mir die Hand, die ich entgegennahm, und wir beide spürten den Schweiß, den diese Nähe hervorbrachte. Schnell ließ sie wieder los.

»Freut mich, dass Sie gut hergefunden haben.«

Dann legte sie direkt geschäftsmäßig los. Keine Zeit für Small Talk, *dachte ich. Mir sollte es recht sein.*

»Ja, das ist das gute Stück. Sie haben direkte Anbindung zum Strand und dem Venice Boardwalk. Außerdem liegen nur ein paar Seitenstraßen weiter die wunderschönen Kanäle, umgeben von zahlreichen Restaurants und Bars. Wir haben es hier mit einem Neun-Parteien-Haus zu tun, wobei derzeit zwei Wohnungen unbewohnt sind. Ihr Apartment befindet sich im zweiten Stock mit vorderseitigem Balkon. Es beinhaltet einen Schlaf- und einen Wohnraum mit angrenzender Küche sowie einem Badezimmer mit Tageslicht. Aber schauen wir es uns am besten einfach an.« Sie lächelte und öffnete das Eisentor.

»Ja, klar, okay«, sagte ich etwas überfahren von ihrer Offensive und folgte ihr durch die Eingangstür ins Treppenhaus.

Drinnen war es angenehm kühl, fast schon zu kühl. Das Treppenhaus war finster, da durch die kleinen Fenster nur einzelne Sonnenstrahlen ihren Weg fanden. Der Hausputz an den Seitenwänden war spröde und teilweise lagen ganze Stücke Wand zerbröckelt auf dem Boden. Sie ging die Trep-

pe nach oben und ich vernahm ihren süßlichen Duft, den sie hinter sich herzog und der im Kontrast zu der modernden, metallischen Luft der alten Gemäuer stand. Im zweiten Stock angekommen, blieben wir vor einer weißen, aber schon deutlich mitgenommenen Holztür stehen.

»Da wären wir«, sagte sie in freundlichem Ton und steckte den Schlüssel ins Schloss.

Wir traten ein und ich vernahm den muffigen Geruch abgestandener Möbel. Staub wurde aufgewirbelt, als sie schnurstracks durch das geräumige Wohnzimmer lief und beide Fenster sowie die Balkontür zügig öffnete. Sichtlich unangenehm berührt sagte sie, dass das Apartment schon seit ein paar Wochen nicht mehr betreten worden sei und der Geruch in Nullkommanichts wieder verschwinden würde. Ich nickte ihr kurz zu und sah mich um.

Vor mir lag das großzügige Wohnzimmer, woran sich links eine kleine Küche anschloss, die durch einen Tresen mit zwei davorstehenden Hockern abgetrennt wurde. Der Boden war mit dunklen, abgetretenen Holzdielen ausgestattet. In der Mitte des Raumes stand ein olivgrünes Ecksofa mit passendem Sessel und einem kleinen, massiven Holztisch. Gegenüber an der Wand war zwischen den zwei Fenstern ein altes, vergilbtes Ölgemälde mit zwei tanzenden Frauen auf einer Wiese zu sehen. Rechts an der Wand, wo die Farbe bereits leicht abblätterte, stand ein kleines Regal mit ein paar Büchern und CDs darauf. Auf der anderen Seite des Raumes befand sich eine Tür mit Zugang zum Schlafzimmer. Links daneben ging es hinter einer kleinen Ecke ins Bad. In die Küche war eine Küchenzeile mit Spülbecken, Herd und Kühlschrank eingebaut. Dazu gab es ein kleines

Holzregal, in dem vereinzelt ein paar Schalen und Tassen standen.

»Die Möbel können selbstverständlich übernommen werden«, sagte die Maklerin trocken.

Das wusste ich zwar bereits und es war ein Grund mehr, mir diese Wohnung genauer anzuschauen, dennoch zauberte es ein Lächeln auf mein Gesicht.

Wir gingen ins Schlafzimmer, in dessen Mitte sich ein großes Kingsize-Bett befand, umgeben von zwei kleinen Holztischchen und einem mittelgroßen Kronleuchter an der Decke. An der rechten Wand stand ein massiver, komfortabler, aus dunklem Holz gefertigter Kleiderschrank, der auf den ersten Blick ausreichend schien. Danach warfen wir noch einen kurzen Blick ins Badezimmer mit den türkis gekachelten Wänden und der Duschnische in der hinteren linken Ecke.

Zurück im Wohnzimmer trat die Maklerin durch den Türrahmen nach draußen auf den Balkon. Ich folgte ihr und war beeindruckt von der Aussicht, die sich mir bot. Zwar war das Meer von dem Häuserblock vor uns verdeckt, dennoch liebte ich den Blick schon jetzt.

»Und was sagen Sie?«, fragte mich die Frau mit dem blauen Rock, die jetzt ihre Sonnenbrille wieder aufsetzte.

Ich war mir nicht sicher, ob ich mich nun dafür oder dagegen entscheiden musste, oder ob sie am Drücker war und die Entscheidungsmacht hatte.

»Wann kann ich einziehen?«, fragte ich plakativ scherzhaft.

»Sie sind interessiert?«

»Kann man so sagen.«

»Okay, und ab wann möchten sie beziehen?«

Beziehen, wie das klingt, *dachte ich bei mir.*

»Heute?«, fragte ich wieder mehr im Scherz und war umso mehr von ihrer Antwort überrascht.

»Okay«, sagte sie und zückte ihr Handy.

Ich sah Sie verdutzt an.

»In der Anzeige stand zwar Direktbezug, aber ich hätte jetzt nicht gedacht, dass das so wortwörtlich genommen wird.«

»Nun ja, das ist nicht unbedingt der Normalfall, aber da die Wohnung schon seit einer Weile leer steht und die Möbel sowieso drin bleiben, könnten wir es heute noch machen. Ich hab gleich noch einen Termin, würde dann ins Büro fahren und nachher einfach noch mal bei Ihnen vorbeikommen um das Vertragliche zu klären. Ich bräuchte lediglich Ihre Daten und Sie müssten vorab dieses Formular ausfüllen.« Sie zückte aus ihrer Tasche ein blaues Blatt Papier und hielt es vor mich hin.

»O-Okay, äh, in Ordnung«, stammelte ich und nahm das Blatt entgegen.

»Sie entschuldigen?«, sagte sie in meine Richtung und drehte sich mit dem Telefon am Ohr von mir weg.

Ich ging wieder nach drinnen und setzte mich auf das Sofa, um mir das Formular vorzunehmen, bis ich bemerkte, dass mir was zum Schreiben fehlte, und machte mich auf die Suche. In einer Schublade in der Küche wurde ich fündig. Ich setzte mich an den Tresen und füllte die leeren Kästchen aus. Kurz bevor ich fertig war, betrat die Maklerin wieder den Raum.

»Es ist alles geregelt. Wenn Sie so in zwei Stunden erreichbar wären?«

»Kein Problem«, sagte ich und lächelte.

Sie überreichte mir die Schlüssel, gab zum Abschied noch einmal die Hand und zog die Wohnungstür hinter sich zu.

Als sie weg war, wurde es still im Raum, sodass nur noch vereinzelte Stimmen von der Straße durch die Balkontür zu mir drangen. Ich setzte mich auf das Sofa und spürte, wie ich mich seit den letzten Stunden zum ersten Mal wirklich entspannte. Ich fühlte mich zufrieden, richtig *zufrieden. Ich hatte keine Ahnung, wie es weitergehen sollte, aber das war mir im Moment vollkommen egal. Ich war hier. Ich war am Leben. Ich war – vielleicht das erste Mal im Leben – frei.*

Nachdem ich eine halbe Stunde auf der Couch gammelte, entschied ich mich für eine Dusche. Ich zog Schuhe, Socken und die Stoffhose, die durch die Hitze an meiner Haut klebte, samt Boxershorts aus und warf alles in die Ecke. Zum Schluss knöpfte ich das verschwitzte Hemd auf und ließ es auf den Boden fallen, wobei ein kleines metallisches Geräusch erklang. Ich sah nach, worum es sich dabei handelte, und entdeckte, dass noch immer das TA-Zweitausend, das kleine Aufnahmegerät, welches mir Max in der Lobby zusteckte, in meiner Hemdtasche war. Ich holte es heraus und sah auf das leere Display. Ich drückte auf einen der vorderen Knöpfe, aber es tat sich nichts, weshalb ich es auf den Tresen zwischen Wohnzimmer und Küche legte, und ging ins Badezimmer, wo ich zu meinem Glück in dem kleinen Schränkchen unter dem Waschbecken ein Handtuch fand, sodass ich direkt in die Dusche steigen und mich unter die kühlenden Strahlen der Brause stellen konnte.

Die restliche Zeit des Wartens verbrachte ich Sonne tankend auf dem Balkon, auf den ich den Sessel aus dem Wohnzimmer schob, und suchte im Internet nach fehlenden Einrichtungsgegenständen.

Kurz nach drei klingelte es und wenige Sekunden später stand die Maklerin wieder in meiner Tür. Noch immer roch sie nach dem süßlichen Duft, trotz der kleinen Schweißflecken, die ich unter ihren Achseln entdecken konnte. Ich bat sie herein, wobei wir dieses Mal auf den Händedruck verzichteten, und stellte mich an den Tresen. Sie holte den Mietvertrag aus ihrer Tasche und legte ihn vor mir ab.

»Sie müssen nur unterschreiben und schon können Sie mich aus ihrer Wohnung werfen«, sagte sie scherzhaft und hielt mir einen Kugelschreiber hin.

Wahrscheinlich landete sie gerade den größten Coup überhaupt und hatte im Büro bereits von dem Idioten erzählt, der ihr in die Falle gegangen war und das alte, runtergekommene Apartment in der Neunzehnten beziehen würde. Mir war das egal. Es war praktisch, es war Venice und es war sofort möglich, einzuziehen, sodass ich nicht erst die Nacht in irgendeinem Hotel verbringen musste.

Ich las mir die wichtigsten Daten durch, verzichtete auf das Kleingedruckte und unterschrieb auf der letzten Seite. Die Maklerin bedankte sich, gab mir einen Durchschlag des Vertrags und war so schnell wieder verschwunden, wie sie gekommen war.

Ich ging zurück auf den Balkon und zündete mir eine Zigarette an. Unten sah ich, wie sie auf ihren High Heels aus der Haustür kam, in ihr Auto stieg und davon bretterte. Ich setzte mich in meinen Sessel und starrte in den blauen wolkenlosen Himmel. Als ich aufgeraucht hatte, warf ich den Stummel in den leeren Blumentopf neben mir und schloss die Augen. Ich dachte an Ron, an die Jungs, den pummeligen Kerl, an Pokerface, Fiona und das rothaarige Mädchen. An Detective Proder und das junge Paar aus dem Motel.

Eine innere Zufriedenheit überkam mich und ich genoss die Wärme auf meiner Haut. Dann dachte ich an mein altes Leben, da unten, zurückgelassen in der Lobby des Bellagio.

Ich beende den letzten Satz und habe Tränen in den Augen. Und das sind nicht unbedingt Tränen der Trauer oder Verzweiflung. Vielleicht kann man an dieser Stelle auch nicht von Freudentränen sprechen, aber irgendwas dazwischen lässt mich doch ganz positiv gestimmt sein.

Ich rolle das Plakat wieder zusammen und stehe auf. Zeit, mich von meinen Freunden zu verabschieden.

Danke [23:43]

Die Scheune, denke ich mir. *In der Scheune müssen sie sein.*

Nachdem ich das ganze Haus abgesucht habe und noch immer nicht fündig geworden bin, gehe ich nun nach draußen über den Hof und betrete die Scheune durch das riesige, offenstehende Tor. Irgendwo müssen Olli und Jan ja stecken und mir ist es gerade enorm wichtig, noch einmal *danke* zu sagen. Ich stehe nun in dem hell erleuchteten Raum, in dem sich weitere zahlreiche Partygäste befinden, und halte Ausschau nach meinen beiden Musikerkollegen.

»Jan!«, rufe ich erleichtert, als ich diesen endlich mit einem Mädchen redend stehen sehe.

Ich gehe auf die beiden zu. Jan dreht sich um.

»Danke, Alter«, sage ich nur und falle ihm nun doch um den Hals.

Jan weicht demonstrativ einen Schritt zurück. »Was ist mit dir denn los?«, sagt er eher verwundert als verärgert.

Ich drücke mich noch einmal fester an ihn und lasse ihn schließlich los. Das Mädchen, mit dem er eben noch sprach, schaut verlegen in ihr Glas, das sie in der Hand hält.

»Ihr seid echt die Besten, wisst ihr das?«

»Ähm, klar.« Jan zwinkert dem Mädchen zu. »Das ist Carlo, der Grund für diese Veranstaltung hier.«

Das Mädchen nickt erfreut und hält mir die Hand hin. »Cool, ich bin Eleonore.«

»Freut mich«, erwidere ich ihren Händedruck und wende mich direkt wieder an Jan. »Weißt du, wo Olli steckt?«

»Keine Ahnung. Der könnte am Pool abhängen.«

Ah ja, der Garten. Diesen habe ich bei meiner Suche bisher noch ausgelassen. Die Befürchtung, noch einmal auf Leila zu treffen, war einfach zu groß.

»Dann lass ich euch mal weitermachen bei, was auch immer ihr macht.« Ich lächle und drehe mich zum Gehen.

»Ganz schön verstörend«, kommentiert Jan meinen plötzlichen Auftritt und ebenso spontanen Abgang.

Ich schaue kurz zurück, hebe den Daumen und gehe Richtung Ausgang. Auf dem Hof ist die Besucherzahl noch gestiegen. Ein paar wenige bekannte Gesichter kann ich ausmachen, konzentriere mich aber lieber wieder auf meine Suchaktion, um meine Dankaktion abzuschließen.

Ich will gerade nach rechts abbiegen, um wieder zum Hauseingang zu gelangen, da höre ich es hinter mir rufen.

»Carlo! Caarlooo!«

Erst denke ich, mein Gehirn spielt mir bei der Stimmenzuordnung einen Streich, aber als ich mich umdrehe, um mich von diesem Irrtum zu überzeugen, stellt sich der Irrtum als Irrtum heraus.

»Super, dass wir dich gefunden haben.« Mein Dad scheint ganz außer Atem.

Meine Mutter daneben ebenso.

Und Tome zündet sich erst einmal eine Kippe an.

Bin ich wach? Habe ich geschlafen? *Hatte* ich geschlafen? Wo bin ich? Ist das … meine Familie? Diese Gedanken scheinen hier besser hinzupassen als noch heute Morgen an diesem Ort.

»Was macht ihr denn hier?«, frage ich nach kurzer Schockstarre völlig perplex.

»Ach, Carlo. Es ist alles so tragisch.«

Ganz neue Erkenntnis, Paps, denke ich, sage es aber nicht.

»Als du aus der Wohnung gestürmt bist, hat es bei mir Klick gemacht.«

»Na?«, schaut meine Mutter ihn skeptisch an.

»Bei *uns*. Hat es bei *uns* Klick gemacht.«

»Na?«, wirft nun Tome ein, der weiterhin im Hintergrund bleibt.

»Okay, okay. Die Erkenntnis kam nicht direkt. Erst haben wir noch eine ganze Weile weiter gestritten. Wir haben uns angeraunzt, beleidigt, Vorwürfe gemacht. Doch bei all der Streiterei haben wir zumindest vergessen, ebenfalls rauszustürmen.«

Ich blicke meinen Dad fragend an. Er war noch nie der beste Geschichtenerzähler.

»Wie dem auch sei. Wir haben uns angeschrien, als dein Bruder lauter schrie.«

Wieder schaue ich – noch skeptischer – zu meinem Dad.

»Was ich damit sagen will: Tome hat uns den Kopf gewaschen.«

Ich schaue zu Tome, welcher mich nickend angrinst.

»Was soll das heißen?«, frage ich verunsichert.

»Dass dein Bruder recht hat«, schaltet sich nun meine Mutter ein. »So kann es nicht weitergehen. Diese Familie hat genug erlebt und wir haben beschlossen, dass das reicht.«

»Beschlossen?« Ich weiß gerade wirklich nicht, was hier abgeht.

Ich habe mir ja schon gedacht, dass hier Leute aufkreuzen, die ich nicht erwarten würde. Aber meine Eltern samt Tome?

»Wir haben fast fünf Stunden miteinander geredet, Carlo. Ich weiß nicht, wann ich zuletzt so lange mit jemandem überhaupt in einem Raum war.« Meine Mutter lacht. »Wir haben also geredet und geredet und Tome hat uns klargemacht, dass wir so nicht für die nächsten drei Jahre auseinander gehen können. Um es kurz zu machen, also-«

»Wir haben uns versöhnt«, wirft Tome von hinten ein.

»Ihr habt *was*?« Ich fühle mich wie im falschen Film. Ob er gut oder schlecht ist, kann ich noch nicht sagen.

»Nun ja, wir werden jetzt nicht gleich zusammen ins Disneyland fahren, aber wir haben zumindest beschlossen, Waffenstillstand zu halten.«

»Und das einfach so?«, frage ich noch immer höchst skeptisch.

»Als du mich heute im Restaurant aufgesucht hast, das war eine Art Schlüsselerlebnis, weißt du? Aus den Augen, aus dem Sinn, schon klar. Aber als du dann heute vor mir standst, da wurde mir eins klar: eine Scheiß*pferdefigur*?«

Aus irgendeinem Grund verstehe ich sofort, was er meint.

»Wir können unser Leben doch nicht danach ausrichten, was der eine getan oder nicht getan hat. Es geht doch um so viel mehr. Ich gebe zu, es hat etwas gedauert. Ich bin zurück in die Galerie und mich ließ dieser Gedanke nicht mehr los. Ich hatte keine Ahnung, was ich tun oder nicht tun sollte, aber irgendwie wusste ich, dass da was war. Und als du dann weg warst aus der Wohnung und Mom, Dad und ich uns so richtig zofften, da wurde es mir irgendwie immer deutlicher. Wir müssen doch zusammenhalten. Oder zumindest sollten wir aufhören, uns belanglose und völlig sinnfreie Anschuldigungen um die Ohren zu werfen. Du gehst, Carlo, und leider muss es oftmals erst zu tragischen Ereignissen kommen, dass man was kapiert, aber immerhin hab ich es kapiert und meine neuen Erkenntnisse versucht, an unsere Eltern zu übermitteln.«

»Und dein Bruder konnte schon immer überzeugend sein«, lächelt jetzt meine Mutter. »Wir haben alles genau aufgeschlüsselt. Was war der Grund, warum wir hier saßen? Und was der Grund dafür wiederum? Und der Grund zuvor und der davor und so weiter und so fort. Wie gesagt, in fünf Stunden kann dann so einiges passieren. Und nun ja ...«

»Wir konnten es, so gut es ging, klären. Keine Angst, wir werden keine Familientherapie anfangen oder im Gefängnis peinliche und theatralische Familienfeiern veranstalten. Aber du sollst wissen, dass es okay ist.«

»Und dann sind wir direkt ins Auto gestiegen und hierhergefahren, um dir das mitzuteilen und uns *richtig* von dir zu verabschieden.«

Ich bin noch immer in Schockstarre. Da steht sie nun: meine zerstrittene und aufs Blut verhasste Familie. Und sie stehen da als *Familie*.

Mein Dad ist als Erster dran, was vor allem daran liegt, dass er mir gerade am nächsten – also geografisch gesehen – steht. Ich falle ihm um den Hals und sage einfach nur *danke*. Danach kommt meine Mutter. Emotionales ist ja nicht so ihr Ding, aber in diesem Moment scheint sie wohl über alle Hürden, Schatten und was weiß ich zu springen und nimmt mich in den Arm. Bei genauerer Betrachtung würde ich sogar behaupten, eine kleine Träne in ihrem Auge zu entdecken, aber halten wir den Ball mal flach.

Jetzt stehe ich vor Tome und sage aus vollem Herzen: »Danke, *Bruder.*«

Auch wir umarmen uns.

»Ich danke *dir*«, erwidert dieser und wir verstehen beide auch ohne Worte, wie es gemeint ist.

So stehen wir nun eine Weile schweigend und irgendwie peinlich berührt da. Die Leute laufen an uns vorbei und wissen nicht so recht, wie sie unsere Situation deuten sollen. Vier erleichterte und nachdenkliche Gesichter an vier regungslosen und irgendwie erschöpften, aber doch euphorisierten Körpern.

Nachdem ich mich wieder einigermaßen gefasst habe, frage ich schließlich, woher sie denn von der Party wussten.

»Hast du heute schon mal ins Internet geschaut?«, fragt Tome mit Blick auf den mehr als gefüllten Hof vor dem Haus.

Weiter drüben erkenne ich, wie aus einem tiefergelegten Sportwagen dumpfe Bässe erklingen und sich die Leute drumherum eine eigene kleine Partyzone geschafft haben. Ich zucke nur mit den Schultern und lache.

»Da hat Olaf ganze Arbeit geleistet.«

»Absolut.«

Ich blicke mich weiter um und auf einmal sehe ich, wie sie durch den Hauseingang nach drinnen verschwindet. Das hier ist gerade das pure Glück und dennoch will ich meine Chance nicht verpassen.

»Ihr bleibt noch?«, frage ich kurzerhand.

»Du, wir wollten-«

»Super«, unterbinde ich die Ausflüchte meines Dads und verweise auf die Scheune. »Da könnt ihr euch was zu trinken holen. Wir sehen uns, ja? Hab was Wichtiges zu erledigen.«

Ich schaue demonstrativ auf die Uhr und bemerke, dass es eine Minute vor Mitternacht ist. Ich freue mich, dass dies die letzte Aktion an meinem vorerst letzten Tag in Freiheit war. Zeit, den neuen Tag mit dergleichen fortzusetzen. Ich wende mich von meiner Familie ab und gehe Richtung Hauseingang. In der Tat habe ich was Wichtiges zu erledigen.

Ihr hinterher.

Erkenntnisse [00:01]

Würde ich mich hier in einem Kitschroman oder einer Rosamunde-Pilcher-Verfilmung befinden, würde ich behaupten, ihren Duft noch Meter hinter ihr wahrzunehmen und sie auf dieser olfaktorischen Spur zu verfolgen. Nüchtern betrachtet, riecht es allerdings mehr nach Schweiß, Alkohol und kaltem Zigarettenrauch, was dem Ganzen aber keinerlei Abbruch tut. Kurz vor dem Durchgang zum Garten hole ich sie ein.

»Marie?«, frage ich, obwohl ich genau weiß, wer da vor mir steht.

Sie zuckt kurz zusammen, setzt aber, nachdem sie mich erkennt, sofort wieder ihr schönstes Lächeln auf.

»Wow, der Stargast des Abends begrüßt mich höchstpersönlich.«

»Soll jeder auf seine Kosten kommen hier.«

Was vorhin mit Olivia erst noch ins Rollen gebracht werden musste, funktioniert mit Marie von Anfang an einwandfrei. Obwohl wir uns erst vor knapp fünfeinhalb Stunden kennengelernt und seitdem etwa zwei Minuten miteinander gesprochen haben, fühle ich mich ihr in diesem Moment näher als irgendwem sonst.

»Schön, dass du gekommen bist.«

»Klar, bei so einer netten Einladung.« Abermals grinst sie und ich bin mir nicht sicher, wie ich das genau zu deuten habe.

»Und du hast an so einem Abend unter der Woche nichts Besseres zu tun, als dich mit einem Wildfremden irgendwo weit draußen in der Prärie zu treffen?«, frage ich gezielt stichelnd.

»Sollte ich denn?«, kontert sie bravourös.

»Keine Ahnung, aber ich freue mich über deine Entscheidung.«

»Kannst du auch.« Sie sieht mich verlegen an. »Manchmal sollte man dem Schicksal eine Chance geben, oder?«

»Dem Schicksal?«

Schon wieder dieses Stechen, dieses ungute Gefühl bei der ganzen Sache hier. Es ist einfach nicht fair und dennoch fühlt es sich gut an. Da fragt man sich doch, inwiefern Fairness dem Guten entgegenspielt.

»Außerdem schuldest du mir schließlich noch eine Antwort«, unterbricht Marie meine Zweifel und versucht wohl selbst dem Gewicht ihrer letzten Worte eine gewisse Leichtigkeit zu verpassen.

Ich blicke sie schief an.

»Wohin die Reise geht.«

Wieso nur alle immer wissen wollen, was man *danach* macht. Ich habe manchmal das Gefühl, die Leute haben verlernt, den Moment, das Hier und Jetzt zu genießen und voll auszuschöpfen. Immer will man wissen, wie es weiter geht, was später kommt. Gedanklich sind wir uns selbst immer drei Schritte voraus. In diesem Fall allerdings ist es vielleicht verständlicher. Und hinzukommt, dass ich selbst Furcht vor der Antwort habe. Nichtsdestotrotz bleibe ich ihr vorerst die Antwort schuldig.

»Ich würde sagen, erst einmal in den Garten?« Ich zwinkere und deute vor uns nach draußen.

Marie nickt und geht mir voraus. Ich werfe einen kurzen Blick an die Bar rechts neben uns, aber keine Spur von Leila. Allerdings ist auch Olli nirgends auszumachen. Plusminus Null würde ich also sagen.

Wir gehen zur Bar und bestellen uns jeweils einen Cocktail. Marie nimmt irgendwas Blauschimmerndes, ich dagegen lege in Anbetracht der vorherigen Nacht nur Wert auf den Verzicht von Alkohol. Ich gehe voran und lasse mich abseits des Pools in der Wiese nieder. Zwar füllt sich die Party, das Haus, der Pool, der Garten kontinuierlich, aber hier im hinteren Teil des Gartens lichtet sich das Feld etwas. Marie setzt sich zu mir und wir stoßen an.

Was in den nächsten dreißig, fünfundvierzig Minuten passiert, lässt sich gar nicht so einfach in Worte fassen. Aber ich versuch's mal damit: wir verbringen Zeit. Eigentlich ein komischer Ausdruck – Zeit *verbringen*. Wo bringt man sie denn hin? Wo nimmt man sie sich überhaupt her? Und was ist der Sinn bei dem Ganzen? Aber genau das macht es aus: der Sinn liegt in dem Hier und Jetzt, in dem Moment. Kein *Was kommt danach? Wie geht es weiter? Was ist jetzt geplant?* Nein, wir reden einfach nur. Über Ernstes, Belangloses, Witziges, Trauriges, Kurioses, Vergangenes, Zukünftiges. Hin und wieder kommt jemand zu uns rüber oder prostet uns von Weitem zu. Aber beinahe schon perfekt eingespielt werden wir die ungebetenen Gäste schleunigst wieder los. Denn wir beide scheinen das Gleiche zu wollen: Zeit verbringen.

Marie erzählt mir von ihrer Liebe zu Tieren, ihrer Abneigung gegen Rassismus und Diskriminierung jeglicher Art, ihrer Familie, dem nicht so einfachen Bruder und der teils schon cholerischen Mutter, ihrer Lust am Reisen und dabei insbesondere ihrer Vorliebe für die USA, was uns spätestens beim Thema Kalifornien direkt auf einen Nenner kommen lässt. Ich berichte ihr von meiner paradiesischen Erfahrung in Venice, von Olli und Jan und natürlich Olaf, meiner alles anderen als einfachen Familie und dass ich Rassisten auch nicht gerade prickelnd finde. Nur meine unmittelbaren zukünftigen Pläne vermeide ich vehement. Irgendwie finde ich das Thema gerade fehl am Platz.

Und dann geschieht es. Es geschieht einfach. Zuerst nimmt sie, als ich gerade von unserem speziellen Gig in Pinneberg erzählen möchte, einfach nur meine Hand, lässt sie nicht mehr los. Und dann führt eines zum anderen. Erst küssen wir uns nur leicht. Ich spüre ihre zarten Lippen auf meinen und schmecke ganz leicht den blauschimmernden Alkohol auf ihrer Zunge. Es ist magisch – und ja, ich weiß, wie kitschig das klingt, aber ein anderes Wort erscheint mir irgendwie unpassend. Eine Frau wie Marie zu küssen, ist etwas völlig anderes, als auf irgendeiner Party mit irgendeinem Mädchen rumzumachen. Marie lässt ein Gefühl in mir entstehen, das ich zwar ansatzweise in einigen Situationen meines Lebens bereits erahnt, aber nie in dieser Fülle wahrgenommen habe. Es ist – auf die Gefahr hin, mich zu wiederholen – *magisch.*

Und plötzlich bricht sie ab, kichert und deutet auf die Sträucher hinter uns. Zuerst begreife ich nicht, was sie mir damit sagen will, aber als sie aufsteht und mich mit sich zieht, wird es mir klar.

Auch *Liebemachen* ist so ein Begriff, den ich nie ganz verstanden habe. Liebe ist doch nichts, was man *machen* kann. Man kann lieben, klar, aber Liebe produzieren oder gar aktiv dazu etwas beisteuern, dass Liebe überhaupt entsteht, hielt ich schon immer für einen Irrsinn dieser Menschheit. In diesem Moment allerdings begreife ich zumindest ein Stück weit, was es damit auf sich hat. Ich kann und will von Marie – eine Frau, mit der ich weniger Zeit verbrachte, als mit meinem Pneumologen – nicht als meine *Liebe* sprechen. Aber dennoch gibt es einen elementaren Unterschied zwischen Sex und dem hier besagten *Liebemachen*. Zwischen uns entsteht hier etwas, das allerhöchstens ein sturköpfiger Realist als irgendeinen chemischen Prozess beschreiben würde. Auch, wenn von *Liebe* keine Rede sein kann, so lieben wir uns dennoch in diesem Moment mehr, als ich es in den letzten Jahren verspürt habe. Wir *machen* Liebe, es entsteht etwas. Dass dies keine Zukunft hat, ist im Hier und Jetzt völlig belanglos. Auch die Art, *wie* wir es tun, ist absolut nebensächlich. Ich erinnere mich an tausend Situationen, in denen ich krampfhaft über das gerade Erlebende nachgedacht habe und mir immer wieder die Frage stellte, ob ich denn alles richtig machte. Mit Marie ist es anders. Ich – um nicht sogar zu sagen, *wir* – lasse mich fallen. Womöglich ist genau das das Ergebnis, wenn *Zeitverbringen* und *Liebemachen* in ihrer reinsten Form zusammenkommen. Und sind wir mal ganz ehrlich: wenn zwei undefinierbare Dinge, deren unverfälschte Form beinahe schon als Anomalie bezeichnet werden könnte, in einer absoluten Symbiose miteinander vereint werden, dann würde mir doch jeder Wissenschaftler, Philosoph und Romantiker zustimmen, wenn ich von einer Art *Magie* spreche.

Erschöpft liege ich nun neben ihr. Marie hat ihren Kopf auf meiner Brust, mein Arm ist eng um sie geschlungen. Hier hinten hinter den Büschen sind wir ungestört. Die lauten Geräusche der Party dringen nur schleierhaft zu uns hindurch. Aus ihrer Handtasche pfriemelt Marie eine verbeulte

Schachtel Zigaretten und zündet sich eine an, die sie mir nach ein paar kurzen Zügen weiterreicht. So liegen wir nun rauchend wort- und kleiderlos nebeneinander im Gras und schauen uns den Sternhimmel an. Wie in diesem Lied Anfang der Zweitausender. Hab nie verstanden, was der Sänger damit meinte. Jetzt schon. Ein erkenntnisreicher Abend also.

Verabschiedung [01:10]

»Du wirst mich hassen.«

Noch immer liegen wir nackt neben- und aufeinander. Ich streichele ihre Armbeuge, sie meine Brust. Als ich gerade den letzten Zug unserer gemeinsamen Zigarette nehme, bricht Marie mit diesem Satz das Schweigen.

»Hassen?« Ich lache. »Glaub mir, ich habe gerade sehr viele Gefühle in mir, aber Hass zählt eindeutig nicht dazu.«

»Ich hab dich gewarnt, ja?«

Ich hebe meinen Kopf und bin leicht verunsichert.

»Ich werde jetzt das Unromantischste tun, das du dir nur vorstellen kannst, aber es geht nicht anders.« Sie lächelt verlegen.

Ich werde nun doch etwas unruhig und weiß nicht so recht, wie ich damit umgehen soll.

»Ich muss auf Toilette.« Sie lacht los und mich zieht es mit. »Tut mir ehrlich leid, aber ich kann dieses Geheimnis nicht länger vor dir verbergen«, sagt sie nun gespielt verschwörerisch.

»Ich wusste, es muss einen Haken geben.« Ich grinse sie an und wir erheben uns.

Nachdem wir unsere verstreuten Klamotten zusammengesucht und wieder an den Mann beziehungsweise die Frau gebracht haben, ducken wir uns unter dem Gestrüpp vor uns hindurch und stehen nun wieder sichtbar für alle auf der Wiese neben dem Pool.

Das Ausmaß der Party scheint keine Grenzen zu haben. Wieder sind es mehr Leute geworden. Von drinnen dringt nun metallastige Musik nach draußen. Der Pool bietet kaum noch Platz für weitere Badegäste. Der Vorteil ist, dass man in so einem Durcheinander ganz gut unbemerkt bleiben kann. Anonym in der Masse sozusagen.

Marie gibt mir einen flüchtigen Kuss auf die Wange und verschwindet im Durchgang zum Haus. Ich bleibe stehen und muss noch ein wenig verarbeiten, was gerade geschehen ist. Plötzlich rempelt es mich von der Seite an.

»Alter, da bist du ja endlich. Wo warst du denn die ganze Zeit?« Olaf legt brüderlich seinen Arm um mich.

»Äh, ich, also, ähm, ich hab Zeit verbracht«, sage ich unsicher und befreie mich aus seinem Griff.

»Dann hoffe ich, du hattest gute Gesellschaft?«

»Kann man so sagen. Marie ist aufgetaucht.« Ich grinse über beide Ohren.

»Marie?«

»Die Elbe-Marie?«

»Ah, ach so, wow, cool.« Olaf scheint die Zeit meiner Abwesenheit intensiv genutzt und schon ein paar Getränke intus zu haben. »Uuund?«, fragt er mit langgezogenem *U* und einem nicht gerade dezenten Unterton.

Unter anderen Umständen würde ich eher eine Doku über asiatische Arthouse-Filme in Dauerschleife sehen, als ihm von Marie und mir zu erzählen, aber es sind nun mal nicht andere Umstände. Außerdem habe ich nicht das Gefühl, dass ich mich für irgendetwas zu schämen brauche. »Du hast doch gesagt, dass es egal ist, ob Meer oder Pool, richtig?«

»Wie meinst'n das?« Olaf ist interessiert, aber doch etwas begriffsstutzig.

»Ach, nicht so wichtig.«

»Nee, sag mal.«

»Na, du hast doch den ganzen Tag schon diese blöde Liste im Kopf. Und jetzt setze ich mich mit vollem Einsatz für sie ein und du hast keine Ahnung, worüber ich spreche?«

»Du meinst ...?« Olaf schaut verblüfft zum Pool.

Ich schüttele den Kopf und deute auf die Sträucher hinter mir.

»Du Tier«, entfährt es Olaf. »Klar zählt das in Anbetracht der Situation.« Er nimmt einen Schluck aus seiner Bierflasche, die er lässig in der Hand hält. »Und? Wie ist Olivia so?«

»Olivia?«

»Scheiße, bin ich echt schon so betrunken?« Olaf schaut gespielt auffällig auf die Flasche in seiner Hand. »Aber das war doch Olivia, mit der ich dich vorhin allein gelassen habe, oder etwa nicht?«

»Ja, das schon. Aber glaube mir, Olivia ist nicht verantwortlich für dieses Gefühl.« Ich grinse und zeige dabei demonstrativ auf mein strahlendes Gesicht.

»Okay ... Wer dann?«

»Du erinnerst dich, dass ich dir eben von Marie erzählt hab?«

»Du meinst die Kleine von der Promenade heute? Mit der hast du ...?«, fragt Olaf nun ehrlich verblüfft und symbolisiert das ausgelassene Wort mit einer unmissverständlichen Geste seiner Hände.

»Carpe diem, mein Freund.«

»Irgendwas mache ich falsch.« Olaf lacht und legt nun seinen Arm wieder um mich. »Zwei Dates an einem Abend, gestern das Gleiche, Mann, Mann, Mann.«

Ich verstehe nicht, was er meint.

»Na, die Asiatin und ihre kräftige Freundin. Weißt du nicht mehr, dass du gestern schon mal mit zwei Bräuten hier am Start warst? Muss wohl an der Gegend liegen.«

»Scheiße, du hast recht.« Ich erinnere mich an die Erzählungen der Rezeptionistin von heute Morgen. Von den beiden Mädchen von gestern Nacht fehlt wiederum noch immer jegliche Erinnerung. Vielleicht ist das auch ganz gut so.

»Findest du nicht auch, wir sollten langsam verschwinden? Zu wenig Zeit, um an einem Ort zu verweilen.«

Olaf hat recht. Die Party war, die Party *ist* toll, aber man soll ja schließlich gehen, wenn's am schönsten ist.

»Ich will mich nur noch schnell von Marie verabschieden.«

Zwar schmerzt es mich sehr, sie jetzt alleine zu lassen und unter normalen Umständen würde ich alles daran setzen, mit ihr jede verbleibende Sekunde zu verbringen, aber besser ist es wohl, ihr die Wahrheit zu sagen und dann schnellstmöglich von hier abzuhauen. Olaf scheint da allerdings anderer Meinung.

»Lass es.«

»Wie bitte?«

»Meinst du nicht, es ist besser, das Ganze hier ohne große Erklärungen zu beenden?«

»Ich soll mich einfach so klammheimlich verdrücken?«

»Willst du erst Tschüss sagen und dich dann feige vom Acker machen? Was soll das bringen?«

Und schon wieder scheint Olaf recht zu haben. Ich denke über seine Worte nach und komme zu dem Schluss, dass meine Variante wohl nicht gerade einfühlsamer ist. Wenn sie es wirklich will, wird Marie heute Abend sowieso noch erfahren, was der Grund dieser Feier ist, und dann soll sie mich lieber so hassen, als meinen mitleidigen Blick ertragen zu müssen.

»Aber zuerst muss ich noch Olli finden«, verleihe ich meiner Entscheidung Nachdruck.

»Das ist kein Problem. Der ist in der Küche und nimmt an irgendeinem Saufwettbewerb oder -spiel oder so teil.«

Ich nicke und lasse Olaf den Vortritt.

In der Küche angekommen, entdecke ich meinen Bandkollegen, wie er gerade versucht, einen Tischtennisball in ein paar wahllos auf dem Küchentisch stehende Pappbecher zu treffen. Als der Ball danebenfliegt, ertönen Seufzer der umherstehenden Zuschauer. Sein augenscheinlicher Gegner nimmt nun den Ball und trifft kurzerhand einen der Becher, die wiederum vor Olli aufgestellt sind. Die Meute jubelt, Olli nimmt den Becher, fischt den Ball heraus und trinkt den Inhalt auf ex. Ich kapiere nicht ganz, worum es geht, mische mich aber kurz ein und stelle mich zwischen Olli und den Tisch.

»Danke, Mann«, umarme ich nun auch meinen zweiten Mitmusiker.

»Du weißt aber schon, dass das gerade kein Punkt für mich war?«, sagt dieser leicht lallend.

»Viel Spaß noch«, nicke ich ihm lächelnd zu. »Auf bald.«

»Jaja, bis später.«

Schon ist Olli wieder in sein Spiel vertieft und versucht hochkonzentriert wenigstens den nächsten Ball zu treffen. Olli und Spiele sind einfach so eine Sache.

Ich gehe also mit Olaf durch die Haustür nach draußen und lasse all die Leute buchstäblich, aber in keinster Weise im negativ übertragenen Sinne, hinter mir. Jan und Olli, Olivia, meine Eltern, Tome, Leila, viele andere Menschen, die mir weitaus weniger nahestehen und, ja, auch Marie.

Als wir aber nach draußen in die frische Nachtluft treten, hätte ich nicht gedacht, was mich da nun schon wieder erwartet.

Fata Morgana [01:17]

Erst denke ich, dass es eine Fata Morgana sein muss, wobei diese in aller Regel etwas Positives bereithalten. Das, was ich jetzt sehe, scheint mir alles andere als hoffnungsvoll oder wünschenswert zu sein.

Ich dachte eigentlich, dass es vorhin mit Olivia – bis zu dem Zwischenfall mit den ehemaligen Klassenkameraden – ganz gut lief. Nicht, dass ich mir nach der letzten Stunde mit Marie noch irgendwelche weiteren amourösen Begegnungen mit ihr gewünscht hätte, geschweige denn Hoffnungen gemacht habe, aber der Anblick, der sich mir jetzt bietet, lässt sofort alte Erinnerungen aufkommen und versetzt mich in Nullkommanichts in den eifersüchtigen und verletzten Zwölftklässler von vor zehn Jahren. Vor uns steht Olivia im Arm des leibhaftigen Wolfgang Knudersten. Ich traue meinen Augen kaum.

Ich überlege, ob ich direkt die Flucht ergreifen soll und merke, dass Olaf ähnliche Gedanken hat. Aber der Schock sitzt gerade zu tief, als dass ich mich von der Stelle bewegen könnte. Fassungslos öffne ich meinen Mund, aus dem aber nichts herauszukommen scheint.

»So sieht man sich wieder«, sagt Knudersten großkotzig. »Man sieht sich eben immer zweimal im Leben. Und bei uns ist es jetzt schon das dritte Mal an einem Tag. Ein Zeichen?«

»Answeitagen«, nuschelt Olaf hinter mir.

»Wie bitte?«, fordert Knudersten meinen Kumpanen auf, lauter zu sprechen.

»Genau genommen sind es bereits zwei Tage, da wir es längst nach Mitternacht haben«, erklärt Olaf trotzig.

Knudersten zieht die Augenbrauen hoch. Olivia und ich sehen uns nun direkt in die Augen. Ich hoffe, dass sie in meinen die Enttäuschung sieht. In ihren kann ich nur Unschuld erkennen. Bevor wir uns aber mit Worten verständigen können, kommt Knudersten uns zuvor.

»Du hast echt mehr Glück als Verstand, weißt du das?«

Ich schaue ihn mit toten Augen an.

»Dich aufzuspüren fällt nicht gerade schwer. Erst die Sache mit dem Gig und jetzt diese Party. Ganz schön naiv von dir, alle Welt im Netz hierher einzuladen, wenn du gerade flüchtig bist.«

»Wohl eher mutig«, sage ich, um nicht auch noch das letzte Bisschen Würde zu verlieren. Dass diese ganze Sache hier gar nicht auf meine Kappe geht, verschweige ich lieber.

»Wie dem auch sei«, kontert Knudersten unbeeindruckt. »Ich erfahre also kurzerhand von der Party und mache mich auf den Weg. Diesmal ohne diese Nichtsnutze von Polizeibeamten. Schöne Grüße übrigens aus dem Krankenhaus. Polizeioberwachtmeister Schulte darf sich jetzt mit einem Gips am Bein rumschlagen. Bereits deine zweite Körperverletzung heute, aber egal. Auf jeden Fall komme ich hierher, fest entschlossen, dich höchstpersönlich in den Knast zu bringen, da muss ich dir auf einmal doch dankbar sein. Denn wer läuft mir direkt auf dem Hof in die Arme? Diese entzückende Dame hier an meiner Seite.« Knudersten zieht Olivia demonstrativ noch ein Stück näher an sich heran. »Ich dachte, ich seh nicht richtig. So viele Jahre hatten wir uns aus den Augen verloren und zack, steht sie einfach so vor mir.« Knudersten lächelt, wobei dieses Lächeln alles andere als echt wirkt.

Man kann förmlich spüren, wie er seinen Triumph feiert. Aber nicht den Triumph, Olivia wieder getroffen zu haben, sondern die Genugtuung, mich damit endgültig ins Abseits zu stellen und mir nach all den Jahren ein zweites Mal etwas wegzunehmen, was ich so sehr liebte. Nicht, dass es mir gerade um Olivia geht. Auf eine Frau, die so sprunghaft wie ein brennendes Eichhörnchen ist und dann auch noch einen solch schlechten Männergeschmack hat, kann ich getrost verzichten, aber die offensichtliche Niederlage, sie schon wieder an Knudersten zu verlieren, trifft mich mehr, als ich dachte. Da wären mir Matze und Till doch lieber gewesen.

Olivia steht noch immer schweigend gegen Knudersten gelehnt und scheint gar nicht zu begreifen, dass sie womöglich unsensibel, wenn nicht gar moralisch verwerflich gehandelt hat. Knudersten genießt die Situation umso mehr und setzt nun zu seinem Finishing Move an.

»Carlo, weißt du, ich lass es gut sein. Immerhin schulde ich dir ja was für dieses Geschenk hier.« Er packt Olivia noch einmal fester an sich. »Genieß deine letzte Nacht in der freien Welt. Ab morgen muss ich dich ja definitiv länger nicht mehr sehen. Ich hab nun Besseres zu tun, als mich um dich zu kümmern. Diese Dame hat es schließlich verdient, dass man sich ausführlich um sie kümmert.« Er lächelt Olivia schmierig an, die dies auch noch erwidert.

Er weiß genau, dass er im Laufduell mit mir keine Chance hätte und er nicht im Entferntesten dazu in der Lage wäre, mich jetzt irgendwie *höchstpersönlich* in den Knast zu bringen. Also tut er das, was er schon immer am besten konnte: er mimt den Überlegenen, den Herrscher, der alles unter

Kontrolle hat und nach dessen Pfeife jeder tanzt. Er *gönnt* mir die paar letzten Stunden in Freiheit und markiert den großen Gutmenschen. Dabei will er nur die gutgläubige Olivia beeindrucken und ganz nebenbei seinen Sieg in Sachen Besitztümer betonen. Und das Schlimmste ist, dass es Olivia ohne zu zögern schluckt.

Von mir aus.

Die letzte Frau, mit der ich vor meinem Knastbesuch Zeit verbracht habe, ist irgendwo da drinnen auf Toilette. Und genau diese Frau – und womöglich *nur* diese Frau – war es auch einhundertprozentig wert. Keine Leila, nicht irgendeine Asiatin mit ihrer stämmigen Freundin und erst recht keine Olivia können das bewirken, was ich eben mit Marie erlebt habe. Allein die Erinnerung daran zaubert mir in diesem Moment mein breites Grinsen zurück ins Gesicht.

Also soll er machen.

Mit genau diesem Grinsegesicht blicke ich die beiden nun an und sage einfach nur gelassen und ehrlich: »Danke.«

Olivia und Knudersten schauen mich fragend an. Ich nicke beiden zu und deute Olaf hinter mir an, dass es nun Zeit wird, von hier zu verschwinden.

Als wir das wieder neu zu sich gefundene Liebespaar da so alleine stehen lassen, meldet sich nun doch Olivia noch einmal zu Wort: »Hätte wirklich nicht gedacht, dass du zu so etwas in der Lage bist, Carlo. Mit einem Kürbis, also wirklich.«

Tarzan [01:25]

Ich spüre, es wird Zeit. Zeit, dieses Leben für eine bestimmte Spanne zu verlassen. Es hinter mir zu lassen, zu verschwinden.

Während Olaf und ich am großen Scheunentor Richtung Parkplatz laufen, bemerke ich, wie diese Party nun vollends aus allen Rudern läuft. Auf dem Hof wird mit einem alten Luftgewehr auf leere Bierflachen geschossen, wobei immer mal wieder Gäste zwischen Gewehr und den Zielobjekten hindurchhuschen. Auch hinter den Flaschen laufen ab und zu ein paar Leute vorbei und ich habe keine Ahnung, wie lange das noch gut gehen soll. Hoffen wir mal, dass die betrunkenen Schützen noch einigermaßen gut zielen können. Das Klirren des zerbrochenen Glases und Ausbleiben der Schreie spricht dafür.

In der Scheune selbst wurde mittlerweile ein dickes Seil am Gerüst der Galerie befestigt, sodass man sich von der einen zur anderen Seite schwingen kann, was rege in Anspruch genommen wird. In gut fünf Metern Höhe spielen also ein paar alkoholisierte Lebensmüde Tarzan. Gerade kracht einer der Akteure – womöglich hat er dann doch nicht ausreichend Schwung geholt –gegen die rechte Brüstung und stürzt taumelnd auf die untenstehende Biertischgarnitur, die krachend mitsamt der Gläser, Flaschen und Teller zu Bruch geht. Anstatt erschrockener und besorgter Gesichter vernehme ich ein jaulendes Applaudieren der Umherstehenden und der Gefallene selbst reckt eine Faust in die Höhe und brüllt irgendeinen Schlachtruf in die Massen.

Olaf und ich sehen uns halb verwirrt, halb belustigt, halb schockiert an und drehen uns wieder Richtung unseres Wagens, als wir hinter uns unsere Namen hören.

»Da seid ihr ja!«

Diesen Satz habe ich heute schon einige Male vernommen, sodass ich nicht weiß, ob es etwas Gutes oder Schlechtes zu heißen hat. Bei meinen Eltern war es anfangs eher Zweiteres. Dabei fällt mir ein, dass ich mich ja noch gar nicht von meiner Familie verabschiedet habe. Wobei ich es irgendwie gar nicht ganz so schlimm finde. Besuchen werden sie mich eh hin und wieder und warum sollte das, was bei Marie funktionieren soll, nicht auch bei meiner Familie klappen?

Wir drehen uns also um und vor uns steht Frederick. Mit blutender Nase und ein paar Limettenstückchen im Haar. Jetzt weiß ich auch, wer da eben hinuntergekracht ist.

»Frederick?«, entfährt es Olaf erstaunt. »Du bist *doch* gekommen?«

Frederick grinst uns beflügelt an. »Mann, diese Party ist echt der Oberhammer. Nachdem ich im Casino alles verlor und ihr weg wart, dachte ich nicht, dass dieser Tag noch einmal so eine Wende nehmen kann.« Mit seinem blutigen Gesicht strahlt Frederick über beide Ohren.

»Ähm, also, äh, schön, dass du da bist«, sage ich unsicher, ob es Frederick wirklich gut geht.

»Wollt ihr auch mal?« Er deutet auf das Seil hinter ihm, an dem sich schon der nächste Kerl versucht. »Ist wirklich krass. Wenn du da rüber schwingst, ey, das ist fast wie fliegen. Du bist einfach nur frei, Mann. Ihr müsst das erleben.«

»Ach, du, lass mal«, wehrt Olaf locker ab. »Vielleicht ein andermal.«

»Und prinzipiell haben wir heute auch schon genug erlebt«, hake ich ein. »Aber dir viel Spaß.«

»Ihr wollt doch nicht jetzt schon abhauen?«, fragt Frederick ehrlich besorgt.

»Man soll gehen, wenn's am schönsten ist«, grinst Olaf.

»Da habt ihr auch wieder recht. Aber-«

Plötzlich ertönt ein ohrenbetäubender Lärm. Vom Garten aus kreischen die Gäste und ich befürchte das Schlimmste. Wir drei schauen uns an und ich mache mir sofort Sorgen um Marie.

Gerade will ich ins Haus stürmen, da kommt ein junger Kerl in Badeshorts durch die Tür und verkündet lautstark und sichtlich erfreut: »AUTO IM POOL! AUTO IM POOL! DAS MÜSST IHR SEHEN, IST DER WAHNSINN!«

Sofort laufen die Leute los und drängen sich durch die winzige Eingangstür um das Spektakel hautnah mitzuerleben.

Ein Mädchen, das allem Anschein nach noch etwas mehr bei Verstand zu sein scheint als ihre Begleiter, fragt den Boten von eben, ob denn jemand verletzt sei, woraufhin dieser kühl antwortet: »Waren alle draußen, war 'ne Challenge.«

Daraufhin stimmt auch das Mädchen in die *YEAH*-Rufe ein und stürmt mit den anderen durch das Haus.

»Das müssen wir uns ansehen.«

Man spürt förmlich, wie es Frederick kaum noch an Ort und Stelle hält.

»Mach du mal, wir haben noch was zu erledigen«, erteilt Olaf Frederick die Erlaubnis endlich abzuzischen.

Dieser rennt freudestrahlend und euphorisiert den anderen hinterher, während Olaf und ich nun endgültig unseren Weg zum Auto antreten.

»Haben wir?«, frage ich schmunzelnd.

»Hm?«

»Haben wir denn noch was zu erledigen?«

»Klar, möglichst schnell hier abhauen bevor die Bullen kommen.«

Ein andermal [01:35]

Ich war nie der Freund von To-do-Listen. Termine im Handy, also digital, klar. Aber Dinge auf einen Zettel schreiben, diese erledigen und am Ende mit Genuss zu streichen, ist eigentlich gar nicht mein Fall. Für alle Verfechter dieser Methode aber wäre mein jetziger Schritt eine echte Genugtuung. Ich setze den Stift an, den ich eben samt der Liste hervorgekramt habe, und streiche wohlwollend die letzten Punkte meines Tagesplans.

»Geschafft«, verkünde ich erleichtert und halte Olaf ein letztes Mal die Liste hin.

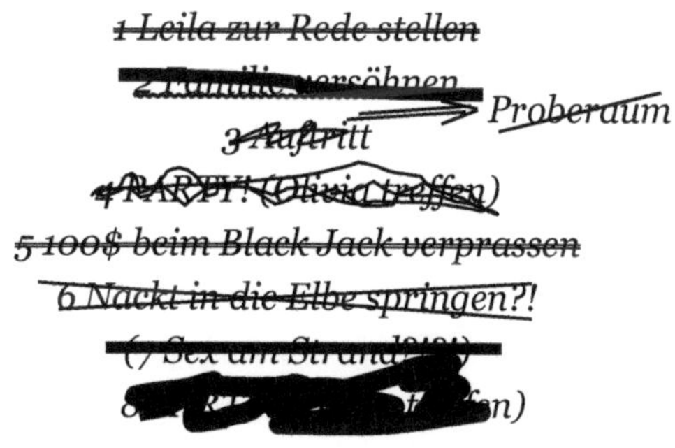

»Wir sind durch?«, fragt Olaf erstaunt, der gerade den alten Opel Kadett zurück auf die Segeberger Chaussee lenkt.

»Alles erledigt.« Ich schaue zufrieden auf die Liste und kann nicht glauben, das Unmögliche geschafft zu haben.

»Das geht nicht«, sagt mein Chauffeur nun knapp. »Wir haben noch nicht einmal zwei Uhr und du willst nix mehr zu tun haben? Das kann nicht sein, das geht wirklich nicht.«

Ich blicke Olaf schief an und gebe ihm zu verstehen, dass ich nicht recht verstehe. »Es ist ja nicht so, dass ich jetzt schon mal vorzeitig in den Knast gehe, nur weil nichts mehr auf dieser Liste abzuarbeiten ist. Aber alles, was wir uns vorgenommen hatten, ist erfüllt. Ist das nicht toll?«

»Ich weiß ja nicht.« Olaf steuert den Wagen über die Kreuzung Hummelsbütteler Steindamm Ecke Lemsahler Weg und schafft es gerade noch so bei Dunkelgrün über die Ampel.

Die Straßen sind mittlerweile ziemlich leer. In einer Stadt wie Hamburg sind sie zwar nie wirklich leer, aber im Gegensatz zu den sonst so dicht befahrenen Spuren, den Staus und dem unzähligen Gehupe kommt man sich um diese Uhrzeit wie in einer verlassenen Geisterstadt aus irgend so einem Hollywood-Horrorfilm vor. Ich schaue meinen Kumpanen von der Seite an und merke, dass er wirklich Gefallen an der Idee der Liste gefunden hat und nun in das bekannte *Was-kommt-danach-Loch* zu fallen droht.

»Wo wollen wir denn jetzt überhaupt hin?«, fragt er schließlich nach einem Moment der Stille.

»Hm, keine Ahnung«, gebe ich ehrlich zu.

Ich muss gestehen, dass auch mir diese Liste eine Art Halt und Orientierung gegeben hat und ich jetzt – nachdem tatsächlich alles erledigt ist – keinen Plan habe, was ich mit meiner restlichen Zeit anfangen soll. Eigentlich schon traurig, dass man, obwohl man so an seiner Freiheit hängt und keinesfalls diese aufgeben möchte, keine Ahnung hat, was man mit seiner kostbaren Zeit anstellen soll. Ist wie bei so einer tödlichen Krankheit: man schätzt sein Leben erst, wenn es droht, verloren zu gehen, aber wenn man wirklich nur noch einen Tag zu Leben hätte, wüsste man womöglich gar nicht, wohin mit sich, weil man so viele Ideen hätte, was man alles anstellen wollte, und somit schlussendlich zu gar nichts käme vor lauter Gedanken darüber, was, wie und wo am besten funktionierte. Und auch, wenn ich bisher einen ganz guten Plan hatte, was ich mit meinen letzten freien Stunden anfangen wollte, so hatte dies nur zum Zweck, dass ich Dinge erledigte und geraderückte, aber nicht, dass ich einfach mal die Zeit auskostete. Dies möchte ich ab sofort ändern. Und als ob Olaf meine Gedanken gehört hätte, schaltet er plötzlich zum ersten Mal an diesem Tag das Radio ein.

Lieder haben für mich eine ganz besondere Bedeutung. Immer wenn ich eine Melodie, einen Text, ein Intro oder was auch immer höre, bringt es mich sofort in die Zeit zurück, in der ich das Album kaufte und es exzessiv hörte. So gibt es Platten, die mich eindeutig an ein bestimmtes Weihnachtsfest erinnern, obwohl die Platte an sich und die einzelnen Lieder darauf sommerlicher kaum sein könnten. Tiefster Punk erinnert mich an eine wohlbehütete Kindheit, härtester Rap an meine Zeit als freiwilliger Helfer in der Kirchgemeinde. Und so ist es nicht verwunderlich, dass die Melodie, die das Radio in diesem Augenblick spielt, mich sofort in eine ganz besondere Nacht zurückversetzt.

Es war im Sommer des letzten Jahres. Ich war mit Leila, Olaf und dessen Cousin in der Innenstadt unterwegs, als wir spätabends an einem Hotel vorbeikamen, das uns sofort faszinierte. Wir waren in einer Ecke Hamburgs unterwegs, die zwar allen bekannt war, aber keiner von uns wirklich kannte, sodass wir nach dem geplanten Kinobesuch ziellos durch die

Straßen zogen. Das Hotelgebäude fiel uns sofort durch seine Unauffälligkeit auf. Letztendlich war es nur eine alte Holztür in einer Häuserwand von angereihten Backsteingebäuden. Aber irgendetwas hatte diese Tür und das dahinter verborgene Hotel an sich, das uns kurz innehalten und schwärmen ließ. Nüchtern betrachtet, ist das natürlich Quatsch, da wir ohne Probleme in das Gebäude hätten gehen können. Aber irgendetwas hielt uns davon ab. Und ich weiß noch, wie Olafs Cousin die magischen Worte *ein andermal* sprach und wir stillschweigend übereinstimmend weiterzogen. Auf der Heimfahrt dann in der Bahn drehte so ein Halbstarker seine Bluetooth-Box auf, sodass alle drumherum sitzenden Fahrgäste einschließlich uns unweigerlich seinem Musikgeschmack ausgesetzt waren. Prinzipiell bin ich kein Freund solcher Aktionen, aber in diesem Moment störte es mich und meine Begleiter keineswegs. Und genau damals in der Bahn auf dem Nachhauseweg lief exakt das gleiche Lied, wie es soeben in Olafs Autoradio erklingt.

»Zur Bar.«

Verständlicherweise blickt Olaf mich ziemlich überrascht an.

»Weißt du noch, die Hotelbar nach dem Kino? Mit Leila und deinem Cousin?«

»Freddy? Oder meinst du Bodo?«

»Keine Ahnung, wie viele Cousins hast du denn?«

»Einige.« Olaf bugsiert den noch immer lichtlosen Kadett mit gut achtzig Sachen über den Maienweg.

»Ich mein das Portugiesenviertel, wo wir das kleine Hotel sahen und die Bar im ersten Stock.«

»Ach, verstehe, ja. Und was ist damit?«

»Genau da will ich jetzt hin.«

»Na, ob die noch offen hat.«

»Nee, nee«, erheb ich szenisch meinen Zeigefinger. »Die Liste hab ich feinsäuberlich abgearbeitet. Jetzt bestimme ich, wo es lang geht und das führt uns direkt in diese Bar.«

»Aye aye, Captain«, salutiert Olaf und biegt just nach links auf die Bundesstraße.

Nach gut zwanzig Minuten parken wir in der Karpfangerstraße, nur ein paar Meter unseres Zielortes entfernt. Ich bin immer wieder über Olafs Orientierungskünste erstaunt. Gerade eben wusste er noch nicht einmal, dass wir hier schon einmal waren, aber sobald die Location in sein Gedächtnis zurückkommt, findet er ohne jegliches Navigationssystem die passende Adresse.

Wir steigen aus und laufen die Straße entlang. Ich liebe die kleinen und engen Straßen und Gassen hier und fühle mich sofort in die Begebung von vor einem Jahr zurückversetzt. Gerade jetzt, wo kaum noch Menschen auf der Straße unterwegs sind, hat das hier alles etwas sehr Heimliches und man vergisst für den Moment komplett, dass man sich in einer Millionenmetropole befindet.

Wir bleiben vor dem Backsteinhaus mit der Nummer zweihundertsechzehn stehen und erkennen freudig, dass im ersten Stockwerk noch Licht brennt. Seit unserem Streifzug von vor einem Jahr hat sich nichts verändert. Noch immer bildet die unscheinbare Holztür einen Kontrast zu den typischen Eingängen der anderen Häuser. Auch die Fensterläden an den rostbraunumrahmten Fenstern stellen eine Einzigartigkeit dar und strahlen sofort etwas Gemütliches aus. Die kleine Lampe, die über dem Eingang brennt, flimmert und spendet notdürftig etwas Licht für die ein- und ausgehenden Gäste des Hotels.

Wir treten ein und gehen die schmale Treppe, die einen unweigerlich in den Rezeptionsbereich führt, nach oben und bemerken, dass der Platz hinter dem Tresen mit dem darauf befindlichen Computer leer ist. Dahinter sehen wir den Eingang zur Bar, die uns vor einem Jahr von draußen durch das Fenster so angesprochen hat. Kurzerhand und ohne groß nachzudenken, stoße ich die Tür auf und befinde mich nun in dem kleinen, gemütlichen Barbereich. Wobei *Bar* wohl etwas übertrieben ist, da es sich lediglich um einen L-förmigen Tresen handelt, vor dem ein paar Barhocker stehen. Rechterhand befinden sich zwei kleine Tische mit jeweils vier Sitzgelegenheiten in Form zweier Sitzbänke drumherum. Da ich so fasziniert von dem Ambiente bin, bekomme ich erst jetzt mit, dass sich auch Menschen in dem Raum befinden.

»Herzlich Willkommen.«

Der Typ hinter dem Tresen ist schätzungsweise Ende zwanzig und sieht alles andere als ein typischer Barkeeper aus. Allerdings hängt ein Wischtuch lässig über seiner linken Schulter, was für mich schon immer ein eindeutiges Zeichen dieses Berufsstandes ist.

»Hallo«, sage ich zögerlich.

Vor dem Tresen sitzt ein junges Mädchen, die, wenn es hoch kommt, gerade einmal volljährig ist. Daneben ein weiteres Mädchen mit blonden, kurzgeschorenen Haaren, die eine Freundin zu sein scheint und definitiv eher in meinem Alter ist. Außerdem sitzen rechts an einem der Tische ein schon in die Jahre gekommener Herr mit grau melierten Haaren, der sich – und jetzt muss ich zweimal hinschauen, da ich meinen Augen auf den ersten Blick nicht traue – mit einem Priester unterhält. In schwarzer Kutte und dem typischen weißen Kollar am Hals sitzt der großgewachsene Enddreißiger bei einem Bier und scheint angeregt mit dem älteren Herrn zu diskutieren. Die letzte Person, die ich ausmachen kann, ist ein Jungspund links an der kurzen Seite des Tresens. Er füllt gerade vier Schnapsgläser mit durchsichtigem Inhalt und stellt die Flasche eigenhändig wieder hinter den Tresen.

»Wollt ihr was trinken?«, fragt der Barkeeper, der immer noch etwas *Unbarkeeperhaftes* an sich hat.

»Ähm, klar«, antworte ich knapp, weiterhin etwas verstört von der Situation.

Der Jungspund, der sich gerade wieder gesetzt hat, erhebt sich wieder, geht hinter den Tresen, greift erneut zu der Flasche, nimmt dazu noch zwei weitere Gläser aus dem Regal und schenkt uns ebenfalls ein.

»Ein Mitarbeiter?«, frage ich leicht belustigt, aber vor allem, um herauszufinden, was hier eigentlich vor sich geht.

»Die haben uns die Bar überlassen. Die wollten schon ins Bett«, antwortet der Barkeeper, während er ein paar Gläser spült.

»Die?«, hakt Olaf nach, der hinter mir steht und Gefallen an dieser Szene findet.

»Die Hotelleute hier. Meinten, wir sollen einfach aufschreiben, was wir trinken und sie rechnen das morgen ab.« Der selbsternannte Barkeeper, der Spaß an seiner Rolle gefunden zu haben scheint, wischt demonstrativ mit seinem Wischtuch über den Tresen. »Ich bin Martin und das hier ist Dominik.« Er zeigt auf seinen vermeintlichen Mitarbeiter, der nun versucht, alle sechs Gläser auf einmal anzuheben. »Die beiden hier sind Henriette und Nele.«

Die Mädchen auf den Barhockern lächeln uns zu und winken zur Begrüßung.

»Und das da drüben mit der Halbglatze ist Jimmy.«

Jimmy, der bei dem Wort *Halbglatze* sofort reagiert, steht auf und reicht uns die Hand. »Hört nicht auf den Idioten. Ich nenn das Sommerfrisur.«

»Und der gute Herr dort mit dem Gewand, das ist Pater Aurelius.«

Auch der Pater steht auf und reicht uns zur Begrüßung die Hand. »Und wen dürfen wir begrüßen?«, fragt dieser nun mit einer Ausstrahlung, die einem den Atem stocken lässt.

»Ich bin Carlo und das ist Olaf.«

»Dann lasst es euch mal schmecken«, lächelt der Priester und deutet zum Tresen, an dem Dominik bereits die sechs Gläser nebeneinander aufgereiht hat.

»Danke«, stammle ich, da ich noch immer das ganze Setting hier als äußert verwirrend empfinde.

Der Priester und der Alte nehmen wieder Platz und setzten unlängst ihr Gespräch fort, während Olaf und ich zum Tresen gehen und mit den anderen vieren anstoßen.

»Geht aufs Haus«, verkündet Martin, der Barkeeper, der gar keiner ist, großspurig und setzt vier Striche auf die Liste der ausgeschenkten Getränke.

»Was verschlägt euch so spät in diese Bar? Wohnt ihr hier?«, will Nele, bei der ich nun angesichts des selbstbestimmten Barbetriebs bezweifle, dass sie tatsächlich schon volljährig ist, von uns wissen, nachdem sie ihr Glas auf ex geleert hat.

»Die Nacht ist doch noch jung, oder?«, kommt Olaf mir zuvor, bevor ich nur wieder mit irgendwelchen ellenlangen Erklärungen hantiere.

»Hört, hört«, stimmt Dominik ihm zu und hebt dabei sein Glas demonstrativ in die Luft. »Darauf gleich noch eine Runde.« Er geht wieder hinter die Bar und beginnt erneut mit dem Einschenken.

»Viel interessanter ist, was ihr hier eigentlich macht? Gehört ihr zusammen?«, will ich wissen.

»Hey Jimmy, der Kerl hier glaubt nicht, dass wir freiwillig mit so einem alten Knacker wie dir abhängen. Siehste, du wirkst eben doch nicht mehr so jung.« Martin macht große Augen in Richtung der beiden sich Unterhaltenden, wobei Jimmy nur genervt abwinkt, uns aber keines Blickes würdigt und sich weiterhin in das Gespräch mit dem Pater vertieft.

»Wir sind Gäste dieses Hauses und fühlten uns noch nicht bereit für das Bett«, antwortet mir die blonde Henriette mit einem Augenzwinkern.

»Fürs Bett mit dir bin ich immer bereit, meine Schöne«, kommt es von hinten vom einschenkenden Dominik.

»Träum weiter, mein Süßer.« Henriette verdreht die Augen und widmet sich wieder uns. »Wir sind auf einer Art Weiterbildung. Genau genommen kennen wir uns seit gut achtundvierzig Stunden, aber ihr seht ja, was da schon so alles passieren kann.« Sie lacht und deutet mit einer Kopfbewegung auf Dominik, der gerade die Flasche wieder zurückstellt.

»Weiterbildung? So einen Job hätte ich auch gern«, grinst Olaf. »Was genau macht ihr denn?«

»Also prinzipiell sind wir-«

»Aufhören über die Arbeit zu quatschen«, unterbricht Martin den Erklärungsversuch von Nele. »Ihr seid in meiner Bar und da gibt es Regeln.«

»Ach ja? Und welche wären das?«, fragt Nele mit hochgezogenen Augenbrauen.

»Na, ist doch ganz einfach: wer am Ende noch steht, hat was falsch gemacht.«

Dominik stellt die wiederbefüllten Gläser auf den Tresen und hebt eines davon in die Luft. »Auf unsere Bar! Und darauf, dass der Priester uns morgen unsere Sünden vergibt!«

Wir alle setzen an und schlucken das bitterschmeckende Zeug in einem Ruck runter.

Im Augenwinkel erkenne ich, wie Martin zwei Striche macht.

Toilettengang [03:05]

Als Jugendlicher war ich zwar auf zahlreichen Partys, aber so gut wie nie kam es dazu, dass wir das beliebte Spiel *Wahrheit oder Pflicht* in feuchtfröhlicher Runde spielten. Nur einmal, es war die Geburtstagsfeier einer Klassenkameradin, packte jemand eine Falsche in die Mitte unseres Sitzkreises und eröffnete das Spiel. Ich weiß noch, dass die Flasche damals auf mich zeigte und ich Tamara Hilbing aus dem Jahrgang unter uns küssen musste, was zwar erst einmal verführerisch klingt, aber angesichts der Tatsache, dass Tamara gut achtzig Kilo auf die Waage brachte, starke Akne hatte und ich mich sowieso fragte, warum sie auf der Feier war, da sie nicht gerade weit oben auf der Beliebtheitsskala stand, war das in der Tat eine *Pflicht* und ich musste mich ziemlich überwinden, das Ganze schnell hinter mich zu bringen.

Vielleicht ist das aber der Grund, weshalb ich sofort zustimmte, als Nele vor einer viertel Stunde, nachdem wir in guter Akkordarbeit weitere Gläser geleert hatten, den Vorschlag brachte, das beliebte Partyspiel in unserer Runde zu spielen. Vielleicht will ich mein Trauma überwinden. Vielleicht bin ich aber auch einfach schon so gut angeheitert, dass ein bisschen Blödsinn jetzt genau das Richtige ist. Wie dem auch sein, spielen wir hier die Version *Pflicht oder Pflicht* und lassen nun die Flasche munter rotieren.

Es ging ganz harmlos damit los, dass Martin einen von uns gemixten Cocktail exen musste, der neben allerlei Zutaten, die das Spirituosenregal so hergab – Striche wurden natürlich nicht gemacht, da man ja immer nur ein paar Milliliter den Flaschen entnahm –, auch Gewürze und andere essbaren Zutaten wie Salzstangen und Nüsse enthielt. Martin zierte sich zwar kurz, schluckte es dann aber mannhaft runter. Die nächste in der Runde war Nele, die rüber zu Jimmy gehen und ihm kurz ihren blanken Hintern offenbaren musste. Jimmy, noch immer im Gespräch mit Aurelius vertieft, weshalb beide auch an unserem *Kindergarten*, wie sie es nannten, nicht teilnehmen wollten – wobei wir uns sicher waren, dass ihnen lediglich der Mumm fehlte – verschluckte sich an seinem Bier, als er Neles Pobacken vor sich sah, lachte dann aber laut los und schüttelte nur beschämend den Kopf. Aurelius konnte sich ein Lachen ebenfalls nicht unterdrücken.

Jetzt ist Olaf dran, da gerade just in diesem Moment die Flasche mit ihrem Hals auf ihn gerichtet stehen bleibt.

»Ich bin für alles bereit«, sagt mein Kumpan furchtlos.

»Das werden wir ja sehen«, kontert Dominik.

»Ich hab's«, ruft Nele. »Du gehst nach draußen in den Flur, klopfst an eine der Zimmertüren und wenn man dir öffnet, fragst du, ob du eine Runde fernsehen könntest.«

»Und wenn ich hereingebeten werde?«, fragt Olaf erschrocken.

»Dann hoffe ich, dass was Gutes läuft.«

Lautes Gelächter.

»Aber kein Mensch ist um diese Uhrzeit noch wach«, versucht Olaf seine Strafe abzumildern.

»Immerhin wohnst du hier nicht. Keiner wird dich morgen beim Frühstück wiedererkennen.«

»Stimmt auch wieder«, pflichte ich Nele bei.

»Dass du das sagst, war ja klar«, raunt Olaf in meine Richtung. »Kann ich mir die Tür wenigstens aussuchen?«, gibt sich Olaf geschlagen.

»Nee, wir nennen sie dir. Nicht, dass das Zimmer noch unbewohnt ist. Nummer einhundertzehn.«

Die anderen beginnen zu kichern.

»Was ist damit? Wer pennt da?«

»Keine Fragen. Und jetzt los, wir wollen schließlich weiterspielen.« Nele springt auf und wir folgen ihr.

Im Flur angekommen, gehen wir links um die Ecke, den Gang weiter und am hinteren Ende nach rechts.

»Hier ist es«, verkündet Martin grinsend.

Olaf schnauft und wartet, bis wir uns hinter der Ecke des Flurs versteckt haben. Dann klopft er zögerlich an die Tür.

»Lauter. So wird dich niemand hören«, interveniert Nele sofort.

Noch einmal klopft Olaf gegen die Tür. Diesmal ist es zwar etwas stärker, aber für Nele noch immer viel zu dezent.

»Jetzt zeig mal, was in dir steckt«, flüstert sie kichernd in seine Richtung.

Olaf hämmert nun gegen die Zimmertür und auf einmal hört man von drinnen ein Poltern. Wir anderen fünf halten die Hand vor den Mund, um durch unser Lachen nicht gehört zu werden. Olaf dagegen schlottern die Knie.

Nach ein paar Sekunden öffnet sich die Tür einen kleinen Spalt und eine raue Männerstimme ertönt hörbar genervt. »Was?«

»Guten Abend der Herr. Verzeihen Sie die späte Störung, aber es ist so, dass der Fernsehempfang in meinem Zimmer gestört ist und da wollte ich fragen, ob ich bei Ihnen noch ein wenig schauen könnte?«

Ich kann kaum noch an mich halten und muss Olaf meinen größten Respekt zollen.

»Willst du mich verarschen?«, dringt es nun aus dem Zimmer. »Ich geb dir gleich mal gestört. Wenn du dich nicht sofort verpisst, ist der Fernsehempfang dein kleinstes Problem.«

Olaf macht einen Schritt zurück und lächelt. »Tut mir leid. Vielleicht ja ein andermal. Aber trotzdem vielen Dank und gute Nacht.«

Mit einem heftigen Schlag knallt der Typ die Zimmertür zu. Olaf kommt zu uns und trotz, dass er da eben so cool wirkte, spürt man förmlich, welche Erleichterung es für ihn ist, dass er seine Aufgabe nun gemeistert hat.

Wir laufen den Flur zurück und Nele klopft Olaf anerkennend auf die Schulter. »Eine wahre Meisterleistung.«

Gerade als wir wieder durch die Tür zur Bar schreiten, kommt uns Jimmy entgegen.

»Wo willst du hin?«, fragt Henriette ehrlich verwundert.

Jimmy, dem man die Müdigkeit nur so ansieht, zieht seinen imaginären Hut. »Liebe Freunde, es war mir eine Ehre, aber nun ist‘s gut. Auch, wenn ich noch wie Anfang dreißig aussehe, so fühl ich mich leider nicht mehr ganz genau so und trete nun den Weg zu meiner Pritsche an.«

»*Pritsche*, das sagt nun auch kein Mensch mehr. Anfang dreißig, dass ich nicht lache.« Martin ist schon wieder hinter dem Tresen verschwunden und mimt weiterhin den Chef der Bar.

»Gute Nacht und bis morgen«, wirft Jimmy in die Runde und ist auch schon um die nächste Ecke verschwunden.

Pater Aurelius dagegen steht mittlerweile auch hinter dem Tresen und schenkt sich gerade noch ein Glas Bier ein, wobei er sofort den dazugehörigen Strich auf der Liste setzt.

»Ein Letztes, dann ist's für mich aber auch gut«, sagt er, um sich für das Bild, das sich uns gerade bietet, zu rechtfertigen.

»Dann bist du dabei?«

»Hm?«

»Beim Flaschendrehen.«

»Nee, nee.«

»Ach, komm schon. Nur eine Runde.«

»Sei kein Spielverderber.«

»Ich zeig niemandem mein bloßes Hinterteil.«

»Musst ja nur die Kutte kurz mal anheben.«

»Es ist doch gar nicht gesagt, dass es dich trifft.«

»Nee, nee.«

»Komm schon.«

»Ich klopf auch nicht nachts bei irgendwelchen Leuten an der Tür«, nickt der Pater schelmisch in Olafs Richtung.

»War nicht auf meinen Mist gewachsen«, hebt Olaf entschuldigend die Arme.

»Bitte, Aurelius, nur eine Runde.«

»Ich hab ein Vetorecht.«

»Alles, was du willst.«

»Na gut.«

Wir stellen uns wieder so gut es geht kreisförmig um den Tresen und Olaf lässt die Flasche rotieren. Nach kurzer Zeit merken wir, dass die eben geführte Diskussion umsonst war, da der Hals der Flasche erneut auf Martin zeigt.

»Nicht schon wieder«, stößt dieser hervor.

Allerdings scheint es doch ganz gut zu sein, Aurelius mit an Bord zu haben, da er nun die treibende Kraft ist, als es um die Aufgabe geht.

»Ihr wollt das Spiel richtig spielen? Dann hab ich was für euch.« Der Pater wendet sich an den Auserwählten. »Mein lieber Martin, da du ja heute sowieso schon einen extravaganten Cocktail zu dir genommen hast, hätte ich gleich noch etwas zum Nachspülen für dich. Deine Aufgabe lautet: Geh zur nächstbesten Toilette, betätige die Spülung und fülle dabei dieses Glas hier und lass es dir ordentlich schmecken.«

So etwas nennt man wohl Kollektivstarre. Wir sechs schauen gleichzeitig und stillschweigend zum Pater und müssen kurz verarbeiten, was er da gerade gesagt hat.

Martin findet als Erster die Sprache wieder. »Das ist doch nicht dein Ernst. Du bist Priester. Darfst du das überhaupt?«

»Viele Jugendfreizeiten, mein Freund, viele Jugendfreizeiten.«

»Pater Aurelius, du bist mein Mann«, höre ich Dominik sagen, der dem Priester dabei anerkennend auf die Schulter klopft.

»So, was ist nun?«, will Nele wissen.

»Das mach ich nicht«, sagt Martin, der mittlerweile etwas bleicher geworden zu sein scheint.

»Pflicht ist Pflicht.«

»Da bekomm ich doch irgendwelche Krankheiten. Nee, nie im Leben.«

»Ach, Quatsch. Das ist doch quasi reinstes Trinkwasser, das da aus der Leitung kommt.«

»Das ist widerlich«, verzieht Martin das Gesicht.

»Das ist Flaschendrehen«, kontert Henriette.

»Was heißt überhaupt *nächstbestes Klo*?«

»Um die Ecke ist ‘ne öffentliche Toilette, dort wird’s gemacht«, entscheidet Nele.

»Moment mal«, interveniert Martin abermals. »Auch noch ein Scheißhaus, auf das jeder geht? No way!«

Pater Aurelius geht zu ihm und legt den Arm um ihn. »Wer A sagt, muss auch B sagen.«

»Ich wusste doch, dass unter dieser Kutte irgendetwas Böses lauert.«

»Hab nie was anderes behauptet.«

»Komm schon. Wenn es den Pater hier getroffen hätte, hättest du dir mindestens genauso was Fieses überlegt.«

»Auf solche Ideen komm ich gar nicht.«

»Da hast du gestern ganz anderes erzählt.«

»Leute, ehrlich. Das geht zu weit. Ich zieh auch blank, mir egal. Alles, nur das nicht.« Martin scheint regelrecht zu verzweifeln.

»Genau das ist doch der Reiz des Spiels, oder? An seine Grenzen zu gehen. Dinge zu tun, die einen wirklich über sich hinausgehen lassen.«

»Das sagst gerade du als Priester? Und was soll es mir helfen, Pisswasser zu trinken?«

»Eine Grenzerfahrung zu durchleben. Da kommt es nicht darauf an, *was* man macht, sondern, *dass* man es macht.«

Dieser Satz löst etwas in mir aus. Pater Aurelius ist wahrscheinlich nicht umsonst Pater, aber wie auch immer: er spricht mir direkt ins Herz. Oft habe ich mich in letzter Zeit gegen den Gedanken an den Knast gesträubt. Ich wollte mir nicht vorstellen, was es tatsächlich bedeutet, dorthin zu müssen und dort zu sein. Aber was ist, wenn man es sich als Grenzerfahrung vorstellt? Beinahe als ein Spiel? Die *Chance* darin sieht, etwas zu *erleben*. Irgendwie wirft das gleich ein anderes Licht auf meine Situation. *Muss ich mir unbedingt merken diesen Gedanken.* Vorerst aber verfolge ich die Diskussion gespannt weiter.

»Du denkst wohl, als Pater hast du die Weisheit exklusiv, oder?« Martin blickt Aurelius unberührt an.

»Tja, ich würde sagen: finde es heraus. Trink das Zeug und sag mir danach, wie es war. Wir nehmen das Leben manchmal einfach viel zu ernst.« Aurelius lächelt.

Ergeben nimmt Martin das Glas aus Aurelius' Hand und schlurft durch die Tür, die Dominik ihm freudestrahlend aufhält.

An der Toilette angekommen, geht die Diskussion weiter.

»Aber ich darf das Glas direkt hinten dranhalten, damit das Wasser direkt aus der Leitung kommt, ja?«

»Ach, Martin, mein Freund«, antwortet der Pater in seliger Ruhe. »Selbstverständlich nicht. Wo bliebe da die Aufgabe? Das Glas hältst du hier vorn ran.« Aurelius deutet auf den vorderen Teil der Kloschüssel, sodass das Spülwasser erst einmal um die ganze Schüssel wandert, bevor es in das Glas läuft.

»Ihr seid abartig.« Martin hält sich die Hand vor den Mund. »Mal ehrlich, wer von euch würde das trinken?«

Wir alle heben gleichzeitig und wie abgesprochen die Hand.

»Ihr Arschlöcher.«

Da Martin schon in der Nähe der Schüssel einen Würgereiz bekommt, nehme ich das Glas und halte es ins Klo. Dominik betätigt die Spülung und der Umtrunk ist fertig.

Ich will gerade Martin das Glas reichen, da unterbricht mich Aurelius. »So einen feinen Gaumenschmaus sollte man schon standesgemäß in einer Bar verzehren, oder?«

Wir trotten also zurück in die Hotelbar und überreichen dort feierlich Martin das Glas.

Dieser kämpft erneut mit seinem Würgereiz. »Das könnt ihr doch nicht machen. Was ist, wenn ich davon ein Magengeschwür bekomme?«

»Echt jetzt? Ein Magengeschwür? Maximal ist Herpes drin.«

Gekicher von allen Seiten.

»Wenn ich das jetzt wirklich durchziehe, dann spielt der Herr Pater aber noch mindestens eine Runde mit und sollte es ihn treffen, steht es mir zu, ihm eine Aufgabe zu stellen.«

»Ich hab besagtes Vetorecht«, hält Aurelius beschwichtigend die Hände nach oben.

»Das werden wir ja dann sehen.«

Martin nimmt all seinen Mut zusammen, hält sich die Nase zu und setzt das Glas an. Doch bevor es tatsächlich seine Lippen berührt, wird der Würgereiz zu groß und er setzt wieder ab.

»Komm schon, wir haben nicht die ganze Nacht Zeit«, motiviert – oder schikaniert? – ihn Nele.

Und dann ist es so weit. Martin zieht es durch, setzt das Glas an und weg ist das Zeug. Nachdem er es geschluckt hat, greift er sofort zu einer beliebigen Flasche aus dem Regal hinter sich und spült mit Hochprozentigem alle Restbakterien weg.

»Bah, ist das eklig«, stößt er hervor, als er die Flasche wieder absetzt.

Ob er nun das Klowasser oder den Schnaps meint, bleibt unklar. Wir anderen applaudieren und beglückwünschen ihn zu diesem kleinen Schritt für die Menschheit, aber diesen großen für ihn persönlich.

»Jaja«, kommentiert er noch immer das Gesicht verziehend und hat die Hand schon wieder an der Flasche. »Ich drehe und Pater Aurelius spielt mit«, sagt er in des Priesters Richtung.

»Eigentlich wollte ich nach der Runde ins Bett«, sagt dieser mit Blick auf sein fast geleertes Bier.

»Eigentlich«, kommentiert Martin.

»Aber denk an mein Vetorecht.«

»Und wie ich daran denke«, sagt Martin und setzt die Flasche in Bewegung.

Meeresblick [05:02]

Aurelius hatte es nicht mehr erwischt. Er spielte noch zwei, drei Runden mit, leerte dann sein Bierglas und ging schlafen. Wir anderen fanden noch ziemlich Gefallen an dem Spiel und drehten munter weiter. Dominik traf die Pflicht, nackt über die Straße draußen zu laufen, was er mit Bravur und einer Menge Alkohol intus schaffte. Auch ich musste noch ran. Meine Aufgabe bestand darin, lediglich in Unterhose begleitet, einmal den kompletten Flur kriechend zu überwinden und dabei *Yellow Submarine* zu pfeifen. Glücklicherweise öffnete keiner der Hotelgäste seine Zimmertür und besonders vor der Nummer einhundertzehn fürchtete ich mich und war umso erleichterter, als auch diese Tür zublieb. Nach ein paar weiteren Runden Flaschendrehen drehte es auch uns ganz gut, da auch Schnapsrunden keine Seltenheit mehr waren. Striche wurden keine mehr gesetzt. Gegen halb fünf löste sich unsere Gruppe langsam auf, da zumindest Nele und Henriette bewusst wurde, dass sie in weniger als vier Stunden wieder am Seminartisch sitzen mussten. Dominik und Martin dagegen bekamen nicht mehr so viel mit, was ihnen mit Sicherheit in weniger als vier Stunden ganz schön um die Ohren fliegen würde. Olaf und ich verabschiedeten und bedankten uns für die Gastfreundschaft in ihrer Bar samt dem Unterhaltungswert, gingen über die Treppe wieder nach unten und traten auf die mittlerweile wieder heller gewordene Straße. Die frische Luft tat gut. Es war nun endlich nicht mehr so heiß und außerdem waren wir beide ganz gut angeheitert, sodass der kühle Wind belebende Kräfte hatte. Wir beschlossen, nicht gleich zum Auto zu gehen – nach Olafs Meinung könnte er zwar jetzt fahren, aber besser war es dann doch, kurz zu warten – und liefen einfach ein bisschen umher. Es dauerte nicht lange und wir waren zum zweiten Mal an diesem Tag am Elbufer. An den Landungsbrücken liefen wir entlang des Wassers und wie es auch immer dazu kam, legte, als wir an Brücke drei gerade ankamen, die erste Fähre des anbrechenden Tages nach Finkenwerder an. Ohne groß nachzudenken, stiegen wir ein und ließen uns im wahrsten Sinne des Wortes treiben. Die kalte Seeluft tat ihr Nötigstes um uns wieder ganz in die Nüchternheit zurückzuholen. Wir sahen uns die Skyline Hamburgs an, wie diese Stadt so langsam erwachte. Hinter uns ging die Sonne auf und schien uns mit ihren ersten Strahlen direkt auf den Nacken. Die ersten arbeitstüchtigen Menschen waren auch schon unterwegs und zusammen mit uns auf der Fähre auf dem Weg zu ihren Büros und Cafés und was weiß ich welchen Arbeitsplätzen. Ich fühlte mich gut. Die Elbbrise zischte durch mein Haar und ich begriff, dass dies das letzte Mal für lange Zeit sein würde, dass ich das Wasser sehe. Aber irgendwie war es okay. Nicht schön, aber auch nicht das Ende der Welt.

Nach ein paar Stationen entschlossen wir uns, auszusteigen. Als wir bei Övelgönne auf den Steg stiegen, hatte die Sonne nun gänzlich den Horizont überschritten und ich fühlte mich nüchterner denn je. Wir liefen zwischen den um diese Uhrzeit noch geschlossenen Bars und Cafés hindurch und bogen nach links zum Strand. Dieser war bis auf ein paar Jugendliche ganz hinten bei der nächsten beginnenden Cafézeile fast menschenleer. Lediglich ein Typ mit seinem Hund joggte gerade an uns vorbei.

Wir gingen ein paar hundert Meter über den Sand und ließen uns dann einfach fallen.

So sitzen wir nun hier, seitwärts von der Sonne beschienen, und blicken auf die großen Schiffskräne vor uns. Wir hören die Möwen kreischen und vor uns ziehen vereinzelt ein paar Fischkutter vorbei. Die angenehme Ruhe ist trügerisch, weiß ich doch, dass diese in wenigen Stunden vorüber sein wird. Dennoch schließe ich die Augen und genieße den Moment.

»Wie im Film«, kommentiert Olaf nach einiger Zeit der Stille das Szenario, das sich uns gerade bietet.

»Oder wie in meinem Buch«, ergänze ich.

Unweigerlich muss ich an eines der letzten Kapitel meines Romans denken. Den Protagonisten verschlug es irgendwann nach San Francisco, wo er die Liebe seines Lebens kennenlernte. Dort saß er auf einer Bank auf den Ozean hinausstarrend. Und so sitze ich hier, halte meine Augen geschlossen und denke an diese unbeschwerte Zeit zurück.

Kapitel Acht

Ich erwachte, als mir die grellscheinende Herbstsonne mitten ins Gesicht schien und mich derart blendete, dass jeglicher Versuch, noch einmal einzuschlafen, vergebens war. Außerdem rief Sylvester von draußen, dass ich meinen müden Arsch doch endlich mal aus dem Bett und zu ihm nach unten bewegen sollte. Ich hatte ganz vergessen, dass Sylvester zu Besuch war und versuchte meinen vom Kater be-

schwerten Kopf zum Denken zu animieren. Gestern wurde es mal wieder etwas wilder, da Greg ein paar Mädels einlud und wir nach getaner Arbeit zu Alkohol und Koks übergegangen waren.

Ich richtete mich auf und sah nach draußen. Der Himmel war teils bewölkt und der Wind wehte in Böen durch die Bäume, was, wie ich mittlerweile wusste, typisch für San Francisco zu dieser Jahreszeit war.

Ich ging über den Korridor ins Bad und stellte mich unter die Dusche, um den Geschmack und das Gefühl des Vorabends abzuwaschen. Dann zog ich mich an und ging nach unten in die Küche.

»Einen schönen guten Morgen, der Herr«, begrüßte mich Sylvester in übertrieben freudiger Laune.

»Morgen«, gab ich zurück und schenkte mir Kaffee aus der Kanne in eine Tasse ein.

»Ich hoffe, dass ihr neben all dem Feiern auch ein wenig gearbeitet habt?«

»Überzeug dich selbst.« Ich nahm einen Schluck aus der Tasse und ging, gefolgt von Sylvester, zu der Tür, die unterhalb der Treppe lag und in den Keller führte. »Wo sind die Jungs?«

»Lucas ist noch mal in die Stadt, Harold beim Morgensport und Rupert? Keine Ahnung, ehrlich gesagt.«

Wir gingen die Treppenstufen nach unten durch die Feuerschutztür und kamen rechterhand ins Studio.

»Bite me ist gestern fertig geworden. Moment.« Ich schaltete Gregs Anlage ein und wartete einen Moment, bis sie hochgefahren war. Dann drückte ich die Knöpfe, so wie ich es mir von Greg in den letzten Jahren abgeschaut hatte, und wenige Sekunden später begann Lucas' Gitarrenpart.

»Klingt ziemlich gut.«

»Warte ab, wird noch besser.«

Wir hörten den gesamten Track und als er zu Ende war, drückte ich schließlich auf Stopp.

»Gefällt mir, Matthew.«

»Mir auch.«

In diesem Moment kam Greg herein. »Wer spielt denn da an meinen Knöpfen?«, sagte er mit einem Grinsen und begrüßte Sylvester mit einer Umarmung. »Ein Kontrollbesuch?«

»Du weißt doch, dass ich euch vertraue, aber …«

»Jaja, Kontrolle ist besser. Versteh schon.« Die beiden lachten und Greg nahm auf seinem Stuhl Platz. »Habt ihr schon reingehört?«

»Hey, ich hab vom Meister gelernt. Ich weiß, wie man einen Track abspielt«, sagte ich und nahm einen weiteren Schluck Kaffee.

»Und?«

»Gefällt mir sehr gut. Denkt ihr, der Zeitplan passt?«

»Es fehlt nicht mehr viel. Noch ein paar Gesangsspuren und hier und da noch ein paar Percussions.«

»Sehr schön. Dann will ich euch auch gar nicht länger aufhalten. Wir sehen uns heute Abend, ja?« Sylvester nickte uns beiden zu und verschwand durch die Tür, durch die wir vor zehn Minuten gekommen waren.

»Hast du ihm von der Feier erzählt?«

»Nein. Du?«

Wir beide prusteten los.

»Bist du so weit?«

»Ich komme gleich.«

Ich ging noch einmal nach oben, setzte mich auf die Terrasse, die sich an das großzügige Wohnzimmer anschloss, und steckte mir eine Zigarette an.

Es war das vierte Mal, dass wir in diesem Haus im Randbezirk von San Francisco waren. Klar gab es in Los Angeles genügend Tonstudios, in denen wir hätten aufnehmen können, aber Sylvester bestand darauf, Abstand zu bekommen. Unsere ersten drei Alben hatten wir hier bereits aufgenommen und sie waren durchweg erfolgreich. Was nicht zuletzt daran lag, dass Greg, unser Produzent, an allen Alben beteiligt war und von seinem Handwerk eine ganze Menge verstand. Jetzt standen wir kurz vorm Abschluss des vierten Studioalbums, das den Titel 4/4 *trug und damit lediglich die konsequente Fortsetzung unserer bisherigen Alben* We are 1, 2 Cool for Scool *und* 3+Rupert, *was wir im Übrigen für den bisher besten Titel hielten, war. Ich war froh, dass die Aufnahmen bald zu Ende gingen. Nicht, dass ich diese Zeiten hier nicht mindestens genauso genoss, wie die Zeiten auf Tour, aber die letzten Jahre hatten ziemlich an mir gezehrt und ich war froh, bald eine kleine Auszeit einlegen zu können.*

Seit sich vor drei Jahren diese Geschichte in London ereignete und sich damit wirklich alles veränderte, nahm mein Leben ganz schön Fahrt auf. Nachdem klar war, welche abscheuliche Tat Allan begangen hatte, wollten die Jungs nichts mehr mit ihm zu tun haben. Selbst Lucas wandte sich von seinem Bruder ab und sprach seit diesem Abend kein Wort mehr mit ihm. Sylvester flehte die Jungs inständig an, nur noch das eine Konzert in Los Angeles zu spielen und erst danach die Trennung von Soundmachine bekannt zu geben, aber die Jungs wollten auf gar keinen Fall und nie wieder mit Allan gemeinsam auf einer Bühne stehen. Neben der Tatsache, was Allan Michelle angetan hatte, schmerzte es die Jungs sehr, ihr größtes Konzert in einer so prestigeträchtigen Location absagen zu müssen, aber ihr Entschluss stand fest. In diesem Moment dachten sie nicht im Entferntesten daran, was der Rausschmiss von Allan für die Band an sich bedeuten würde. Nämlich, dass es keine Band mehr gab.

Nachdem Sylvester aus dem Krankenhaus zurückkam, trafen wir uns im Hotel und besprachen, wie nun alles weitergehen würde. Und Michelle war es schließlich, die die Jungs auf die Idee brachte.

»Warum nicht Matthew?«, hatte sie ohne Umschweife in die Runde geworfen.

»Was?«

»Ist das dein Ernst?«

»Klar.«

»Das kann doch nicht-«

»Was spricht dagegen?«

»So gut wie alles?«

»Matthew, denk nach.«

Es wurde still zwischen uns und nach dem ersten Schock dieses Gedankens sagte Lucas die bedeutenden Worte.

»Hm, warum eigentlich nicht?«

»Äh, vielleicht weil ich noch nie mit euch auf der Bühne stand?«

»Aber du warst bei jedem Soundcheck dabei, kennst unsere ganze Bühnenshow, hast mit uns gejammt, kennst die Chords und Texte.« Lucas hatte die gleiche Stimmlage wie damals, als er mich überredete, mit auf Tour zu kommen.

»Jungs, ich kann doch keinen Frontmann ersetzen. Keinen einer mittlerweile so berühmten Band.«

Jetzt kam die Idee wohl auch bei Sylvester an und er sah Hoffnung aufkeimen. »Du musst ja nicht gleich alles übernehmen«, sagte er und schloss die Augen, um nachzudenken. »Einige Songs kann Lucas allein singen und auch die Gitarrenparts könnt ihr noch mal überarbeiten.«

»Der Auftritt ist übermorgen. Und es ist kein kleiner Club, Leute. Das ist euch doch hoffentlich allen bewusst?«

»Klar ist uns das bewusst. Aber uns ist auch klar, dass, wenn wir die Show sausen lassen, wir – neben dem Finanziellen – die Chance unseres Lebens verpassen.«

»Und was ist mit euren Fans?«

»Was soll mit denen sein?«

»Fühlen die sich nicht verarscht, wenn, anstatt des großen Allan White, ein unbekannter Wicht auf der Bühne steht?«

»Fühlen sie sich nicht noch mehr verarscht, wenn sie zuhause allein rumhocken müssen?« Rupert und Harold schienen mittlerweile ebenfalls von der Idee überzeugt.

»Boah, wieso tut ihr mir das an ...«

»Weil wir dich lieben, Mann«, grinste Lucas. »Es gibt keinen Perfekteren für diesen Job. Und außerdem werden die Leute dich auch lieben.«

»Meinst du?«

»Meine ich.«

Und dann kam es so, wie es kommen musste.

Sylvester zeigte, was er als Manager wirklich *drauf hatte. Er gab den Medien Allans Ausfall und meinen Ersatz bekannt, machte Werbung für das* Ereignis des Jahres, *wie er es nannte, und setzte alles daran, diesen Rückschlag in einen Vorteil umzuwandeln. Ich ging währenddessen in jeder freien Minute die Songs mit den Jungs durch, wobei ich bemerkte, dass ich tatsächlich mit der Zeit ganz unbeabsichtigt so gut wie alle Lieder von ihnen mehr oder weniger draufhatte.*

Samstagabend war es dann so weit: ich gab unter vorherigen Panikattacken, mehreren Schweißausbrüchen und zwei schlaflosen Nächten mein Debüt auf der überdimensionalen Bühne der Hollywood Bowl. Und es war … fantastisch. *Es war bei Weitem nicht perfekt, aber fantastisch. Die Zuschauer, die zu Beginn zum größten Teil skeptisch waren und dem* Ereignis des Jahres *weitaus kritischer gegenüberstanden, tauten während der Show immer mehr auf und schienen zu akzeptieren, was ihnen geboten wurde. Klar kamen auch ein paar der Fans erst gar nicht zum Konzert, aber alles in allem hatte Sylvester die PR-Trommel derart gerührt, dass die Leute heiß darauf waren, zu sehen, was es mit dem Frontmann-Tausch auf sich hatte. Ich verspielte mich ziemlich häufig, vergaß bei der Aufregung einige Textstellen, aber die Jungs schliffen mich mit Witz und Ironie durch den Abend und die Fans schien es zu amüsieren. Als wir die letzte Zugabe beendeten, konnte ich die Endorphine in meinem Blut förmlich spüren.*

Und dann kam es so, wie es kommen musste.

Wir machten weiter. Soundmachine war uns allen zu wichtig, um aufzugeben und auch ich fing irgendwann in den folgenden Tagen und Wochen, vielleicht auch Monaten an, mich an den Gedanken eines Musikerlebens zu gewöhnen. Sylvester fuhr alle Geschütze auf und promotete die neue Soundmachine mit mir als Frontmann in einer so geschickten und erfolgreichen Art und Weise, dass es sich bald schon normal anfühlte, zur Band zu gehören. Meiner einzigen Bedingung, den Bandmittelpunkt nach Los Angeles zu verschieben, stimmten alle nach mehreren Diskussionen mehr oder weniger erfreut zu und so dauerte es nicht lange, bis das erste Album hermusste. Die Tour zu We are 1 wurde ein ebenso großer Erfolg wie das Album selbst, sodass anschließend direkt ein zweites Album aufgenommen wurde. Erst nach der darauffolgenden Tour wurde es etwas ruhiger und ich, beziehungsweise die Band, durfte eine Pause einlegen. Doch Sylvester ließ nicht locker und verdonnerte uns prompt im nächsten Jahr zu Album Nummer drei, der dazugehörigen Tour und schließlich, nach nur wenigen Monaten, zum vierten und damit aktuellen Album. Jetzt kam noch die Tour im März und dann würde es endlich wieder eine Auszeit geben. Keine Ahnung, wie es weiterging, aber ich wusste, dass die Pause auf jeden Fall ein ganzes Stück andauern sollte.

Abgesehen von den Anstrengungen, die mit so einem Leben verbunden waren, konnte ich mich über den Erfolg nicht beklagen. In den letzten Jahren gelangten wir zu internationaler Bekanntheit, zu Chartplatzierungen in dreizehn Ländern und zahlreichen Auszeichnungen sowie Gold- und Platinplatten. Wir hatten es geschafft. Ich hatte es – wenn auch ungewollt – geschafft.

Meinen Eltern konnte ich von da an nicht mehr vorlügen, ich wäre auf irgendwelchen Bildungsreisen unterwegs. Unweigerlich bekamen sie meine erlangte Berühmtheit mit, schienen aber keinerlei Probleme damit zu haben, was mich wiederum zu der Überlegung brachte, dass ihnen vielleicht gar nicht ganz bewusst war, was ich den ganzen Tag so trieb. Mir sollte es recht sein. Der Kontakt blieb spärlich –

ein paar Besuche hier, ein paar Telefonate da – und ansonsten blieb, zwischen uns zumindest, alles beim Alten. Ich blieb weiterhin in meiner muffigen Bude in Venice wohnen, besuchte Julian und die anderen im Seidewalk Café und traf mich sogar noch ab und zu mit Philipp, der bis heute bereute, dass er mich nicht weiterhin unter Vertrag halten konnte. Ich lebte also ein Rockstarleben, das keines wirklich war. Ich lebte nicht das Leben des Ron Hodge. Ich traf nicht jeden Tag zehn verschiedene Groupies, mit denen ich die verrücktesten Sachen im Bett anstellte, war nicht jeden Tag zugekokst, vollgetrunken und high. Ein paar mehr Partys, mehr Alkohol und die eine oder andere Line waren es dann doch, aber trotzdem hatte ich nicht das Gefühl, die Kontrolle zu verlieren. Ich hatte lediglich ausgesorgt und ein unbekümmertes Leben und agierte somit in jeglicher Art und Weise anders, als es mein Vorgänger beliebte. Gewiss konnte auch ich mich nicht mehr an jeden Abend erinnern, aber der Abend, der heute folgen sollte, würde so schnell nicht in Vergessenheit geraten.

Ich drückte meine Kippe in den überfüllten Aschenbecher von gestern Abend und ging nach unten zu Greg, um mit den Vocals weiterzumachen. Am späten Nachmittag waren die Jungs alle wieder im Haus und wir saßen auf der Veranda und hörten die bereits fertiggestellten Tracks.

»Wir sind schon nicht schlecht, oder?«, witzelte Rupert und nahm einen Schluck aus seiner Flasche.

»Worauf du einen lassen kannst«, lachte Lucas.

Als wir fertig waren, besprachen wir weitere Details.

»Barbecue heute Abend?«

»Klar. Wer besorgt was?«

»Ich fahre nachher sowieso noch in die Mall.«

»Super. Ich muss dann auch. Wir sehen uns später.«

»Kommt L auch?«

»Ich bring sie nachher mit.« Ich stand auf und ging nach oben, um mich fertig zu machen.

Dann stieg ich ins Auto und fuhr zum Besten, was mir passieren konnte.

Sie sah so schön aus in ihrer enganliegenden Jeanshose und dem dunkelgrünen, flatternden Top. Die Haare hatte sie zu zwei Zöpfen geflochten und aufgrund der noch immer sommerlichen Temperaturen trug sie Flip Flops an den Füßen. Sie rannte auf mich zu und fiel mir um den Hals und küsste mich eine halbe Ewigkeit auf den Mund.

»Wie war dein Tag?«, fragte sie und gab ihr schönstes Lächeln preis.

»Sehr gut. Es fehlen noch zwei Songs und wir sind fertig. Und bei dir?«

»Soweit ist alles erledigt«, grinste sie.

»Hm.« Wir lachten beide und gingen Arm in Arm in Richtung der Promenade.

Auch, wenn der Pier 39 fast immer von Touristen überfüllt war, traf ich mich hier gerne mit ihr. Hier lernten wir uns kennen, verliebten uns und verbrachten viele schöne gemeinsame Stunden. Ein Jahr war es nun her, dass ich nach einem langen Aufnahmetag zu Rupert+3 *hierher kam, mich auf eine der Bänke am Wasser setzte und die auf dem Steg liegenden Robben beobachtete, als mich eine bezaubernde Stimme von hinten ansprach, ob der Titel* Robbers Thief *eigentlich als Songtitel geeignet wäre. Ich drehte mich um und versuchte der Stimme ein Bild zuzuordnen, konnte aber aufgrund der tiefstehenden Sonne nur die Konturen einer zierlichen Gestalt wahrnehmen.* Warum nicht, *antwortete ich reflexartig und dann lächelte sie mich an.*

Und was für ein Lächeln das war.

Wir kamen ins Gespräch. Was mich neben ihrer Erscheinung am meisten beeindruckte, war die Tatsache, dass sie nicht wie die meisten entweder vor Ehrfurcht, einen echten Rockstar zu treffen, erstarrte oder sich wahnsinnig klein fühlte und unbedeutend machte, sondern mit mir sprach, als hätte sie mich nicht schon ein Dutzend Mal im Fernsehen gesehen oder im Radio gehört. Sie sprach auf Augenhöhe *mit mir. Wir unterhielten uns die ganze Nacht lang, trafen uns die kommenden Tage und spazierten stundenlang am Wasser entlang. Wir wurden ein Paar, sie zog gemeinsam mit mir nach L.A., blieb aber unabhängig, was ich sehr an ihr schätzte. Im Gegensatz zu Michelle hatte sie eigene Projekte und verbrachte nur einen Teil ihrer Zeit mit der Band.* Robbers Thief *wurde dann übrigens unsere erste Single des dritten Albums, nachdem ich einen fast fertigen Song umschrieb und ihm diesen Titel verlieh.*

Jetzt war Leighton für ein paar Tage mit nach San Francisco gekommen, um bei uns zu sein und – wie sie selbst nicht zugab – die nostalgischen Erinnerungen ihrer Heimat aufkeimen zu lassen.

Wir gingen unter der Brücke mit der Aufschrift Bubba Gump Shrimp Co. *hindurch und kamen an den uns vertrauten Obststand, der die größten und frischesten Früchte bereithielt, die wir je gesehen hatten. Wir kauften ein paar Kirschen und Pfirsiche und liefen weiter über die Holzbretter des Piers, entlang der unzähligen Touristenshops samt dem* Alcatraz Giftshop. *Wir kamen zum Hafen und der Stelle, wo wir uns kennenlernten und setzten uns auf eine der Bänke. Ich zündete mir eine Zigarette an und gab ihr einen Zug.*

»Ist Barbecue heute Abend okay?«, fragte ich und starrte auf den weißen Leuchtturm, der direkt am Wasser stand.

»Macht Rupert wieder seine komischen Rinderspieße?«

»Bestimmt.«

»Okay ...«, sagte sie gespielt unsicher und gab mir einen Kuss. »Kommt Michelle auch?«

»Ich denke.«

»Gut. Ein wenig weibliche Gesellschaft tut uns allen gut.«

Wir gingen weiter am Wasser entlang und sahen die zahlreichen Straßenkünstler, die sich in der Nachmittagshitze ein paar Dollar dazu verdienen wollten. Um einen Kerl mit Weste und Hut hatten sich ein paar Menschen versammelt und auch wir blieben stehen, um seiner Show zuzuschauen. Nach wenigen Sekunden wurde uns allerdings klar, dass er der schlechteste Zauberer aller Zeiten war und gingen weiter in Richtung der Promenadenläden die Straße runter.

So unbekümmert wie heute, sollte es lange nicht mehr werden.

Ich öffne die Augen und bemerke, wie hell es mittlerweile ist. Auch der Strand um uns herum hat ein paar mehr Besucher bekommen, jedoch ist von der Ruhe immer noch genügend da, um noch ewig hier sitzen zu können. Ich schaue zur Seite und sehe Olaf, wie er rücklings gerade daliegt, die Hände auf dem Bauch verschränkt, und ein leichtes Schnarchen von sich gibt. Eigentlich würde ich ihn gerne hier liegen lassen und einfach nur weiter so dasitzen, aber der Blick auf die Uhr verrät mir, dass ich in nicht einmal zweieinhalb Stunden meine neue *Wohnung* beziehen muss und vorher vielleicht noch ein paar Sachen packen sollte. Und zu spät kommen ist wohl eher kein guter Einstieg mit meinen neuen Vermietern. Also stupse ich Olaf leicht von der Seite an. Dieser rekelt sich erst ein wenig und wird dann langsam wach.

»Ich denke, wir sollten langsam.«

»Dann sollten wir wohl langsam.«

Anfang mit ungewissem Inhalt [06:18]

»Wie viele Unterhosen braucht man eigentlich im Knast?«

Olaf blickt mich ahnungslos an. »Keine Ahnung. Lass mal nachrechnen: dreihundertfünfundsechzig mal drei macht summa summarum rund tausend Stück? Na gut, du musst ja nicht täglich wechseln, also vielleicht fünfhundert?«

»Haha, sehr witzig.« Vor mir auf dem Bett steht meine Tasche, die bisher gut zur Hälfte gefüllt ist. »Vielleicht hätte ich noch mal genauer nachfragen sollen, was denn so nötig ist und was nicht.«

Ich überlege krampfhaft, was ich denn überhaupt mitnehmen darf und ich definitiv mitnehmen sollte. Letztendlich entscheide ich mich für das Dürftigste an Klamotten, dazu ein paar persönliche Gegenstände wie beispielsweise ein paar Fotos von Olaf und mir im Urlaub und mit Olli und Jan bei ein paar Gigs. Dazu noch ein paar Familienportraits und natürlich das gedruckte Kapitel meiner Bandkollegen, dass sie mir auf der Party zukommen ließen. Das war's.

»Ich glaube, ich bin fertig«, verkünde ich, nachdem ich den Reißverschluss zugezogen habe.

»Eine Letzte auf dem Balkon?«, fragt Olaf und hält mir die geöffnete Zigarettenschachtel hin.

Wir gehen nach draußen, doch plötzlich fällt mir noch etwas ein. Ich gehe zum Rechner im Wohnzimmer und nachdem er hochgefahren ist, öffne ich mein Mailpostfach. Ich klicke auf die Mail von Shenmi, die sie mir gestern schickte, und schließe den Drucker an, um sie in Papierform zu den anderen Sachen in die Tasche zu packen. Danach geselle ich mich wieder zu Olaf, der mir bereits die Streichhölzer und die dazugehörige Kippe reicht. Ich zünde sie an und lehne mich zurück.

»Das ist wirklich das Ende, was?«, sage ich bedeutungsvoll und nehme einen ersten kräftigen Zug, dessen Rauch ich in den morgendlichen Himmel blase.

»Nicht Ende, nur Pause«, versucht Olaf mich zu trösten.

»Irgendwie ist es ja auch okay. Ich mein, du hast ja recht. Es ist nicht das Ende. Eher ein Anfang mit ungewissem Inhalt sozusagen.«

»Wahre Worte, mein Freund.«

»Ich frage mich nur, wie es da drinnen sein wird.«

»Hast du Angst?«

»Wer hätte die nicht? Ich glaube, ohne Angst da rein zu gehen, wäre ein riesen Fehler.«

»Auch wieder richtig.«

»Aber weniger die Tatsache, dass dort irgendwelche zwielichtigen Typen was weiß ich mit mir anstellen könnten, beängstigt mich, sondern vielmehr die Furcht vor dem Alleinsein. Die Gewissheit, dass niemand da ist, der einen hält.«

»Alter, wir kommen dich doch besuchen. Sooft es geht.«

»Ich weiß, das ist lieb. Aber es ist nicht das Gleiche, verstehst du?«

»Hm.«

Wir schweigen. Gegenüber im Haus gehen vereinzelt Lichter an. Die Stadt erwacht. Frau Kösterborn, die ihren Balkon direkt gegenüber hat, tritt heraus. Zum Gruß hebe ich die Hand. Sie sieht mich, grüßt widerwillig zurück und verschwindet wieder nach drinnen.

»Sie wird dich bestimmt auch vermissen«, witzelt Olaf.

»Auch? Sag bloß, ich werde dir fehlen? Ich persönlich bin ja ganz froh, mal ein wenig Abstand von dir zu bekommen.« Ich nehme einen weiteren Zug und schmunzle.

»Apropos: Hast du was gegen eine regelmäßige Partyreihe in deiner Bude, wenn du weg bist?«

»Party hard!«

Erneutes Schweigen. Schließlich schaut Olaf auf die Uhr. »Halb sieben. Was machen wir mit dem angebrochenen Tag?«

»Vorschläge?«

»Hm ... Auf der Liste ist nichts mehr, oder? Hm ... Noch mal fett brunchen gehen?«

»Um diese Uhrzeit?«

»Stimmt auch wieder. Dann eben nur Frühstück?«

»Ich hab wirklich keinen Hunger, aber wenn du willst ...«

»Nee, nee, ich kann mir ja nachdem ich dich abgeliefert hab noch ein fettes Steak reinziehen.« Olaf grinst.

Ich grinse zurück und habe plötzlich eine Idee. »Ich hab's.«

Olaf schaut mich schräg von der Seite an.

»Moment.« Ich drücke die Kippe im Aschenbecher aus, gehe nach drinnen und suche nach etwas Schreibbarem. Als ich wieder nach draußen komme, halte ich Olaf die Liste vor die Nase.

»Eine Sache fehlte noch.«

Noch oder schon? [06:42]

Wenn Olaf und ich um diese Uhrzeit unterwegs sind, spielen wir gern ein Spiel, welches wir *Noch oder schon?* getauft haben. Das Spielprinzip ist Folgendes: wenn wir in den frühen Morgenstunden gemeinsam durch die Gegend fahren oder anderweitig unterwegs sind, schauen wir uns die umhertreibenden Passanten an und raten, wer von denen *noch* oder eben *schon* wach ist. Gerade an Samstag- und Sonntagmorgen ist das alles andere als einfach. Doch auch heute, an einem heißen Donnerstagmorgen im Juni, scheint uns die Situation passend, um dieses Spiel zu zelebrieren.

Wir fahren gerade über den Holstenkamp, überqueren die Große Bahnstraße und lassen den Ziegelteich rechterhand liegen, als Olaf unseren ersten Kandidaten ausmacht. Es ist ein junger Kerl, schätzungsweise Anfang zwanzig, der mit Kopfhörern im Ohr irgendetwas auf seinem Handy herumtippt.

»Eindeutig«, lässt mein Fahrer verlauten. »Noch.«

Ich stimme ihm schweigend zu und zeige auf die Frau mit Kinderwagen auf der linken Seite.

»Schon. Und damit haben wir uns beide den Einstieg leicht gemacht«, sage ich und halte nach weiteren Kandidaten Ausschau.

»Bei dem hier würde ich auch *schon* sagen«, deutet Olaf auf einen Jogger mittleren Alters, der vor uns gerade die Fußgängerampel überquert.

»Moment«, sage ich und schaue genauer hin. »Siehst du seine Augen?«

»Seine was?«

»Seine Augen. Guck doch mal. Der ist völlig fertig.«

»Ja, weil er viertel vor sieben aus welchen Gründen auch immer durch die jetzt schon brennende Sonne rennt. Kein Wunder, dass der fertig ist«, schüttelt Olaf den Kopf.

»Bin ich mir nicht so sicher«, hake ich in feinster Sherlock-Holmes-Manier nach. »Er könnte auch nach einer durchzechten Nacht nach Hause gekommen sein und entweder seinen drohenden Kater weglaufen wollen oder, besser noch, er will nicht, dass seine Frau etwas mitbekommt, und schwitzt sich deshalb den Alkohol raus.«

»Ich muss sagen: eins zu null für Sie, Doktor Watson.«

»Doktor Watson?«, frage ich irritiert. »Soll das etwa heißen, du bist Sherlock?«

»Ich bin der Fahrer.«

»Ja, schon klar. Deshalb ja. Meinst du ernsthaft, Sherlock würde selbst fahren? Der Chauffeur ist immer der Assistent.« Ich blicke nach draußen auf einen Rentner mit seinem Dackel. »Schon.«

»Klar würde der selbst fahren. Zumindest dann, wenn es schnell gehen muss. So was überlässt der doch nicht seinem Gehilfen.«

»Und gerade muss es schnell gehen?«

»Nur noch eine gute Stunde, mein Freund.«

Ich schaue auf mein Handy und stelle mit einem Ziehen im Magen fest, dass Olaf recht hat.

»Noch«, sagt dieser knapp, während er den Kadett auf die Bahrenfelder Chaussee lenkt und dabei auf ein junges Mädchen mit ihrer Freundin im Arm an einer Bushaltestelle verweist. »Und es gibt ja schließlich noch Wichtiges zu tun.« Olaf schnappt sich den Zettel, der vor uns auf dem Armaturenbrett liegt, und hält ihn dieses Mal mir vor die Nase.

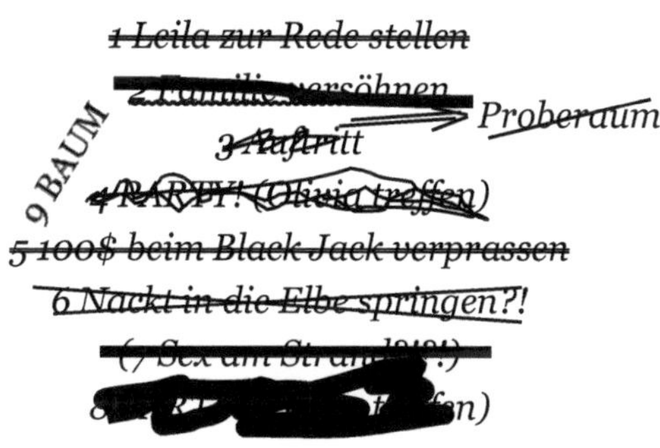

»Was soll das eigentlich heißen? *Baum?* Musst du mal, oder was?«

»Du wirst es gleich erfahren. Da vorne dann rechts und wir sind fast da.«

»Ich weiß, wo der Volkspark ist«, sagt Olaf in einer Mischung aus echtem und verletztem Stolz.

Ob Zweiteres daher rührt, dass er meint, ich würde ihm nicht zutrauen, wo der Volkspark ist, oder aber daher, dass ich ihm nicht verrate, was wir hier wollen, bleibt ungeklärt.

Neben der Gartenanlage südlich des Altonaer Volksparks parkt Olaf den Opel. Von hier aus geht es zu Fuß weiter. Durch die kleinen Pfeiler mit den roten Spitzen gehe ich hindurch in das Waldstück hinein. Olaf folgt mir misstrauisch.

»Das wird hier jetzt aber nicht so ein Fluchtding, oder?«

»Doch, Olaf. Ich habe den ganzen Tag damit verbracht, meine Angelegenheiten zu klären, und jetzt hab ich mich spontan dazu entschlossen, durch den Volkspark zu türmen.« Ich blicke Olaf mit hochgezogenen Augenbrauen an.

»Ist ja schon gut«, sagt dieser mit zugekniffenen Augen. »Dieses Listending hat viel mehr Spaß gemacht, als ich noch wusste, was wir vorhatten. *Noch* übrigens.« Olaf deutet auf ein Pärchen, das gerade hinter uns die Straße überquert.

»Nie und nimmer«, halte ich dagegen. »Das ist ein typischer Morgenspaziergang zweier Verliebter.«

»*Vor* sieben, *unter* der Woche? Never. Die waren feiern oder haben die Nacht auf andere Art und Weise verbracht und machen nun noch einen Abschlussgang, weil sie sich einfach nicht voneinander trennen können.«

»Glaub ich nicht. Frag sie.«

»Frag du sie doch.«

»Bin ich verrückt?«

Wir beide lachen.

Nach wenigen Metern kommen wir auf die große, wappenförmige Lichtung des Parks. Um diese Uhrzeit sind bereits vereinzelt ein paar Leute unterwegs. Viele morgendliche Jogger und Gassi-Gänger sowie einige Geschäftsleute auf ihren Rädern. Vorbei am Spielplatz laufen wir noch ein paar Minuten über die Wiese. Als ich gerade den schwankenden Typen uns gegenüber in unser Spiel aufnehmen will, fällt mein Blick nach links.

Und da sehe ich ihn.

Der Baum [07:02]

Vor gut dreieinhalb Jahren, es war ein ungewöhnlich warmer Frühlingstag, schnappte ich meinen Laptop, schwang mich auf mein Rad und fuhr in diesen Park. Ich war vorher schon ein paar Mal hier gewesen und empfand ihn immer als eine kleine Idylle. Ich radelte also den Weg entlang und suchte nach der erstbesten Stelle, um mich niederzulassen. Ich warf mein Rad ins Gras, setzte mich unter die wunderschöne alte Eiche hier, klappte meinen Laptop auf und fing an zu schreiben:

Wenn ich nicht schon tot wäre, könnte ich wohl zufrieden sterben.

Genau an dieser Stelle, unter diesem Baum, neben dem Olaf und ich nun stehen, schrieb ich die ersten Sätze meines Romans. Ich kam noch ein, zwei weitere Male hierher, um an meinem Buch zu arbeiten, aber irgendwie war es der Anfang, der mich so faszinierte. Seitdem ist dieser Ort etwas ganz Besonderes für mich, wobei ich ihn weder Leila noch sonst irgendjemandem zeigte.

Bis jetzt.

Olaf schaut mich an und versteht nicht recht, warum wir nun hier sind. Er hat zwar verstanden, was dieser Ort für mich bedeutet, aber der Grund unseres Daseins scheint ihm noch immer nicht ganz klar zu sein.

»Soll ich dich allein lassen?«, fragt er zögerlich nach einer kurzen Zeit des Schweigens.

»Nein, darum geht es nicht.«

»Sondern?«

Ich greife in meine Hosentasche und ziehe das kleine Taschenmesser heraus, welches ich vorhin noch schnell von zuhause mitgenommen hatte.

»Alter, das kommt nicht gut an.«

»Hm?«

»Waffen im Knast sind nicht gern gesehen.«

»Olaf, das ist nicht für den Knast. Das ist für den Baum.«

»Hm?«

Ich gehe ein paar Schritte näher an die Eiche, die mit ihrer majestätischen Krone und ihren ins Endlose anmutenden verzweigten Ästen schlichtweg überwältigend wirkt, und beginne, zu ritzen.

Als ich fertig bin, trete ich wieder einen Schritt zurück. Ich betrachte die getane Arbeit und bin zufrieden mit meinem Werk. Olaf liest die Buchstaben laut vor:

RINDL.

C.F. 21.06.

»Du hast die Jahreszahl vergessen«, ist das Erste, was ihm dazu einfällt.

Ich lächle und schüttele den Kopf. »Nein. Was sagen schon Jahre aus?«

»Stimmt auch wieder.« Erst jetzt scheint Olaf das *Gesamtwerk* zu betrachten. »Wozu die Verniedlichung?«

»Welche Verniedlichung?«

»Und warum schreibst du überhaupt Rinde auf Rinde?«

»Hä?«

»Ich meine, warum du auf den Baum da seinen Bestandteil schreibst und ihn dann auch noch verkleinerst?«

»Ach so, nee«, verstehe ich Olafs Gedankengang. »Du kennst doch Rudi, meinen Opa, oder?«, beginne ich zu erklären.

»Sicher doch.«

»Und du weißt, dass er ein echter Sachse ist, sein Leben lang, ja?«

»Nu freilich.«

»Genau. *Rindl* ist ein Wort, das meine Kindheit prägte wie kein anderes.«

Olaf sieht mich verständnislos an.

»Opa Rudi hat das ständig gesagt: *Wer will das Rindl? Bekomm ich das Rindl? Carlo, möchtest du das Rindl?*«

Olaf versteht noch immer nicht.

»*Rindl* ist das Anfangs- und Endstück eines Brotes und es beschreibt wohl wie kein zweites Wort meine aktuelle Lage. Es ist zugleich das Ende und der Anfang von Etwas, ein Wort meiner Kindheit, meiner Vergangenheit. Ich finde, *Rindl* passt perfekt.«

»Und *Ich war hier* wäre nicht verständlicher gewesen, um sich an diesem Baum zu verewigen?«

»Kommt es darauf an?«

Olaf schaut skeptisch auf mein Werk. »Und der Punkt?«

»Abschluss? Für einen Neuanfang?«

»Hm.«

Ich lächle, lege meinen Arm auf Olafs Schulter und sage mit aller Entschlossenheit, die ich erstmals an diesem Tag ohne Restzweifel verspüre: »Wir können gehen.«

Abschied [07:47]

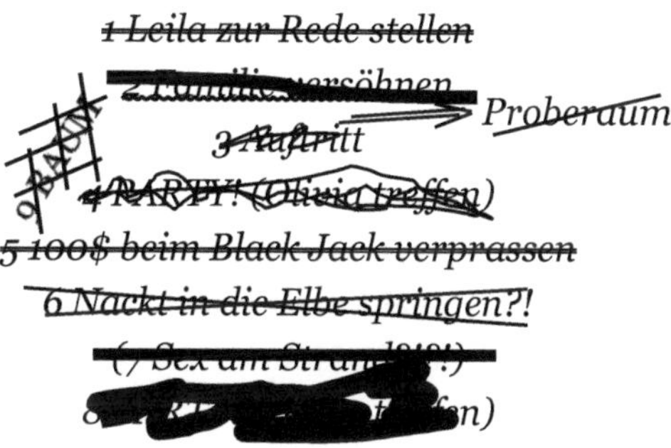

1 Leila zur Rede stellen
Proberaum
3 Auftritt
4 PARTY! (Olivia treffen)
5 100$ beim Black Jack verprassen
6 Nackt in die Elbe springen?!

»Willst du das wirklich tun?«, fragt Olaf, der mir nur zögerlich das Feuerzeug reicht.

»Absolut, ja.« Ich halte die Liste über die brennende Flamme und sehe zu, wie sie wortwörtlich in Rauch aufgeht.

Wir stehen etwas abseits bei einer Art Nebeneingang der JVA Fuhlsbüttel und ich lasse den nun fast gänzlich verbrannten Zettel auf den kleinen Betonplatz vor der Einfahrt mit dem grauen Tor fallen.

»Asche zu Asche, was?«, kommentiert Olaf mit einem Schmunzeln das Geschehen.

Ich trete die letzten Funken aus und nehme meine Tasche. »Kommst du noch mit?«, frage ich in Olafs Richtung.

»Das lasse ich mir doch nicht entgehen.«

Wir gehen die kleine Seitenstraße entlang, vorbei an der hier so unpassend wirkenden weißen, dreistöckigen Villa und stehen nach kurzer Zeit auf dem Parkplatz vor dem Gefängnistor. Vor uns erstrecken sich die zwei hohen Backsteintürme, die das schwarze, gusseiserne Tor, durch welches ich in wenigen Augenblicken hindurchschreiten muss, umrahmen. Die weißgemauerten Bogenfenster verleihen dem Ganzen etwas Glanzvolles, wäre da nicht der drei Meter hohe Zaun mit seinem Stacheldraht, der das Bild unweigerlich zerstört.

Wir stehen im Schatten der Sonne unter dem noch immer leuchtenden orangenen Straßenlicht der Laterne direkt gegenüber des Tores. Noch einmal stelle ich meine Tasche ab.

»Das ist also Santa Fu. Komisch, ich war vorher noch nie hier gewesen.«

»Warum auch?« Olaf kramt in seiner Tasche und holt die Zigarettenschachtel raus. »Mist.«

»Was?«

»Wir haben eine zu wenig geraucht.«

Er hält mir die Schachtel hin und ich erkenne, dass sich noch genau drei Zigaretten darin befinden. Er holt zwei heraus, zündet sie beide gleichzeitig an und reicht mir eine dann weiter.

»Aufregender Tag, was?«

»Kannste laut sagen.« Ich nehme einen tiefen Zug. »Denkst du, er war gut?«

»Was meinst du?«

»Na ja, ich meine, ob es ein würdiger letzter Tag in Freiheit war?«

Olaf schaut mich mit großen Augen an. »Also, wenn das keine denkwürdigen vierundzwanzig Stunden waren, dann weiß ich auch nicht.«

»Hm.«

»Du hast so viel erlebt und geschafft, wie es nur wenige Leute in ihrem ganzen Leben tun. Sieh mich an.« Olaf schaut demonstrativ an sich herunter. »Ich lebe zwar mein Leben morgen annähernd normal weiter, aber die Frage bleibt, was genau das Leben ausmacht.«

»Es kommt nicht darauf an, *was* man macht, sondern, *dass* man es macht.«

»Was?«

»Das hat der Priester heute in der Bar gesagt. Da ist wohl was dran.«

»Kluger Mann.«

»Aber hallo.«

Wir schweigen.

Plötzlich muss Olaf lachen. »Die Tatsache, dass du heute so einen Satz von einem Priester in einer Bar gehört hast, sollte Beweis genug dafür sein, dass dieser Tag alles andere als langweilig oder verschwendet war.«

»Auch wieder richtig.«

Während ich die Zigarette in der einen Hand halte, krame ich mit der anderen meinen Wohnungsschlüssel aus der Hosentasche und überreiche ihn Olaf. »Pass gut drauf auf, ja?«

»Geht klar, Chef«, salutiert mein Freund und verstaut den Schlüssel in seiner Tasche.

»Und kümmerst du dich auch um den Rest?«, frage ich mit einem nicht unbemerkt bleibenden Anflug von Wehmut.

»Den Rest?«

»*Alles* einfach.«

Olaf versteht und nickt zustimmend.

Wir nehmen beide den letzten Zug und schnippen unsere Stummel in die kleine grüne Insel direkt vor uns.

»Hier. Die kannst du da drin gut gebrauchen.« Olaf hält mir die Schachtel mit der letzten verbleibenden Zigarette hin.

»Nee, lass mal, sollte eh aufhören. Und du vermutlich auch. Bis ich wieder rauskomme und du mich ja hoffentlich abholst, solltest du's geschafft haben.« Ich grinse und Olaf zuckt nur mit den Schultern. »Auch so sollte ich einige Dinge mal ändern.«

Olaf sieht mich fragend. Nach einer Weile schweigen nickt er. »Dann ist es jetzt wohl so weit.« Olaf breitet die Arme aus.

Ich spüre, dass ich jetzt auch weinen könnte, unterdrücke das Gefühl aber schleunigst und lasse mich in seine Arme fallen. Ein paar Sekunden stehen wir so da und noch einmal wird mir klar, was ich hier draußen so alles vermissen werde. Und doch fühle ich mich weitaus besser, als ich es geahnt hatte. So wie es heißt, dass Leute vor ihrem Tod meist noch ihren Frieden schließen, so scheine auch ich meinen Frieden mit der ganzen Situation gefunden zu haben. Zumindest denke ich in diesem Moment nicht an all das, was mir bevorsteht und passieren könnte. Oder was es genau bedeutet, wenn ich in wenigen Sekunden hinter diese Mauern gehen werde. Sondern vielmehr daran, was das Leben so alles für uns bereithält. Ich denke an all die Begegnungen, die mir heute wiederfahren sind, und für die ich – verständlicherweise oder auch nicht – *dankbar* bin. Ich denke an die Rezeptionistin heute Morgen im Motel, an Leila und Edgar, an Olivia, das Mädchen in der Galerie, an Tome und meine Eltern, Igor und Frederick, Olli und Jan, Marie, selbst an Röstig und Knudersten, dem ich sogar auf irgendeine verschrobene Art und Weise vergebe, die Leute aus der Bar und natürlich an meinen besten Freund, der mich noch immer, mittlerweile schluchzend, im Arm hält.

Ich löse mich von ihm, nicke ihm zu, während er sich eine Träne aus dem Auge wischt, und nehme meine Tasche.

»Danke«, sage ich und gehe in Richtung des großen Tores, welches sich in diesem Moment öffnet.

Hinter mir höre ich Olaf, wie er sich die immer häufiger werdenden Schluchzer so gut er kann unterdrückt. Noch einmal drehe ich mich zu ihm um und lächle. Dann schreite ich durch den hohen Torbogen und merke ganz plötzlich: Es geht mir gut.

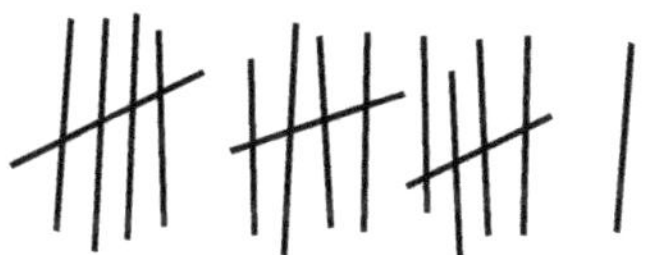

Danksagung

Ich bin so unfassbar dankbar und froh, dass ich diese Zeilen hier schreiben darf, weil das bedeutet, dass es endlich fertig ist. Es hat lange gebraucht und immer wieder ein paar Umwege gegeben, aber nun ist es so weit.

Dass dies alles – und ich meine ALLES – möglich ist, verdanke ich nur dem EINEN. Danke Gott!

Allerdings gibt es auch ein paar Menschen an meiner Seite, denen ich ausdrücklich danken möchte.

Ich danke meiner Frau Jule dafür, dass sie mich immer wieder bei all meinen Ideen und Vorhaben unterstützt und stets an meiner Seite ist. An dieser Stelle danke ich ihr vor allem für den Titel dieses Buches. Im ersten Moment hielt ich es für einen Witz, jetzt aber finde ich, dass er passender kaum sein könnte. So was schaffst nur du, mein Schatz.

Zudem danke ich meinem Bruder Christopher, der – hätte ich ihm mehr Zeit gegeben – bestimmt noch weitere zahlreiche Anmerkungen gehabt hätte, so aber auch schon Vieles zur Verbesserung dieses Buches beigetragen hat.

Und nicht zuletzt danke ich allen, die mit mir über mein Schreiben gesprochen haben und mich so – wohl eher unbewusst – immer wieder motivierten.

DANKE

...

Die Charaktere dieses Buches sind erfunden. Jegliche Ähnlichkeiten mit lebenden oder verstorbenen Personen sind zufällig. Auch dienen die Orte, die im Rahmen der Handlung beschrieben werden, der besseren Anschauung der Geschichte und sollen nicht auf konkrete Geschäfte, Wohnungen oder dergleichen hinweisen.

Das Filmzitat auf Seite 7 sowie Seite 165 stammt aus dem Film Fight Club:
Fight Club. David Fincher. US 1999. TC: 01:01:23-01:01:26.

Bonus

Wäre dies ein Film, kämen jetzt die lustigen Szenen am Ende. Auf einem Musikalbum wäre es wohl der sogenannte Hidden Track. Da das hier aber ein Buch ist, nenne ich es einfach einmal: *Bonusmaterial.*

Carlo durchlebt in den geschilderten vierundzwanzig Stunden so einiges. Um die Übersicht zu behalten, legte ich während des Schreibens eine Art Zeitstrahl an, sodass ich jederzeit nachsehen konnte, was er wann gemacht hat und ich außerdem die Zeit im Blick behielt, da er ja schließlich acht Uhr vor dem Gefängnis stehen musste und es von den Zeiten her einigermaßen passen sollte.

Auf den folgenden Seiten findet man also Aufzeichnungen aus meinen Notizen wieder und kann bei Bedarf Carlos Tag noch einmal nachvollziehen.

Zeitstrahl

07:47	Erwachen
8:00 – 8:15	Bewusst werden, Olaf anrufen, Rezeptionistin
09:05	Olaf kommt mit Auto an
09:05 – 09:39	Fahrt mit Olaf
09:39	Leilas Wohnung
09:43 – 09:58	In Leilas Wohnung
10:00 – 10:16	Fahrt in Richardstraße
10:19 – 10:33	Geschichte in Villa
10:33 – 10:40	Fahrt zum Parkhaus
10:40 – 10:48	Weg zum Café
10:48 – 11:48	Stadt, Party vorbereiten, Treffen auf Olivia
11:48 – 11:53	Gespräch über Liste
12:05 – 12:24	Fahrt bis Stau
12:24 – 12:34	Spiel, Unfall
12:53 – 13:25	Zuhause, neue Liste
13:42 – 13:49	Galerie, Empfangsdame
13:49 – 13:55	Weg zu Tome, Tome finden
13:55 – 14:02	Gespräch mit Tome
14:02 – 14:08	Weg zurück zum Auto
14:08 – 14:30	Fahrt zum Casino, Telefonat mit Eltern und Olli
14:45 – 16:35	Zocken im Casino, Igor, Frederick
16:40 – 16:55	Fahrt von Casino nach Hause
16:55 – 17:45	Familienzusammenführung/-streit in Wohnung
17:45 – 18:05	Fahrt von zuhause an Hafen
18:08 – 18:38	Musiker, Sprung in Elbe, Marie
18:43 – 19:00	Fahrt von Hafen zu Bandraum
19:00 – 19:32	Bandraum, Einpacken, Ordnungsamt
19:32 – 19:50	Fahrt zum Konzert
19:50 – 20:15	Aufbau, Röstig

20:15 – 21:30	Konzert
21:30 – 21:37	Abbruch, Knudersten, Polizisten, Verfolgung
21:37 – 21:50	Fahrt ab Pinneberg bis A7 (Zwischenfazit)
21:50 – 22:00	A7, Abfahrt Richtung Norderstedt, Landstraße
22:00 – 22:12	Polizisten, #KÜRBISSCHMEISSER, Diktat
22:12 – 22:22	Fahrt ab Polizei zur Party
22:22 – 22:37	Im Auto, vor Party sitzend
22:37 – 22:56	Hausführung durch Hannes
22:56 – 23:07	Aussprache mit Leila
23:07 – 23:17	Gespräch mit Olivia auf Dachterrasse
23:17 – 23:37	Olli, Jan, Matze, Till, Venice
23:37 – 23:47	Suche nach Olli, Jan, Jan gefunden
23:47 – 23:59	Aussöhnung mit Familie
23:59 – 00:01	Marie gefunden
00:01 – 00:06	Marie kurzes Gespräch, Getränke holen, setzen
00:06 – 01:10	Gespräch mit Marie auf Wiese, Sex, liegen danach
01:10 – 01:17	Marie Toilette, Olaf Gespräch am Pool, Olli danken
01:17 – 01:24	Gespräch mit Knudersten und Olivia vor Haustür
01:25 – 01:30	Frederick
01:30 – 02:20	Fahrt zur Hotelbar
02:20 – 02:35	Kennenlernen der Leute in der Bar
02:35 – 02:50	Trinken, Kennenlernen
02:50 – 03:47	Flaschendrehen (Po und Klo)
03:47 – 04:33	Weiterspielen, Verabschieden
04:33 – 04:45	Weg zur Fähre
04:45 – 04:57	Fahrt mit Fähre
04:57 – 05:02	Weg zum Strand
05:02 – 05:32	Am Strand sitzend
05:32 – 06:12	Weg (Strand, Fähre, zu Fuß) nach Hause
06:12 – 06:35	Packen, Gespräch, Baum auf Liste
06:35 – 06:52	Weg zum Park, Spiel

06:52 – 06:57	Weg zum Baum
06:57 – 07:20	Rindl. einritzen
07:20 – 07:25	Weg zurück zum Auto
07:25 – 07:45	Fahrt zur JVA Fuhlsbüttel
07:45 – 07:47	Von Auto bis Liste verbrennen
07:47 – 07:59	Liste verbrennen, umarmen, verabschieden